Petra Oelker, geboren 1947,
arbeitete als freie Journalistin
und veröffentlichte Jugend- und
Sachbücher. Dem großen Erfolg
ihres ersten historischen Krimi-
nalromans «Tod am Zollhaus»
(rororo 22 116) folgten vier weitere
Romane mit der Komödiantin
Rosina als Heldin. Ihr neuer Roman
«Der Klosterwald» erschien im
Wunderlich Verlag.

Petra Oelker

Das Bild
der alten Dame

Roman

Rowohlt Taschenbuch Verlag

Ungekürzte Ausgabe
Veröffentlicht im Rowohlt Taschenbuch Verlag
GmbH, Reinbek bei Hamburg, September 2002
Copyright © 1999 by Rowohlt Taschenbuch
Verlag GmbH, Reinbek bei Hamburg
Titel der Erstausgabe «Neugier»
Umschlaggestaltung Susanne Heeder
(Abbildung: «The Jersey Lily»
von Sir Edward Poynter)
Satz Palatino PostScript (PageOne)
Gesamtherstellung Clausen & Bosse, Leck
Printed in Germany
ISBN 3 499 33189 6

Die Schreibweise entspricht den Regeln
der neuen Rechtschreibung.

– 1 –

Lady Amanda Thornbould zog die Gummistiefel aus, stellte sie ordentlich neben die Hintertür zur Küche und schlüpfte in die bequemen Slipper, die sie immer trug, wenn sie keinen Besuch erwartete. Sie legte die Rosenschere und die Gartenhandschuhe auf den Tisch, ein altes Ungetüm aus dunklem Holz, voller Narben von zahllosen Angriffen ungeschickter kleiner Finger. Gerade als sie die Hände prüfend um die Teekanne legte, drängte sich die Morgensonne durch die hohen Eiben am hinteren Rand des Gartens und schickte mildes Licht durch die weit geöffneten Fenster. Lady Amanda seufzte genüsslich und blinzelte hinaus in das satte Grün. Die zahllosen Tropfen, die der Regen der vergangenen Nacht in den Büschen, Bäumen und wuchernden Stauden hinterlassen hatte, glitzerten wie ein kostbares Netz. In einer Stunde würde die Augustsonne die Pracht dieser frühen Stunde aufgesogen haben, und Lady Amanda, wahrlich keine Freundin spartanischer Lebensweise, war froh, dass sie sich an diesem Tag dazu durchgerungen hatte, mit der Sonne aufzustehen.

Ein roter Setter war ihr auf nassen, schmutzigen Pfoten vom Garten ins Haus gefolgt, sie zog ihn sanft am Ohr und sagte: «Komm, meine Alte. Lass uns endlich frühstücken.»

Der Hund setzte sich neben den Korbsessel, Lady Amandas Lieblingsplatz, und sah seine Herrin erwartungsvoll an. «Du siehst aus, als wolltest du auch eine Tasse Tee», sagte sie lächelnd und gab ihm ein Stück von ihrem dünn mit Orangenmarmelade bestrichenen Toast. Sie trank einen Schluck Tee, wärmte die Hände an der dickwandigen Tasse und lehnte sich zurück. Sie liebte diesen Platz. Von hier hatte sie den schönsten Blick. Der Garten hinter dem Haus war immer noch fast ein Park und jetzt, im späten August, üppig, als sei er Jahrhunderte alt. Einige der Bäume waren das gewiss.

Als Thornbould Manor vor nur einem Jahrhundert gebaut worden war, war es ein stattliches Haus inmitten von Feldern und Wiesen gewesen. Die gab es immer noch, doch inzwischen waren neue Nachbarn näher gerückt, und die hohe Tujen-Hecke am Rande des vorderen Gartens grenzte nun an die Straße nach St. Brelade. Lady Amanda war vor mehr als fünfzig Jahren als junge Braut in dieses Haus gezogen, damals war die Straße nicht mehr als ein Schotterweg gewesen, im Sommer staubig, im Winter vom Schlamm kaum passierbar. Nun bedeckte ihn schon lange eine glatte Asphaltdecke. Motorengeräusche hatten das Knarren der hölzernen Wagen und das Klappern der Pferdehufe abgelöst. Die Autos störten Lady Amanda nicht. Es waren nicht viele, zudem wand sich die schmale Straße kurvig die Hügel hinauf und zwang zum Langsamfahren.

«Nach dem Frühstück kommen die Staudenbeete hinter dem Teich dran», sagte sie. «Aber du wirst dich zusammenreißen und die Pfoten davon lassen.» Sie blickte den Hund streng an. «Du kannst die alten Knochen ausgraben, die du vorgestern im Gemüsegarten verbuddelt hast. Oder glaubst du, ich hätte das nicht bemerkt, Lizzy?»

Lizzy gähnte beleidigt. Der kleine Gemüse- und Kräutergarten hinter der Ligusterhecke bot mit seiner weichen Erde die besten Plätze für geheime Knochenlöcher, niemals würde sie sich an den Staudenbeeten oder gar am Rosengarten vergehen.

Die Rosen waren Lady Amandas Lieblinge. Sie fand das nicht besonders originell – jeder liebte Rosen –, aber zwischen den jüngeren standen noch ein paar alte Stöcke, die Joffrey gepflanzt hatte. Auf der Insel ging die Mär, sie züchte ihre Rosen selbst, so wie es sich für eine vornehme alte Lady gehörte. Tatsächlich kaufte sie ihre Pflanzen im Gartencenter in St. Peter, aber das wollte niemand wissen.

Sie warf einen Blick in die *Times*, die sie vom Morgenspaziergang durch den Garten aus dem Briefkasten mitgebracht hatte, überflog die Schlagzeilen, legte sie wieder auf den Tisch und griff nach der *Jersey Evening Post* vom Vortag. Sie fand es angenehmer, Zeitungen erst zu lesen, wenn sie schon einen Tag alt waren. All die schrecklichen Nachrichten wirkten dann halb so schlimm. Aber bevor sie die *Post* aufschlagen konnte, klingelte es.

Lizzy, die sich unter dem Tisch zusammengerollt hatte, sprang auf und lief mit leisem Knurren durch die Halle zur vorderen Tür.

«Still, Lizzy, das ist sicher George. Du kennst doch George.» Sie tauschte eilig die Slipper gegen das Paar eleganter schwarzer Schuhe, das hinter der Chippendale-Anrichte in der Halle immer bereitstand, und öffnete.

«Guten Morgen, Lady Amanda.» George nahm die Mütze ab und wischte sich damit über die Stirn. «Ganz schön schwer das Ding. Muss ordentlich was gekostet haben, per Luftfracht. Mit der Fähre wär's viel billiger gewesen. Aber Luftfracht», sagte er und reckte die Schultern, «ist natürlich viel sicherer. Wo soll ich's denn hinstellen?»

George Goodwin kannte und verehrte Lady Amanda, seit er auf krummen Kinderbeinen seinen Vater begleitet hatte, wenn der die Büsche und Bäume im Park von Thornbould Manor pflegte. Als die krummen Beine gerade geworden waren, strolchte George nur noch selten durch den Park. Er saß lieber stundenlang am Rand der Wiese, die durch das graue Betonband einer Rollbahn zum Flughafen von Jersey geworden war. Er kannte alle Flugzeugtypen, wusste genau, wann sie starteten und landeten, wie viele Passagiere oder Tonnen Fracht sie transportierten, woher sie kamen und wohin sie flogen. Mit geschlossenen Augen konnte er die Flugzeuge nur am Geräusch unterscheiden.

Goodwins Jüngster ist verrückt, sagten damals die Leute auf Jersey, bald wachsen ihm Flügel. Nichts wäre George lieber gewesen. Er wurde jedoch weder Engel noch Pilot, sondern Frachtgutmeister. Nicht das Cockpit, die Laderäume und Lagerhallen waren sein Terrain. Trotzdem war er seinem Traum sehr viel näher gekommen, als sein Vater je geglaubt hatte.

«Tragen Sie das Paket doch bitte in die Halle, George.» Lady Amanda hielt ihm die Tür weit auf. «Es ist ja riesengroß, mehr eine Kiste als ein Paket.»

«Stimmt», George ächzte, «und mächtig schwer.»

«Wie nett, dass Sie es mir bringen, alleine hätte ich das Monstrum gar nicht bewegen können.»

«Ist doch selbstverständlich, Lady Amanda. Wenn Sie wollen, mach ich es gleich auf. Ich hab eine Drahtzange mitgebracht.» Er griff in seine Jackentasche und zog eine große rote Zange hervor.

«Natürlich habe ich nichts dagegen. Ich glaube nicht, dass ich die Drähte alleine lösen könnte. Mach doch mal Platz, Lizzy.» Die alte Dame schob den Hund, der neugierig an dem großen Paket schnupperte, energisch beiseite. «Was mag das nur sein? Ich kenne niemanden, der Peter Müller heißt, ich kenne auch niemanden in Hamburg oder überhaupt in Deutschland.»

«Das ist komisch, ja. Aber so heißt der Absender, das steht auf allen Papieren, die sind korrekt. Wie ich Ihnen gestern Abend am Telefon schon sagte. Da will Sie vielleicht einer überraschen.»

Mit einem kräftigen Druck auf die Zange löste er den letzten Draht. «Ich weiß nicht, Lady Amanda, vielleicht sollten wir lieber John rufen. Es könnte ja was drin sein, was explodiert, heutzutage ...»

«Unsinn, George. Die Polizei hat Wichtigeres zu tun. Ich bin eine harmlose alte Frau. Keine Politik, kein Mädchenhandel – wer sollte mir eine Bombe schicken?»

George dachte einen Moment nach. Die Vorstellung, dass nicht er, sondern John am Abend im Pub vom Auspacken des geheimnisvollen Paketes erzählen würde, gefiel ihm überhaupt nicht.

«Da haben Sie Recht», brummte er, «wird wohl eher 'ne nette Überraschung sein. Von

Ihrem Neffen vielleicht? Der kann ja jemanden beauftragt haben.»

George begann vorsichtig, die feste Pappe zu lösen.

«Timothy ist zwar immer für eine Überraschung gut, aber warum sollte er seinen Absender nicht auf das Paket schreiben? Der Inhalt wäre doch Überraschung genug.»

George nickte. Erst vor zwei Wochen hatte Lady Amanda ein Paket am Flughafen abgeholt, das Timothy aus Mexiko geschickt hatte. Allerdings ein nettes, handliches Paket, und jeder in der Frachtabteilung hatte den Absender lesen können. George hätte zu gerne gewusst, was Timothy geschickt hatte. Er sah sich verstohlen um, aber in der Halle stand nichts, das er nicht schon kannte. Timothy hatte als Kind, wie seine zahlreichen Cousinen, viele Sommer bei seiner Tante auf der Insel im Englischen Kanal verbracht, und George, nur ein oder zwei Jahre älter, hatte ihm großzügig die besten Angeltricks, die Bäume mit den süßesten Kirschen und – einige Jahre später – die schönsten Mädchen gezeigt. Timothy Bratton, inzwischen Experte und Gutachter für «alte Schinken», wie George es nannte, war oft in der ganzen Welt unterwegs. George war nie weiter als bis London und St. Malo gekommen, aber er beneidete ihn nicht. Trotz der Touristen, die im Sommer die Insel und vor allem die kleine Hauptstadt St. Helier überfluteten, gab es für ihn keinen Platz auf der Welt, an dem er sich lieber aufgehalten hätte.

Unter der festen, innen mit einer wasserdichten Folie beschichteten und mit breitem Klebeband gehaltenen Pappe kamen nun mehrere Schichten von dickem Sackleinen hervor, dann eine Lage steifes Packpapier und eine weitere aus weichem weißen Tuch.

«Lassen Sie mich helfen, George.» Lady Amanda, nun auch ganz unziemlich neugierig, begann, die letzten Klebestreifen, die das Tuch noch zusammenhielten, abzureißen.

«Mein Gott, George», flüsterte sie plötzlich, «es ist das Bild. Sehen Sie? Der alte Rahmen.» Hastig riss sie das Tuch ganz herunter. «Es ist das Bild. Joffreys Bild.»

Der Wirt hatte schon das letzte Glas vor der Sperrstunde ausgerufen, als George immer noch am Tresen des *Blue Dolphin* lehnte und zum dritten Mal schilderte, wie Lady Amanda in der Halle stand und auf das Gemälde starrte, das unter der dicken Verpackung zum Vorschein gekommen war. Tränen seien ihr über das Gesicht gelaufen, ohne dass sie auch nur einen Schluchzer von sich gegeben hätte, und immer wieder habe sie gesagt: Joffreys Bild. Joffreys Bild ist wieder da. Und dann, der Höhepunkt seiner Geschichte, wie er allen Mut zusammennahm, die Karaffe von der Anrichte holte und der Lady einen kräftigen Schluck Whisky zu trinken gab. Niemand hatte sie bis zu diesem Tag Whisky trinken sehen. Und niemand hatte sie weinen sehen, nicht einmal in jenem Sommer vor mehr als dreißig Jahren, in dem das Bild verschwunden war.

– 2 –

Die Nacht zum fünften September war für die Jahreszeit zu kühl. Da der ganze Sommer nichts als ein vorgezogener Herbst gewesen war, kümmerte das niemanden. Ein halb voller Mond hing tief über der Elbe, er hatte ein wenig Schlagseite, aber das, so dachte die Frau in dem dänischen Campingbus, lag vielleicht daran, dass man ständig nur ein Stück von ihm zwischen den Wolkenfetzen sah, die sich vor ihm über den Himmel schoben. Es war windstill, jedenfalls hier unten auf der Erde. Da oben musste es anders sein. Es war schon nach Mitternacht, sie war zu müde gewesen, mit ihm in die Raststätte zu gehen. Die Vorstellung von dem Geruch gebratener Hühnchen und Würste und Pommes Frites hatte ihr Übelkeit bereitet. «Dann bleib im Wagen», hatte er gesagt, «ich hol uns wenigstens ein Bier.» Offenbar trank er seins gleich dort, er war schon ziemlich lange fort.

Sie öffnete die Tür des Caravans, die kühle feuchte Luft war immer noch besser als der Geruch nach kaltem Tabakqualm. Sie hasste es, wenn er im Auto rauchte, doch seit sie auf der Rückfahrt waren, tat er das ständig. Sie stieg aus dem Wagen, reckte die Schultern und atmete tief, es roch nach nassem Pappellaub und Diesel. Auf den acht Spuren der Autobahn donnerte ein riesiger Laster vorbei, zwei Pkws folgten und setzten zum Überholen an. Sonst war nicht viel los. Auch die meisten Fenster der Hochhaus-Trabantenstadt zwischen der Autobahn und dem schwarzen Himmel waren dunkel. Riesige Stangen aus milchigem Licht teilten die Häuserkästen und -türme, in einigen der Flurtrakte musste die Abschaltautomatik für die Beleuchtung ausgefallen sein.

Sie dachte an ihr warmes kleines Haus in Ribe und fröstelte. Vor Sehnsucht, vor Müdigkeit oder vor Kälte? Vielleicht vor Enttäuschung. Auch ihre Füße wurden kalt – sie trug nur dünne Leinenschuhe, am Gardasee war es noch sehr warm gewesen –, und sie schlenderte mit kurzen stampfenden Schritten an den parkenden Autos vorbei die Straße hinab. Bleib im Auto, hatte er gesagt. Wenn er so lange fortblieb, sollte er sie doch suchen, sollte er sich doch nur einmal fünf Minuten Sorgen um sie machen. Auf den langen Parkstreifen standen, schräg zur Fahrbahn eingeparkt, Laster neben Laster, hoch wie Häuser. Breite Schriftzüge verrieten ihre Herkunft: Ungarn, Polen, Türkei, Frankreich, Belgien, Niederlande oder Spanien, ein Däne war auch dabei. Sie strich leicht mit den Fingern über den dunklen Lack und wischte sich den öligen Schmutz an ihrer Jeans ab.

Dort wo die schmalen Fahrbahnen der Raststätte auf die Autobahn zurückführten, zweigte eine weitere, noch schmalere, zur Rückseite der Rastanlage ab. Die Bäume, wahrscheinlich Platanen, sie war nicht ganz sicher, maßen noch nicht mehr als drei oder vier Meter. Den Mann auf der Bank hinter dichtem Buschwerk bemerkte sie erst, als sie fast über seine Füße stolperte. Erschreckt murmelte sie eine Entschuldigung und wollte schnell zurückgehen. Weil sie es seltsam fand, dass einer der doch gewiss hundemüden Trucker tief in der Nacht auf einer Bank saß und den Mondfetzen nachstarrte, blieb sie stehen und sah ihn an. Wieder leuchtete ein Stück Mond hinter den Wolken hervor, und sie erkannte, dass er ein alter Mann war, eigentlich viel zu alt für einen Trucker. Er hockte auf der Bank, sein linker Arm lag steif über der Rückenlehne, als wolle er sich damit festhalten, seine Mütze hing ihm in die Stirn.

«Hallo», sagte sie. Und noch einmal: «Hallo?»

Der Mann reagierte nicht. Natürlich, dachte sie, er schläft. Es wäre besser, wenn er das in seinem Wagen täte, es ist viel zu kalt und feucht, um im Freien zu schlafen, und sei es nur für eine kurze Zeit.

Sie ging näher, tippte ihn vorsichtig an die Schulter und beugte sich hinunter, um ihm genauer ins Gesicht zu sehen. Wirklich ein sehr alter Mann. Er sah aus, als habe er sich zwei Tage nicht rasiert, seine dünnen Lippen waren spröde, und sein Kinn hing schlaff herunter, sein Gesicht zeigte die fahle Blässe, die sie bei sehr alten Menschen häufig gesehen hatte.

«Nille.» Der Ruf klang gedämpft zwischen den Bäumen hindurch. «Nille, verdammt. Wo bist du?»

«Hier», rief sie leise, «komm mal her, hier ist jemand.»

Schritte raschelten durch das Laub über den Grasstreifen, dann stand er neben ihr. «Bist du verrückt, einfach wegzulaufen? Hier im Stockdunkeln? Wer weiß, wer sich hier rumtreibt.»

«Hör doch auf», sagte sie müde und sah weiter den Alten auf der Bank an. «Er sollte hier nicht schlafen, findest du nicht? Oder ist er krank? Er atmet kaum. Hallo, Sie», sagte sie etwas lauter, «wachen Sie lieber auf!», und stupste ihn sanft gegen die Schulter.

«Geh mal weg.» Der Mann schob sie zur Seite, beugte sich über den Alten und musterte ihn mit zusammengekniffenen Augen. Dann hielt er ihm den Handrücken vor Mund und Nase, suchte mit den Fingerspitzen nach seinem Handgelenk und sagte: «Der schläft ganz tief. Wir lassen ihn besser in Ruhe. Komm.» Er griff nach ihrem Arm und zog sie mit sich fort. «Der ist irgendein Penner, der hier ein ruhiges Plätzchen für eine Nacht gefunden hat. Diese Kerle sind hart, die bleiben auch im Januar draußen, eine kalte Septembernacht macht denen nichts aus. Los, steig ein, wir wollen weiter.»

«Aber wieso denn? Wir wollten hier doch übernachten, morgen nach Hamburg reinfahren, und erst ...»

«Ich hab's mir überlegt. Wir fahren doch besser in die Stadt, an der Außenalster gibt es einen ruhigen Parkplatz, da können wir viel besser übernachten. Hier ist es zu laut, dieses Gedonner auf der Autobahn, da kriegt man kein Auge zu.»

Er hatte kein Bier geholt, sondern zwei Pappbecher Kaffee. Sie standen neben dem Vorderrad des Caravans auf dem Kantstein, der Kaffee war kalt geworden. Sie trank ihn trotzdem, er hatte mal wieder den Zucker vergessen, der bittere Geschmack gefiel ihr heute Nacht.

Zwei Minuten später lenkte er den Wagen von der Raststätte Stillhorn kurz hinter der Süderelbe auf die Autobahn Richtung Norden nach Hamburg hinein. Als sie die Brücke über die Norderelbe erreichten, machte er sie auf den schönen Blick über den Hafen und auf die Türme der Stadt aufmerksam. Sie sah starr geradeaus. Er zündete sich eine Zigarette an und beschloss endgültig, ihr nicht zu sagen, dass der Alte auf der Bank tot gewesen war, noch nicht lange, aber eindeutig tot. Ein toter Penner, na und? Obwohl er für einen Penner ziemlich sauber ausgesehen hatte.

Er beschloss auch endgültig, doch nicht von der nächsten Telefonzelle die Polizei anzurufen. Dann müsste er Nille sagen, dass der Alte tot gewesen war, und sie würde ihm übel nehmen, dass er nicht gleich einen Notarzt, die Polizei und wer weiß wen noch gerufen hatte. Ihr wäre es egal, aber er konnte das nicht. Es würde Fragen geben, stundenlang, die Polizei würde ihre Namen und Adressen notieren, womöglich würden irgendwelche Erbsenzähler in einigen Tagen noch eine Frage haben und bei ihm zu Hause oder in der Praxis anrufen, seine Frau würde am Telefon sein und ihn fragen, wieso die deutsche Polizei anrufe, wieso er in Hamburg gewesen sei anstatt auf der Tagung in Kopenhagen?

Diese ganze Hetzerei nach Italien war sowieso eine Schnapsidee gewesen. Nilles Idee, weil sie noch nie in Italien gewesen war. Nur Stress. Noch mehr davon brauchte er wirklich nicht. Überhaupt gab es mit Nille in letzter Zeit immer nur Stress. Dem Alten war sowieso nicht mehr zu helfen. Morgen würde ihn irgendjemand finden. Morgen, wenn sie schon wieder auf der Autobahn waren Richtung Norden. Hamburg würde er ihr ein anderes Mal zeigen. Diesen letzten Satz glaubte er allerdings selbst nicht.

Es war kurz nach sechs und noch nicht ganz hell, als der Fahrer eines türkischen Lastwagens ein stilles Plätzchen für sein Gebet gen Mekka suchte und stattdessen den Toten fand. Der Körper war nun ganz erstarrt und halb von der Bank gerutscht. Der Türke hatte schon viele Tote gesehen, er erkannte gleich, dass der Alte nicht nur schlief. Er besah ihn sich, so genau es das dämmerige Mondlicht zuließ, und als er kein Blut, kein Messer, kein Einschussloch und auch sonst keine Hinweise auf einen gewaltsamen Tod entdeckte, ging er unter den Bäumen entlang hinüber zum Imbiss.

Der erste Polizeiwagen kam genau drei, der Notarztwagen 17 Minuten, nachdem der Mann hinter dem Imbisstresen telefoniert hatte. Einige Zeit später fuhren noch ein paar Autos bis an die rot-weiße Absperrung um die Bank, und bald darauf wurde der Tote weggebracht.

Er hatte weder Ausweispapiere noch Geld oder Kreditkarten bei sich, er trug weder Ring noch Uhr. Nun war er eine Sache, und für die war Hauptkommissar Klug von der Leichen- und Vermisstenstelle der Hamburger Polizei zuständig.

Die Liste der in der Region Hamburg Vermissten gab keine Beschreibung her, die auch nur annähernd auf den Toten aus Stillhorn passte. Ein Foto mit einer Beschreibung wurde in den Hamburger Tageszeitungen veröffentlicht. Etwa 75 Jahre alt, 172 cm, 69 kg, schütteres, graues Haar, dunkelgrauer Anzug, schwarzblaue Jacke. Wer kennt diesen Mann? Niemand meldete sich. Nicht einmal die üblichen Verrückten und Wichtigtuer, die jederzeit bereit waren zu schwören, sie hätten Marilyn und

J. F. K. am Hauptbahnhof Händchen halten sehen.

Der Obduktionsbericht aus der Gerichtsmedizinischen bestätigte, dass der Mann nicht durch Fremdeinwirkung gestorben war. Er war einer Angina Pectoris erlegen, einer Verkalkung und Verengung seiner Herzkranzgefäße, die nach einem Krampfanfall zum Herzinfarkt und zum Tod geführt hatte. Dann stand da noch etwas von allgemeiner Verkalkung der Gefäße, schlechter Durchblutungsverhältnisse, vergrößertem Herz und noch einige weitere Befunde, die bei der Leiche eines Fünfundsiebzigjährigen als normal einzustufen waren. Todeszeitpunkt: etwa 23 Uhr. Klug rief den Arzt an, dessen Unterschrift unter dem Obduktionsbericht stand. Der bestätigte, dass der Tote bei rechtzeitiger Verabreichung, so drückte er sich aus, von Nitro-Spray oder Nitroglycerin-Kapseln den Anfall wahrscheinlich überlebt hätte. Solche Medikamente habe ein Patient mit diesem Befund normalerweise immer griffbereit in der Tasche.

Armes Schwein, dachte Klug, vielleicht hatte er seine Medikamente in der Tasche, und es waren Junkies gewesen, die ihn um seinen Besitz erleichtert hatten. Die nahmen alles, was nur entfernt nach etwas Schluck- oder Spritzbarem aussah. Was hatte der Alte auf der Bank gemacht? Auf dem Parkplatz der Raststätte war kein Auto übrig geblieben, das ihm gehört haben konnte. Er musste mit einem anderen gekommen sein, als Beifahrer oder als Anhalter. Oder zu Fuß von Kirchdorf im Westen oder Moorwerder im Osten, was jedoch unwahrscheinlich war.

Die Kleidung des Toten, erfuhr Klug schließlich, sei einfach, Konfektionsware der unteren Kategorie. Es sei davon auszugehen, dass der größere Teil in Frankreich gekauft worden sei. Kein Wunder, dass ihn hier niemand vermisste, der Alte war Franzose. Vielleicht, vielleicht auch nicht. Also gut, würden sie ihn im Kühlfach lassen, bis Interpol etwas herausfand. Vielleicht. Vielleicht auch nicht.

Und so packte Hauptkommissar Klug alles zusammen, was den Kollegen in Paris helfen konnte: Fotos, Fingerabdrücke, Zahnstatus, Obduktionsbericht, die Liste der Kleidung, füllte die nötigen Formulare aus und legte den dicken Brief in den Postkorb. Ein unbekannter alter Mann in billiger Kleidung, der mitten in der Nacht auf einem Autobahnrastplatz seiner chronischen Krankheit erlegen war, machte keinen Eilkurier nötig.

– 3 –

«Warum ich? Ich verstehe nichts von Kunst. Warum schickst du nicht Jimmi?»

«Jimmi ist auf den Seychellen oder in Florida oder wo diese smarten Jungs sonst rumjetten, wenn sie gebraucht werden. Zier dich nicht, Leo. Du kannst einen Rubens von einem Picasso unterscheiden. Das reicht. Außerdem geht's bei dieser Geschichte nicht um Kunst, sondern ums Herz. Geheimnisvolle Rückkehr eines Kunstwerkes, adlige alte Dame, treue Liebe, Tränen und so weiter. Bei so was bist du unschlagbar, und dein Englisch ist auch große Klasse.»

«Hör auf zu schleimen, Johannes, das kannst du nicht gut genug. Was ist mit den Kollegen vom Londoner Büro?»

«Keine Chance. Die haben die Sommergrippe, Tony Blair und irgendeinen neuen Popstar am Hals.»

«Warum machst du so eine Geschichte überhaupt? Ist das Sommerloch immer noch so tief?»

«Überhaupt nicht, es ist September, da haben nur die Bayern noch Ferien. Dieser alte Schinken, den die Lady zurückbekommen hat, soll aus Deutschland gekommen sein. So was interessiert die Leute. Immer nur Politik und Wirtschaft hält kein Leser aus, Leo, das ist ein alter Hut. Du kannst da drüben nach Herzenslust rumstöbern und die Leute dumm fragen. Häng dich im Dorfpub an den Tresen, und gib dem Postboten oder sonst wem einen aus. Auf so einer Insel ist nie was los, die erzählen dir garantiert alles und ihre eigene Lebensgeschichte dazu. So was machst du doch gern, Leo. Eine rührende kleine Geschichte, das ist ein ganz leichter Job. Was ist los?»

Der letzte Satz galt nicht Leo, sondern dem Klingeln des zweiten Telefons. Johannes rief: «Moment, die andere Leitung.» Der Hörer knallte auf die Tischplatte, und Leo hörte nur noch ein Murmeln im Hintergrund. Leider konnte sie nicht ein Wort verstehen.

Sie klemmte den Hörer unters Kinn, goss sich Kaffee nach und wanderte mit dem Telefon von der Küche in ihr Arbeitszimmer. Es war ruhig, sonnig und spartanisch wie eine Klosterzelle. Im letzten Jahr hatte sie alles, was konsequente Arbeit und Konzentration sabotieren konnte, daraus verbannt. In dem breiten Regal standen nun nur noch Aktenordner – Miete, Finanzamt und ähnlich Unerfreuliches –, stapelten sich Kartons mit Archivmaterial, das immer mehr und trotzdem nicht systematisch sortiert wurde, Fachbücher und jede Menge Nachschlagewerke. Unter dem Fenster türmten sich Zeitungen und Broschüren voller immens wichtiger Informationen, die sie garantiert niemals brauchen würde.

Leo wischte sich mit dem Handrücken über den Nacken, ließ das feuchte Stirnband auf den Boden fallen und begann, die Schnürsenkel ihrer Laufschuhe zu öffnen. Sie war heute gut in Form gewesen, wahrscheinlich lag es an den Sonnenstrahlen, die sich an diesem Morgen ausnahmsweise nach Hamburg verirrt hatten und den Stadtpark in eine frühherbstliche Idylle verwandelt hatten.

Johannes redete noch auf der anderen Leitung, ein bisschen lauter, aber immer noch nicht laut genug. Eine Hummel brummte an der

Fensterscheibe träge auf und ab und verkroch sich schließlich in der wuchernden Grünlilie. Leo griff nach ihrem Terminkalender, betrachtete die ziemlich leeren Seiten und seufzte. Warum war *sie* nicht auf den Seychellen? Jahrelang hatte sie studiert, Biologie und Politik, ernsthafte Wissenschaften. Die beste Grundlage für Reportagen über veritable Umweltskandale, Bestechungsaffären, eben für rasende Reisen rund um den Globus. Und nun? Nun war sie Spezialistin fürs Tränenfach. Wärst du Lehrerin geworden, hatte Annelotte neulich wieder gesagt, und hättest einen netten Schulrat geheiratet wie ich, wäre das nicht passiert. Dabei hatte sie Kjeld (das arme Kind!), ihrem dritten und bisher jüngsten Sprössling, das Fläschchen in den Mund gestopft, aber es sah mehr nach Knebeln aus. Kjeld war ein ausgesprochen stimmgewaltiges Kleinkind mit minimalem Schlafbedürfnis. Annelotte, seit ihrer ersten Prügelei um einen verbeulten Brummkreisel Leos beste Freundin, wirkte in der letzten Zeit sehr schmallippig. Das Glück von Ehe und Mutterschaft forderte auch seinen Preis. Leo hatte während ihres letzten Semesters keinen zukünftigen Schulrat, sondern einen Biologieprofessor im Auge gehabt, ein für diese Gattung ungewöhnlich kostbares Exemplar mit breiten Schultern und grünen Augen und zudem Spezialist für das Brutverhalten afrikanischer Buntbarsche. Leider auch für füllige junge Damen von höchstens ein Meter sechzig mit blonder Madonnenfrisur, Mittelscheitel inklusive, und Hang zu bewunderndem Schweigen. Das exakte Gegenprogramm zu dem, was Leo, ein Meter zweiundachtzig, dünn wie eine Pappel, dunkelbraun, viele zottige kleine Locken, zu bieten hatte. Bewunderung wäre kein Problem gewesen, jedenfalls in den ersten Wochen nicht, aber Schweigsamkeit war ihr nicht gegeben. Ihr größtes Laster jedoch war ihr unersättlicher Wissensdurst, eine ehrbare Eigenschaft, solange sie sich auf bürgerliche Bildungsinhalte beschränkt, was in diesem Fall allerdings nicht zutraf.

Nicht dass sie *wirklich* indiskret gewesen wäre oder hemmungslos im Leben anderer herumspioniert hätte, nein, sie hatte einfach eine Nase für Dinge, die niemanden etwas angingen. Ihre Mutter behauptete immer noch – zumeist kurz vor Weihnachten oder bei ähnlich seelenschweren Anlässen –, sie habe sich nur von Leos Vater scheiden lassen müssen, weil das Kind, sie sagte immer noch das Kind, diese kleinen Zettel mit den lippenstiftroten Kussmündern in seiner Manteltasche gefunden und stolz auf dem Küchentisch ausgebreitet hatte. Das war nun fünfundzwanzig Jahre her, und Leos Mutter lebte fröhlich klagend mit ihrem Zweitmann Ludger, treu wie ein Bernhardiner und ähnlich beleibt, auf Gran Canaria im ewigen Frühling. Von ihrem Vater hatte Leo nie wieder etwas gehört, bis er vor drei Jahren diese Welt verließ und sie, als späten Dank, mit einem kleinen Erbe bedachte, das sie nicht reich, aber zumindest frei von Sorgen um die Miete und die täglichen Kartoffeln machte.

Jedenfalls war es irgendwann höchste Zeit gewesen, ihre ausgeprägteste Eigenschaft in ehrbare Bahnen zu lenken und einen Beruf zu ergreifen, bei dem die weniger störte. Inzwischen waren sie und ihre Neugier erwachsen geworden. Was aber nicht viel besser war, nur besser aussah. Sie musste nicht mehr in jede verschlossene Schublade gucken, auch belauschte sie nur noch äußerst selten fremde Telefongespräche, ihre Arbeitsweise gestaltete sich erheblich aufwendiger und bewies professionelle Effektivität. Sie recherchierte gründlich, und in ihrem Kopf ratterten fleißige kleine Synapsen, unermüdlich damit beschäftigt, auch scheinbar belanglose Begebenheiten, Eindrücke oder Geräusche so lange hin und her zu schieben, bis daraus ein Bild entstand, die Lösung eines Rätsels, die Antwort auf eine Frage – oder eine neue Frage, eine ganze Reihe neuer Fragen. Tatsächlich war Leos Weise, die Welt zu sehen und zu erkunden, für ihren Beruf ehrenhaft, für die Karriere jedoch völlig ungeeignet. Eine gute Journalistin, hatte schon ihr erster Chefredakteur gesagt, wisse, wann sie aufhören müsse zu recherchieren. Sie, Leo Peheim, wisse das nicht. Ihre dämliche Buddelei sei schlicht unprofessionell, damit bekomme sie jedes Thema kaputt.

Nun war sie zehn Jahre im Geschäft, und – wie schon gesagt – im Tränenfach gelandet. Offiziell hieß das «Gesellschaft und Soziales», was viel besser klingt, und an guten Tagen war sie damit zufrieden. An schlechten sah sie die Welt grau und ihre Geschichten über verlorene und wieder gefundene Väter und Hunde, zu Herzen gehende Einsätze selbstloser Frauen für Drogenabhängige und Obdachlose, gegen alle Wahrscheinlichkeit lebend überstandene Abenteuer in den Tiefen des malaysischen Dschungels (nicht vor Ort recherchiert, sondern nach der Rückkehr der Heldin ins heimatliche Süderbrarup) als reines Entertainment für Leute, die selbst weder Dramen noch Höhenflüge erlebten, was nicht schlecht war, aber auch nicht genug. In den letzten Monaten hatte sie mehr schlechte Tage als gewöhnlich, wahrscheinlich lag das an dem verregneten Sommer.

Am anderen Ende der Leitung landete der Hörer scheppernd auf dem weißen Plastikkästchen mit den vielen Knöpfen, und der andere wurde wieder aufgenommen. «Hast du was gesagt, Leo?»

Leo schüttelte den Kopf. «Nein, Johannes. Ich denke.» Sie stellte irritiert fest, dass sie kleine grüne Galgen auf die Schreibtischunterlage gemalt hatte.

«Denke nicht, mach einfach. Vom Denken ist noch keiner reich und berühmt geworden. Also! Das Ticket ist schon bestellt. Du hast einen Direktflug, kein Umsteigen in London, ist doch schön, oder? Eine nette kleine Reise auf eine nette kleine Insel. Und erzähl mir nicht, dass du keine Zeit hast. Ich weiß, dass du Zeit hast. Pack deine Sachen, und komm morgen um halb zehn in die Redaktion, hol das Ticket und ein paar Seiten Archivmaterial, und weiter geht's zum Flughafen. Ist doch alles ganz bequem. Oder?»

Als das Taxi am nächsten Morgen um zwanzig nach neun vor dem Redaktionsgebäude hielt, war Leo wieder um eine Lebensgeschichte reicher. Bis auf einen in der Waschmaschine, trotz Schonwaschgang, ein für alle Mal dahingegangenen Lottozettel mit sechs Richtigen plus Supergewinnzahl, hatte sie eine Scheidung, die chronische Bronchitis des verflossenen Gatten und eine Allergie gegen Aprikosen zu bieten gehabt. Vielleicht war für undankbare Kinder und bösartige Nachbarinnen nur keine Zeit mehr gewesen.

Johannes' Zimmer lag in der dritten Etage des Verlagsgebäudes am Ende eines Ganges von der Länge des Elbtunnels. Als Ressortleiter hatte er Anspruch auf ein Zimmer mit Aussicht. Davon gab es zwar nicht genug, aber Johannes, für Neulinge im Haus, wegen seines Zwiebackbaby-Gesichts und seiner behäbigen (nett ausgedrückt) Gestalt, ein freundlicher Bär und völlig frei von den Qualitäten, die man für eine halbwegs passable Karriere in seiner Branche brauchte, bekam tatsächlich immer, was er wollte. Ein Büro mit Aussicht war für ihn eine Kleinigkeit, und so sah er Tag für Tag über die Elbe auf das große Trockendock und die Kräne, auf pummelige kleine Barkassen und große Pötte, eben die ganze bunte Hafen-Szenerie. Seit die Stadt als Idealkulisse fürs Fernsehen entdeckt worden war, konnte er den Blick übers Wasser allerdings nicht mehr genießen. Im Fernsehen, sagte er, sehe das alles doch viel schöner aus. Immer Sonne und Action. Was sei dagegen die Realität? Vor einigen Wochen hatte er seinen Schreibtisch umstellen lassen, nun saß er mit dem Rücken zu Fenster und Hafen, hatte den Flur hinter seiner stets geöffneten Tür im Blick und wusste als Erster von den neuesten Liebschaften, Intrigen und was es sonst in einer Zeitschriftenredaktion Wichtiges zu erfahren gab.

Leo ließ ihre Reisetasche fallen, etwas behutsamer den kleinen Rucksack mit der Kosmetikbox und dem Laptop und setzte mit erleichtertem Seufzen den schweren Tontopf mit ihrer

Grünlilie auf Johannes' Schreibtisch. Der telefonierte. Natürlich.

«Nein», sagte er, «auf keinen Fall ... Doch, vielleicht, aber erst nach ... Selbstverständlich weiß ich, dass Maria in Schottland ist und dich nicht begleiten kann ... Nein, aber ... Wieso nie Zeit? Bin ich nicht erst Samstag mit dir bei den Groothudes gewesen? ... Natürlich darf man die Karten nicht verfallen lassen, aber ... Also gut, ich hole dich um sieben ab. Ja, morgen, nein, ich vergesse es *nicht* ... Wie? Ja, ich sage Anita, sie soll mich daran erinnern ... *Ja!* Du solltest unbedingt im Oktober nach Lugano fahren, *unbedingt*, besser vier Wochen, aber jetzt muss ich wirklich Schluss machen, ich habe Besuch ... *Natürlich* beruflich. Ich arbeite hier. Hast du das vergessen?» Er schnaufte erschreckt und sah verblüfft auf den Hörer. «Sie hat aufgelegt.»

«Geht es deiner Mutter gut?», fragte Leo höflich.

«Schrecklich gut. Sie hat mich gerade gezwungen, morgen mit ihr ins Schauspielhaus in die ‹Westside Story› zu gehen. Dieses Gastspiel von so einer Broadway-Truppe. Die ‹Westside Story›! Nichts als hüpfende Teenager und

Lärm. Was will sie da? Sie ist fast siebzig! Was ist *das*?» Er zeigte angeekelt auf das üppige Gewächs vor seiner Nase.

«Meine Grünlilie. Wenn ich sie alleine lasse, grämt sie sich und vertrocknet auf der Stelle. Meine Nachbarin ist im Urlaub, Johannes, also musst du sie gießen. Jeden Tag, aber nicht zu viel.»

«Du spinnst, Leo, das ist hier ein Büro, kein Gewächshaus. Womöglich soll ich noch mit ihr reden?»

«Das wäre nicht schlecht. Sie ist eine wunderbare Zuhörerin.»

Er seufzte ergeben und schob den Topf mit spitzen Fingern an den Tischrand. «Stell das Monstrum irgendwo ans Fenster. Willst du Kaffee?»

Leo schüttelte den Kopf. Bevor sie in ein Flugzeug stieg, tat sie nichts, was sie auf irgendeine Weise munter halten konnte.

«Okay.» Johannes rubbelte sich mit beiden Händen energisch übers Gesicht. «An die Arbeit.» Er griff nach einer grünen Mappe auf seinem Schreibtisch, der wie stets penibel aufgeräumt war. Leo hatte nie verstanden, wie er das schaffte, bis sie vor einiger Zeit, auf der Suche nach einem Radiergummi, eine seiner Schubladen aufzog. Der Anblick war schrecklich. Das hatte sie getröstet.

«Das Archivmaterial.» Er reichte ihr die Mappe. «Es ist nicht viel. Du hast im Flieger reichlich Zeit, es zu lesen. Und bitte, Leo, frag viel, aber nicht zu viel. Lies den Artikel aus der *Sun*. Da steht eigentlich schon alles drin, ich weiß gar nicht, warum ich dich noch da rüberfliegen lasse. Ich will nicht, dass du womöglich rauskriegst, dass die ganze Geschichte ein Luftei ist. Sieh mich nicht so an. Du weißt genau, was ich meine. Es ist eine wirklich schöne Geschichte. Also frag die Lady nicht so lange, bis sie dir erzählt, dass ihr verschollener Ehemann kein Traumprinz, sondern eine Knalltüte war. Du bist ein Profi, also frag nur, was wir wissen *wollen*. Denk an den Vater aus Deutsch-Südwest.»

Leo seufzte. Die Geschichte mit der Wiedervereinigung von Vater und Tochter, die einander neunundvierzig Jahre lang für tot gehalten hatten, hatte so schön angefangen. Sie saßen, Leo gegenüber, einträchtig nebeneinander auf dem Sofa und beteuerten immer abwechselnd, wie schmerzlich sie einander vermisst, wie hart sie unter dem vermeintlichen Tod des anderen gelitten hatten, all die Jahrzehnte. Immer die Sehnsucht im Herzen, und nie, schluchzte die Tochter, habe sie die Hoffnung aufgegeben. Und dann, vor einer Woche, waren sie einander am Hamburger Flughafen in die Arme gesunken, endlich wieder vereint, eine Familie. Leo hatte das sehr rührend gefunden, aber auch erstaunlich. Ob er denn nicht, wie andere Eltern auch, über die Suchdienste nach seiner in den Nachkriegswirren verloren gegangenen Tochter hätte forschen lassen. Wieso er überhaupt nach Namibia gegangen sei, bevor er seine Familie ...

Deutsch-Südwest, hatte da der Alte gesagt, Deutsch-Südwest bleibe Deutsch-Südwest. Auch wenn die Neger heute glaubten, sie könnten alles an sich reißen, was die Weißen in einem Jahrhundert schwerster Arbeit aufgebaut hätten. Könnten kaum lesen und schreiben, von arbeiten ganz zu schweigen, aber die Herren spielen! Die Frage nach den Suchdiensten schien er nicht gehört zu haben, aber seine Tochter bekam plötzlich schmale Lippen und ein spitzes Kinn. Wegen der Suchdienste und wegen der faulen Neger. Kurz darauf wurde auf dem Sofa nicht mehr gesäuselt, sondern gebrüllt. Der als liebender Vater Heimgekehrte beschimpfte seine seit Jahrzehnten schmerzlich vermisste Tochter als Verräterin am Deutschtum, und sie brüllte, er sei ein Scheißtyp, ein Rassist reinsten Wassers, und zurückgekommen sei er sowieso nur, weil er da unten Bankrott gegangen sei mit seiner Ausbeuterfarm und total pleite, weil er die Gicht habe und eine billige Pflegerin brauche. Aber sie denke gar nicht daran. Und wenn man sie zwingen wolle, für seinen Unterhalt aufzukommen, werde sie vor Gericht gehen, dann solle er mal sehen. An dem Punkt hatte Leo das Aufnahmegerät abgestellt. Sie hatte nur wissen wollen, was wirklich passiert war. Damals, vor all den Jahren. Doch wer wollte schon so eine Geschichte ohne Happy End lesen?

Leo blätterte flüchtig durch das Archivmaterial, klappte die Mappe zu und schob sie in den Rucksack. «Wer fotografiert? Du willst doch sicher die schmelzend lächelnde Dame zwischen ihrem Kamin und dem geheimnisvollen Bild. Oder in ihrem Rosengarten, neben ihrem netten britischen Steinhaus. Hoffentlich hat sie das Bild nicht schon in den Keller verfrachtet.»

«Spiel nicht die Defätistische, das steht dir nicht. Es ist doch wirklich eine nette kleine Geschichte, bestimmt ist die Lady ganz reizend, serviert dir Ingwerkekse und einen hundert Jahre alten Port. Natürlich will ich Fotos. Der Fotograf kommt direkt von London rüber. Gilbert irgendwas, ich hab vergessen, wie er heißt.»

«Appleby», rief Anita, der nie etwas entging, aus dem Vorzimmer. «Gilbert Appleby.» Anita Welte war seit sechs Jahren Johannes' Sekretärin, sein Gedächtnis und ganz im Gegensatz zur allgemeinen Überzeugung *nicht* seine Bettgenossin.

«So kann keiner heißen, Anita», rief Leo zurück. «Nur bei Jane Austen.»

«Redet viel dummes Zeug und steigt hemmungslos durch jedes Klofenster, wenn es einen toten oder lebenden Promi zu knipsen gibt», brüllte Anita weiter. «Aber er ist ein hübscher Junge und macht prima Bilder.»

«Wunderbar», murmelte Leo. Das hörte sich nach einem an, der sie hemmungslos mit seinen Heldentaten zuquatschen würde.

«Sei nicht spröde, Mädchen. So kommst du nie weiter. Aber ich will dich und deine heilige

Konzentration nicht überfordern. Gilbert Dingsda wartet in London auf deinen Anruf. Wenn du die Lady ausgefragt hast und sie dich richtig charming findet, rufst du den Jungen an. Der kommt für den letzten Tag rüber und knipst. Fertig. Bin ich nett? Ich bin sehr nett.»

Pling, machte es über Leos Kopf. Sie öffnete die Augen. Das Symbol für den Anschnallgurt war verloschen und die Boeing weder explodiert noch abgestürzt. Sie schwebte in einer weiten, ruhigen Kurve über die Stadt. Tief unten glänzte die Elbe metallisch grau. In dem weiten Areal der Industrielandschaft des Hafens bewegten sich Spielzeugschiffe und -kräne und winzige Lastwagenkäfer. Dann verdichteten sich die grauen Wolkenfetzen, und die reale Welt verschwand.

Leo hatte Glück gehabt. Die Maschine war bis auf den letzten Platz besetzt, aber sie hatte nicht nur einen Fensterplatz bekommen, neben ihr saß auch nicht der übliche quadratische Geschäftsreisende, der – kaum angeschnallt – umgehend seine Ellenbogen und eine quadratmetergroße Zeitung ausbreitete, sondern ein dünnes Mädchen, das – doppeltes Glück – völlig versunken in einem Buch las, dessen Titel Leo leider nicht erkennen konnte. Sie liebte lesende Kinder. Besonders in engen Räumen ohne Fluchtmöglichkeiten.

Sie schlug die Mappe mit dem Archivmaterial auf und begann, ein zweites Mal die wenigen Seiten zu lesen, die der Archivar geliefert hatte. Für das erste Mal hatte die Taxifahrt zum Flughafen gereicht.

In der Mappe steckten zwei kopierte Artikel, einer aus der *Sun*, einer aus der *Jersey Evening Post*. Keiner aus dem *Observer*, aus der *Times*, aus dem *Guardian*. Seltsam. Es war unwahrscheinlich, dass Johannes ausgerechnet die *Sun* und die *Jersey Evening Post* regelmäßig auf den Schreibtisch bekam. Wo hatte er diese Geschichte aufgetrieben? Sicher ein Tipp aus dem Londoner Büro. Von wegen Grippe und keine Zeit, die hatten einfach Spannenderes zu tun.

In der *Sun* standen die üblichen dreißig Zeilen in pompösen Halbsätzen. Der Artikel aus der *Jersey Evening Post* war kein Computerausdruck aus der großen Maschinerie des Verlagsarchivs, so unbedeutende Blätter wurden dort kaum archiviert, sondern eine ganz normale Kopie von einem ganz normalen Kopierer.

Lady Amanda Thornbould, stand da, entstammte einer der alten Insel-Familien. Sie war vor siebenundsiebzig Jahren in St. Brelade auf Jersey geboren, hatte 1939, kaum achtzehnjährig, geheiratet und wurde schon 1945 Witwe. Seither lebte sie allein mit ihrer Wirtschafterin auf Thornbould Manor, als ein hoch geachtetes und aktives Mitglied der Gemeinde, des Museumsausschusses in St. Helier, dann folgten noch ein paar weitere Ausschüsse und Clubs. Vorgestern ... Leo sah auf das Datum am oberen rechten Rand der Kopie. Vorgestern, das war vor mehr als einer Woche gewesen. Die Jungs in London hatten sich Zeit gelassen mit ihrer Information an die Heimatredaktion. Also: Vorgestern habe ihr der Frachtgutmeister des hiesigen Flughafens, George Goodwin, 42, ein Paket persönlich geliefert, was wieder ein schönes Beispiel für den guten, individuellen Service des hiesigen Flughafens sei, und ihr auch geholfen, die Verpackung zu lösen. Der Absender der Sendung sei Lady Thornbould unbekannt und, wie sich am nächsten Tag herausstellte, mit allergrößter Wahrscheinlichkeit falsch.

«Das Paket», las Leo weiter, «enthielt ein Gemälde eines nordamerikanischen Malers aus dem späten 19. Jahrhundert, in einem schlichten, aber kunstvoll gearbeiteten Rahmen. Der Name des Künstlers ist der Redaktion bisher nicht bekannt, aber es ist davon auszugehen, dass das Gemälde vor allem großen persönlichen Wert hat. Es zeigt eine junge Dame auf einer Veranda neben einem hochrankenden gelbblühenden Rosenstrauch. Sie trägt einen großen blumengeschmückten Hut und entsprechend der damaligen Mode ein langes weißes Kleid, das mit einem breiten gelben Gürtel gehalten ist. Lady Thornbould, berichtete uns Mr. Goodwin, wurde vom Anblick des Gemäldes außerordentlich erschüttert. Sie erkannte es sofort als das Bild, das ihr verstorbener Gatte ihr im Juli 1939 während ihrer Hochzeitsreise nach Paris geschenkt hatte. Das Bild war in den letzten Tagen des Jahres 1965 bei einem Einbruch gestohlen worden, was umso schmerzlicher war, als ihr Gatte, der seinerzeit junge Lord Thornbould, während der Zeit der deutschen Besetzung der Kanalinseln ...»

Hier musste die Kopie im Fax-Gerät verrutscht sein. Die letzten Zeilen des Artikels waren kaum zu entziffern. Leo verstand nur so viel, dass er zunächst als verschollen galt und später für tot erklärt worden war.

Deutsche Besetzung? Das war ihr schon beim ersten Lesen aufgefallen. Auf Jersey? Sie griff in ihren Rucksack unter dem Sitz und zerrte den Reiseführer heraus, den Anita im Reise-Ressort für sie «ausgeliehen» hatte, und schlug unter ‹Geschichte› nach. Fünf ganze Jahre, vom Sommer 1940 bis zum Mai 1945, waren die Kanalinseln von deutschen Truppen besetzt gewesen. Im Reiseführer gab es darüber ein ganzes Extra-Kapitel. Leos gerade wachsende gute Laune schrumpfte. Wohin man in Europa kam – sie waren auch da gewesen. Lady Thornbould würde kaum Lust haben, ausgerechnet mit einer deutschen Journalistin über das Bild und seine Geschichte zu reden. Johannes hätte besser einen der freien Mitarbeiter mit britischem Pass nach Jersey geschickt.

Die Rückkehr des Bildes nach 33 Jahren, las Leo weiter, sei ein großes Geheimnis, und auch wenn man es wohl nie lösen werde, sei es doch eine wunderbare Begebenheit. Lady Thornbould, stand da zum Schluss, sei immer noch zu erschüttert, um der Presse persönlich Auskunft zu geben.

Eine kluge Frau, dachte Leo. Es würde nicht leicht werden, an sie heranzukommen.

Knapp zwei Stunden später warnte die Stewardess vor dem Landeanflug, überall klickten die Sicherheitsgurte, und Leo sah aus dem Fenster hinab auf die Insel. Die lag in der Form einer Niere mit ausgefransten Rändern unter dem makellos blauen Himmel in einem makellos blauen Meer. Kilometerlange Strände, kleine sandige Buchten zwischen den schroffen Felsen der nördlichen Steilküste, Wiesen, von windzerzausten Hecken durchzogen, graue Dörfer mit üppigen Gärten, schmale Straßen – eine Landschaft wie aus einem alten englischen Roman. Sie beschloss – Arbeit hin, Vergangenheit her –, sich ein paar schöne Tage zu machen.

Auch der Flughafen war sehr niedlich. An ein paar niedrigen, weiß gestrichenen Büro-Containern und Gebäuden klebten der Tower und eine neue Halle mit viel Glas, auf der Mitte einer großen Wiese lief die Rollbahn deutlich bergan. Die metallische Lautsprecherstimme des Flugkapitäns warnte eine Minute vor der Landung, man müsse wegen der sehr kurzen Rollbahn ein wenig heftiger bremsen als gewöhnlich, kein Grund zur Sorge. Britisches Understatement! Als die Maschine stand und Leo mit schweißnassen Händen ihren Gurt löste, beschloss sie, falls sie jemals wieder nach Jersey reisen musste, würde sie den Landweg über England oder Frankreich und eine der Fähren von Weymouth oder St. Malo nehmen, egal wie viel Tage es sie kosten würde.

Die Ankunftshalle wirkte von innen sehr viel größer als von außen, das Transportband für das Gepäck begann fast umgehend zu summen, und bald darauf schaukelten die ersten Koffer und Golfschlägertaschen heran. Ihre Tasche, schwarz wie viele, aber zum schnellen Erkennen mit einer feuerroten Schleife geschmückt, schob sich als eine der Ersten über das Band. Leo zerrte sie zwischen zwei direkt vor dem Band am Boden festgewachsenen Teenagern hindurch und machte sich auf den Weg durch die Empfangshalle zum Ausgang. Der war von adrett gekleideten Männern und Frauen verbarrikadiert, die den Ankommenden schwungvoll beschriftete Hotelschilder entgegenhielten. Eine Blondine im dunkelblauen Kostüm, deren kirschrot lächelnde Lippen unermüdlich ‹Welcome› zwitscherten, drückte ihr einen Prospekt ‹What's on today in

Jersey› in die Hand, eine Anleitung zum exzessiven Shopping.

«Please, Miss, may I ...» Ein grimmiges Gesicht über einem hoch bepackten Gepäckwagen starrte sie auffordernd an. Leo trat eilig einen Schritt zur Seite, und der Mann, der zu Gesicht und Wagen gehörte, schob mit einem kräftigen Schubs sein Gepäck an ihr vorbei in die Halle, als wolle er ihre Füße abrasieren. Offenbar auch einer, der nicht gerne flog. Vielleicht war ihm auch gerade die Frau davongelaufen, kein Wunder bei der Grimmigkeit, oder er hatte gestern das Rauchen aufgegeben. Leo sah ihm nach, schließlich war er, trotz seines Grimms, ein schöner Mann, breite, aber nicht zu breite Schultern, dichtes, fast schwarzes Haar mit ersten grauen Fäden. Sein ganz schwarzes Leinen-Jackett hatte mindestens so viel gekostet wie ihr Laptop, und wenn sie sich nicht sehr irrte, war er eher grün- als blauäugig. Er schob seinen Wagen zum Ticketschalter, verhandelte mit der Bodenstewardess, kaum weniger grimmig, und gerade als Leo sich auf die Suche nach einem Taxi machen wollte, drehte er sich abrupt um. Nein, leider nicht nach ihr, sondern nach einem anderen Mann, der ihn am Ellbogen berührt hatte, vorsichtig wie ein Kind, das sich einem allzu strengen Vater bemerkbar machen will. Das harte Gesicht entspannte sich, er war tatsächlich ein *sehr* schöner Mann, und er legte freundlich eine Hand auf die Schulter des anderen. Der war einen halben Kopf kleiner und ein bisschen vierschrötig, sein langes blondes Haar wurde im Nacken mit einem Band zusammengehalten, und seine Jeans und die fleckige graue Strickjacke schienen so alt wie die Insel. Sein Gesicht konnte Leo nicht erkennen, nur seine Hände, die er beim Reden immer wieder zögernd und wie im Bedauern hob. Sie waren viereckig wie Frühstücksbretter, die Fingernägel dunkel umrandet, und Leo beschloss, dass es sich hier um einen der Jaguar- oder Bentleyfahrer, die im Reiseführer als Symbol für die vornehme Bevölkerung der Insel stolz erwähnt wurden, mit seinem Gärtner handeln musste. Obwohl sie sich nicht vorstellen konnte, dass Jaguarfahrer ihren Gärtner so freundschaftlich begrüßten. Vielleicht hatte dieser den Lieblingspfau seines Chefs vor dem Ertrinken im Seerosenteich gerettet. Oder konnten Pfauen etwa schwimmen?

Leo rief sich und ihre indiskrete Phantasie

zur Ordnung, schulterte Tasche und Rucksack und stellte sich ans Ende der Schlange, die vor der Eingangstür auf die Taxis wartete.

– 4 –

Johannes hatte sich nicht lumpen lassen. Das *La Tour Hotel* in St. Aubin stand an einer schmalen Straße, die sich über der weiten Bucht den Hang hinaufwand. Es war angenehm klein und auf sehr britische Art auch ziemlich fein. Auf den Vorhängen vor den Fenstern und über den Betten blühten die wunderbarsten Rosen, in jeder Ecke standen blassgelbe Couchs herum, darüber hingen die abenteuerlichsten Seestücke in dicken goldenen Rahmen; auch Türknäufe, Fensterriegel und Wasserhähne blitzten golden, und das Rauchen war erlaubt, sogar im Frühstücksraum. Der wurde von zwei Ritterrüstungen mit mächtigen Schwertern bewacht, doch sonst war er sehr gemütlich. Leo, die gewöhnlich nicht viel mehr als Kaffee zum Frühstück vertrug, leerte ihren Teller von Spiegelei, Schinken, runzelig gebratenem Würstchen und gedünsteter Tomate. Dann verdrückte sie noch zwei Scheiben Toast mit Marmelade, leerte eine Kanne Tee, öffnete dezent den Knopf ihres Rockbundes und lehnte sich zufrieden zurück. Ein wunderbarer Morgen.

«Hi», sagte eine Stimme neben ihr. «Sie sind Eleonore, nicht? Ich bin Gilbert.»

Der wunderbare Morgen war schon zu Ende.

«Leo. Leo reicht völlig», murmelte sie automatisch und blickte auf. Zu der Stimme gehörten zwei azurblaue neugierige Augen in einem schmalen, etwa dreißigjährigen Gesicht unter einem Wust von kurzen rotblonden Locken. Sein weißes Hemd und die Jeans kamen direkt aus der Wäscherei. Es war erst halb neun, und er sah schrecklich munter aus.

«Warum Leo? Eleonore ist doch viel schöner.»

Der Ansicht war Leo nicht. Ihr Name erinnerte sie an eine Wasserleiche, ätherisch schön, aber mausetot, was beides nicht zu ihr passte, aber sie sah keinen Grund, das zu erklären.

«Sie sollten doch in London bleiben, bis ich Sie anrufe. Was machen Sie schon hier?»

Der Fotograf grinste noch breiter, zog einen Stuhl zurück und setzte sich. Der Kellner, einer der agilen Gastarbeiter von Madeira, die mit erlesener Höflichkeit das ganze Hotel zu versorgen schienen, brachte frischen Toast, doch Gilbert Appleby war gegen das appetitfördernde Seeklima immun. Er begnügte sich mit einer Tasse Tee.

«Ich hatte in den letzten Tagen auf Guernsey zu tun und bin früher fertig geworden. Ich dachte, Sie langweilen sich allein auf dieser langweiligen Insel und freuen sich, wenn Sie Gesellschaft bekommen.» Er habe gestern Abend die letzte Fähre genommen, und nun sei er hier. Er strahlte sie an, als sei er ihr ganzes Glück.

Im Gegensatz zu Leo fand Gilbert überhaupt nicht, dass er sich einen freien Tag machen sollte. Unsinn, sagte er munter, ihr Mietwagen könne das tun, sein eigener Wagen stehe vor der Tür, scharre mit den Hufen und wolle bewegt werden. Sie sei das Linksfahren nicht gewohnt, er werde sie chauffieren und ganz in Ruhe arbeiten lassen; wenn sie wolle, warte er immer brav vor der jeweiligen Tür, bis sie ihn brauche. Er müsse noch telefonieren, in – er sah auf seine Uhr – zwanzig Minuten warte er vor dem Hotel. Bevor Leo protestieren konnte, stand er auf und verschwand. Sie hasste es, wenn andere ihre Entscheidungen trafen.

Ein strahlend blauer Himmel mit malerischen Wolkengebirgen gab der Bucht von St. Aubin mit ihrem weit geschwungenen, drei Meilen langen Sandstrand und dem kleinen Yachthafen mediterranes Flair. Ganz so, wie es der Reiseführer versprach. Die Sonne wärmte und machte die enge Straße mit ihren schmalen uralten Häusern, alle aufs Feinste restauriert und mit Geranien, Bougainvilleas, Rosenstöcken und allerlei anderen wuchernden und blühenden Gewächsen geschmückt, zur Postkartenidylle. Leo hatte plötzlich gar nichts mehr dagegen, einen Chauffeur mit einem Cabrio zu haben.

Gilbert fuhr einen roten MG, ein altes, liebevoll gepflegtes Vehikel. Gegen alle Erwartungen lenkte er den Wagen behutsam über die engen, häufig von dicht bewachsenen Wällen gesäumten Straßen. Er hatte Leo zwar die Karte gegeben und sie gebeten, den Pfadfinder zu spielen, aber immer wieder klackerte der Blinker schon, bevor sie ihm sagte, dass er nun links oder rechts abbiegen müsse. Gilbert Appleby kannte sich gut aus auf Jersey. Worüber Leo sehr froh war, denn Wegweiser waren auf dieser Insel selten wie Goldadern, und wenn es doch welche gab, waren sie meistens von Knöterich- oder Haselsträuchern überwuchert, auch war nicht immer deutlich, in welche Richtung sie zeigten. Zudem hatten die meisten Straßen französische Namen, was die Sache nicht einfacher machte, jedenfalls für jemanden wie Leo, deren Französischkenntnisse aus zwölf Worten und zwei deftigen Flüchen zur Abwehr selbst ernannter Don Juans bestand. Kurz und gut, allein hätte sie für die Fahrt nach Thornbould Manor Stunden gebraucht.

Gilbert sprach nicht viel, um genau zu sein: Er sprach überhaupt nicht. Aber sein Schweigen war freundlich und entspannt und gab Leo die Ruhe, die sie brauchte, um über das nachzudenken, was nun vor ihr lag.

Sie hatte gestern Abend nicht lange überlegt, sondern schnell beschlossen, unangemeldet in Thornbould Manor anzuklopfen. Die Chance, bei der Bitte um ein Gespräch abgewiesen zu werden, war groß, hier half nur die Überrumpelungs-nettes-Gesicht-Taktik. Und ein dickes Fell.

Es war leicht gewesen, Lady Thornboulds Adresse herauszubekommen. Sie stand unter

T im Telefonbuch. Auch sonst schien hier jeder Thornbould Manor zu kennen, und spätestens seit der Geschichte mit dem Bild wussten auch die Neulinge, die erst zehn oder fünfzehn Jahre auf der Insel lebten, wer die Lady war und wo man sie fand. Im *Blue Dolphin*, einem der Pubs an St. Aubins winzigem Hafen, hatte Leo gestern Abend vom Barkeeper erfahren, die Lady sei eine wirkliche Lady, wie es sie heute kaum mehr gebe. Dieser Rummel um das Bild habe ihr gar nicht gefallen, das sei privat, und, nein, natürlich lebe sie nicht allein, Josette sei auch da, nur als das Bild kam, sei Josette gerade auf Guernsey gewesen, ihre Nichte habe geheiratet, und da sei es ja klar, dass sie hingefahren sei, obwohl sie die Lady sonst nie allein lasse, was ein Witz sei, denn die Lady, immerhin fünf Jahre älter als Josette, sei fit wie ein Turnschuh. Wer Josette sei? Das Mädchen natürlich, sie führe den Haushalt, schon seit Ewigkeiten.

Genau, mischte sich eine Frau mit hochtoupiertem pechschwarzem Haar und sonnenverbrannter Nase ein, wenn Josette da gewesen wäre, hätte sie, und nicht das Plappermaul George, das Paket ausgepackt, dann hätte davon nie etwas in den Zeitungen gestanden. Sie bemühte sich um ein empörtes Gesicht, aber es war deutlich zu erkennen, dass sie das sehr bedauert hätte. George?, hatte Leo gefragt. George Goodwin vom Flughafen. Natürlich. Der Frachtgutmeister, der das Bild gebracht und ausgepackt hatte. Armer George, die Lady würde kaum mehr gut auf ihn zu sprechen sein.

Und das Bild sei tatsächlich so lange verschwunden gewesen? Die Leute an der Bar schwiegen, sahen in ihre Biergläser, als sei darin eine hochinteressante, unbekannte Flüssigkeit. Na ja, sagte schließlich ein dünner Mann, der bisher nur zugehört hatte, das stimme schon. Seit 1965, so habe es ja auch in der Zeitung gestanden. Damals seien viele Fremde auf die Inseln gekommen. Ausländer, meistens reiche, aber die seien ja auch nicht ohne.

Die Debatte darüber, ob Ausländer, reich oder arm, mehr klauen und betrügen als Engländer oder gar Jersianer, wurde kurz, aber heftig geführt. Sie endete nur unentschieden, weil der Barkeeper eine Runde ausgab, bevor es ernst werden konnte.

«Und sie hat nie wieder geheiratet? Lady

Amanda meine ich», fragte Leo, nachdem das Bier die Gemüter etwas beruhigt hatte.

Alle drei schüttelten entschieden den Kopf. «Nie wieder», seufzte die Frau mit der verbrannten Nase, «es war eben echte Liebe. Dabei muss sie eine sehr schöne Dame gewesen sein, sie ist ja heute noch schön. Oder, Will?»

Der dünne Will schob die Unterlippe vor und nickte.

«Und so vornehm, ich meine, wirklich vornehm, nicht herablassend, Lady Amanda hat immer ein freundliches Wort. Obwohl», sie blickte flink nach links und rechts und neigte sich Leo zu, «meine Mutter, die ist nun auch schon fünf Jahre dahin, die hat mir erzählt, dass Lady Amanda nochmal verlobt war, mit einem Londoner, Anfang der sechziger Jahre. Aber sie hat die Verlobung wieder gelöst. Keiner weiß, warum.»

«Kein Wunder», brummte Will. «Ein Londoner.» Das Wort klang, als spreche er von einem faulen Apfel. «Der hat garantiert verlangt, dass sie die Insel verlässt und mit ihm nach London geht. Das würde sie nie tun, die Insel verlassen.»

Leo nickte zustimmend. «Sie lebt also all die

Jahre allein mit Josette in ihrem Haus. Hat sie keine Verwandten?»

«Natürlich hat sie Verwandte.» Keine zu haben musste ein großer Makel sein. «Die leben aber nicht auf den Inseln. Früher, als ihre Nichten und Neffen klein waren, haben die fast immer den Sommer hier verbracht. Es war eine ganze Horde. Jetzt haben die natürlich alle ihre Jobs und eigene Familien, aber einige kommen immer noch ab und zu für ein paar Tage zu Besuch ...»

Dann entstand eine Debatte, wer zuletzt und wie lange da gewesen war, was Leo wenig interessierte. Niemand nahm Notiz davon, als sie zahlte und das Pub verließ.

Leo wäre glatt an Thornbould Manor vorbeigefahren. Aber Gilbert, an die Geheimnisse hinter den hohen Hecken der Insel gewöhnt, stoppte eine halbe Meile hinter St. Brelade, verschränkte die Arme vor der Brust und sagte fröhlich: «Auf in den Kampf.»

Leo sah nichts als eine Hecke, lang, haushoch, aus dichter, würzig duftender Eibe und undurchdringlich.

«Etwa zwanzig Schritte weiter ist die Einfahrt. Ich warte hier. Einem harmlos aussehenden Mädchen allein macht sie bestimmt die Tür auf.»

«Passen Sie auf, dass Sie inzwischen kein Trecker überfährt. Wenn's Ihnen zu lange dauert, fahren Sie zurück ins Dorf. Da war ein Pub am Ortsausgang, ich finde Sie dann schon.» Sie nahm ihre Tasche von der Rückbank, stieg aus und schritt energisch die Straße entlang.

Gilbert hatte Recht gehabt, nach etwa zwanzig Metern machte die Hecke einen scharfen Knick, und Leo stand vor einem hohen schmiedeeisernen Tor. Letztlich verdankte sie es dem Wetter, dass sie noch am gleichen Abend ihren Laptop aufklappen und beginnen konnte, die Geschichte des Bildes «Die Frau mit den gelben Rosen» zu schreiben. Und natürlich Lizzy.

Das Tor war nicht verschlossen, Leo brauchte nur die Klinke hinunterzudrücken, und schon öffnete es sich, es quietschte nicht einmal, was man doch von einem alten Tor erwarten müsste, sondern gab einfach den Weg frei in einen Garten, der extra für eines der teuren Coffeetable-Books über südenglische Idyllen angelegt schien.

Vor uralten Eichen, Buchen und Ahornen stand das Haus, ein mächtiger weißer Quader mit großen sandsteingefassten Fenstern unter einem Walmdach aus hellgrauem Schiefer, wie eine Herzogin inmitten ihrem Gefolge in üppigem Grün. Vier Schornsteine, je zwei heitere Türmchen auf jeder Seite des Hauses, nahmen ihm den Anflug von Strenge. Hundertjährige Rhododendren erhoben sich schützend hinter zarterem Buschwerk, ein Essigbaum drängte seine feuerrot leuchtenden Zweige frech in den Vordergrund, und an einem Pflaumenbaum, ganz und gar unpassend für einen so herrschaftlichen Garten, hingen tief violette dicke Früchte. An der rechten Seite des Hauses reichte ein verglaster Anbau bis nahe an einen Teich. Spätsommerliche Stauden blühten gelb, weiß und rosa an seinen Rändern, und die Rosenstauden am Rande der Auffahrt hätten bei jedem Gärtnerwettbewerb mit Grandezza die Konkurrenz aus dem Feld geschlagen.

Leo atmete den warmen Duft eines Gartens am Ende des Sommers und spürte für einen Moment die Sonne auf ihrem Gesicht, bevor die hinter einer bedrohlich schwarzen Wolke verschwand. Ein Irish Setter kam mit weiten Sprüngen über den Rasen auf sie zu, blieb neben dem Rosenbeet stehen und grinste sie mit schief gelegtem Kopf an. Leo hatte noch nie Angst vor Hunden gehabt, aber als Begrüßungskomitee in fremden Gärten entpuppten sie sich gerne als grimmige Kläffer, und auch wenn dieser hier freundlich und gar nicht wie ein bissiger Wachhund aussah – man konnte nie wissen. Aber immer noch besser ein neugieriger Hund als ein Butler mit Gewehr.

«Entspann dich, du Schöner», murmelte sie sanft, «ich will dir und deiner Lady nichts tun. Komm her.» Sie hielt ihm die rechte Hand entgegen, und das Tier nahm die Begrüßungsgeste an. Es kam näher, schnupperte ein bisschen an der fremden Hand, gerade so viel, wie es das Ritual zwischen Mensch und Hund erfordert, und ließ sich schon bereitwillig hinter den Ohren kraulen.

«Lizzy!» Zwischen den Schneeballbüschen an der rechten Seite des Hauses stand eine zierliche Gestalt, sie trug dunkelgrüne Cordhosen, die einst bessere Tage gesehen hatten, und eine kunterbunte Strickjacke über einer cremefarbenen Seidenbluse. Das feine Gesicht unter dem weißen Bubikopf blickte kühl. Der Hund, ganz offensichtlich Lizzy, hatte sich beim strengen Ruf seines Namens brav gesetzt und machte ein

Gesicht, als habe er gerade die dickste Wurst geklaut.

«Lizzy!», rief Lady Thornbould noch einmal, ganz gewiss kam da nicht die Wirtschafterin, sondern die Hausherrin selbst mit energischen Schritten die Auffahrt herunter, doch Lizzy, anstatt dem Ruf zu folgen, lehnte sich zärtlich an Leos Knie. Lady Thornbould blieb verblüfft stehen, sah ihre Hündin, sah die fremde Frau in ihrem Garten an – und lachte hell. «Was für ein Wachhund! Du kannst doch nicht mit jedem anbändeln, der in unseren Garten kommt. Sie müssen entschuldigen, Lizzy ist sonst nicht so ungebührlich vertraulich. Sie muss in Ihnen eine verwandte Seele entdeckt haben. Gewiss haben Sie auch eine Vorliebe für Geleebananen und wochenlang in irgendeinem Erdloch vermoderte Kalbsknochen. Nun komm her, Lizzy, lass die Dame in Ruhe, und benimm dich wie ein anständiger Hund.» Lizzy erhob sich seufzend und trottelte auf ihren Platz neben ihrer Herrin. «Und Sie, Miss», fuhr Lady Thornbould fort, nun wieder fast so kühl wie zuvor, «egal, wer Sie sind, egal, wer Sie schickt: Das Bild ist nicht zu verkaufen. Um keinen Preis. Ich muss Sie bitten, gleich wieder zu gehen.»

«Verzeihen Sie mein Eindringen, Lady Thornbould, das Tor war offen, und da dachte ich, also, ich will das Bild nicht kaufen ...»

«Sie kommen nicht von einer Galerie?»

Leo schüttelte den Kopf. «Schlimmer», sagte sie und begann, in ihrer Tasche nach ihrem Presseausweis zu suchen. «Ich bin von der Presse.»

«Lizzy, du dummer Hund», rief Lady Thornbould, «du hast mit dem Feind gekuschelt. Auch wenn Sie von der Presse sind», sie sah Leo prüfend, aber, so schien es, auch ein wenig erleichtert an, «muss ich Sie bitten zu gehen. Alles, was es über mein Bild und seine seltsame Rückkehr zu sagen gibt, stand schon in den Zeitungen. Für eine Journalistin sind Sie ziemlich spät dran, finden Sie nicht?»

Eigentlich schon, stimmte Leo zu, aber sie arbeite für eine große Zeitschrift aus Hamburg. In Deutschland sei die Geschichte völlig unbekannt, und weil das Bild doch auf dem Hamburger Flughafen aufgegeben worden sei ...

«Aus Deutsch...»

Der Rest ging in einem grellen Blitz unter, direkt gefolgt von einem ohrenbetäubenden Donnerschlag. Bevor Lizzy auch nur empört aufjaulen konnte, begann es zu regnen, als sollte die ganze Insel innerhalb weniger Minuten ins Meer gespült werden. Leo war sich nicht sicher, aber es klang wie: «So kommen Sie doch! Schnell!» Also folgte sie Lady Thornbould und Lizzy so schnell sie konnte ins Haus.

Es gab keinen uralten Port, wie Johannes vermutet hatte, aber Ingwerkekse. Und ein Handtuch.

«Das Gewitter haben Sie gut bestellt.» Lady Thornbould rubbelte Lizzys rotbraunes Fell trocken und gab dem Hund einen Keks und einen freundlichen Klaps. «Nun sind Sie also doch in meinem Haus, und wenn Sie sich umdrehen», sie zeigte mit einem Kopfnicken auf die Wand hinter Leos Rücken, «sehen Sie, was Sie sehen wollen. Dort über der Kommode.»

Das Gewitter war schnell weitergezogen, als habe es nur einmal aufheulen wollen, aber immer noch zuckten kurze grellweiße Blitze über den Himmel und warfen gespenstische Lichtfetzen in den vom dunklen Gewitterhimmel dämmerigen Raum. Das Bild war nur schwer zu erkennen, es war auch kleiner, als Leo gedacht hatte, aber es war wunderschön. Ein Kunstkritiker oder Galerist hätte sicher andere

Worte benutzt, von der sicheren Strichführung oder der diffizilen Komposition der Farben, von Licht und Konturen gesprochen, vielleicht auch gefunden, dass es kein großes Meisterwerk sei. Davon verstand Leo nichts, für sie war es einfach nur schön. Das Bild zeigte eine junge Frau, die seitlich auf dem Geländer einer Veranda saß. Ein Rosenstrauch, dicht besetzt mit zartgelben vollen Blüten, wucherte an der linken Seite des Bildes einen der Verandapfosten hinauf. Das lange weiße Kleid der mädchenhaften Gestalt wurde in der Taille von einem ebenfalls gelben Gürtel gehalten, der im Rücken zu einer so großen, an den Enden lang über das Geländer herabfallenden Schleife gebunden war, sodass sie das ganze Bild beherrschte. Aber nur auf den ersten Blick, dann forderte das Gesicht, seine geheimnisvolle Mischung aus Zartheit und Entschlossenheit, die ganze Aufmerksamkeit des Betrachters. Die hohen Wangenknochen und streng geschwungenen Augenbrauen widersprachen der Sanftheit der vollen lächelnden Lippen. Auch Leo sah nur dieses Gesicht unter dem breitkrempigen, hoch mit weißen und blassgelben Blüten beladenen Strohhut. Einladend und abwehrend zugleich, zart und fest. Wenn der Maler diese Frau geliebt hatte, und dessen war sie, von jeher eine romantische Seele, sicher, hatte er harte Zeiten erlebt. Oder wunderbare. Leo seufzte.

«Es scheint Ihnen zu gefallen.» Lady Thornbould trat zu dem Bild und strich zärtlich über den Rahmen. Sie hatte Kerzen angezündet, stellte den Leuchter auf die Kommode aus rotschimmerndem Mahagoni unter dem Bild und betrachtete es wie einen guten alten Freund. «Der Maler muss sehr verliebt gewesen sein.»

«Sie sieht Ihnen ähnlich.»

«Immer noch? Das ist ein nettes Kompliment. Sie ist mindestens fünfzig Jahre jünger gewesen, als sie so gemalt wurde. Tatsächlich hat mein Mann mir das Bild geschenkt, weil er damals auch fand, dass diese Frau mir sehr gleiche. Und weil es uns an einen sehr wichtigen Moment in unserem Leben erinnerte.» Sie betrachtete schweigend das gemalte Gesicht. «Damals hat mich das sehr glücklich gemacht», sagte sie schließlich, drehte sich um, ging zu einem der großen Fenster und sah in den Garten. Es regnete immer noch, aber die Blitze waren nur ein blasses Zucken, der Donner grummelte in der Ferne. «Heute bin ich mir nicht mehr so sicher. Sie sieht doch recht einsam aus. Finden Sie nicht?»

Das war keine wirkliche Frage gewesen, aber Leo nickte. Die zierliche alte Dame dort am Fenster hatte geheiratet, als sie gerade achtzehn Jahre alt war. Nur wenige Jahre später verschwand ihr Mann, und wenn der Dorfklatsch stimmte, hatte sie seither allein gelebt. Leo wünschte, dass die Leute im Dorf nicht alles wussten und sich irrten.

Der Regen hörte so plötzlich auf, wie er begonnen hatte, und sie spürte, dass sie nun noch mehr störte als zuvor im Garten.

«Gut», Lady Thornbould straffte die Schultern und drehte sich um. Ihr Gesicht war nicht, wie Leo befürchtet hatte, voller Trauer, sondern entschlossen und fast heiter. «Ich kenne Sie nicht, aber wenn Sie mir Ihren Ausweis zeigen, will ich Ihnen und Lizzys Nase einfach glauben, dass Sie dieses Bild weder stehlen noch kaufen, sondern nur darüber schreiben wollen. Bei...», sie suchte nach dem richtigen Wort, «... Unannehmlichkeiten ist die tapfere Lizzy nämlich stets als Erste verschwunden. Es mag dumm sein, aber ich biete Ihnen einen Handel an. Wenn Sie mitmachen, erzähle ich Ihnen die ganze Geschichte, und Sie können auch mich und das Bild, wenn Sie wollen sogar Lizzy und Josette, von allen Seiten fotografieren. Oder wollen Sie etwa keine Fotos?»

«Himmel!» Gilbert sprang aus dem MG und lief Leo entgegen. «Langsam habe ich befürchtet, dass die Lady Sie gefressen oder sonst wie zum Teufel befördert hat. Sie waren *Stunden* da drin.»

Leo sah auf die Uhr. «Drei Stunden, zehn Minuten. Ich habe Ihnen ja gesagt, dass Sie nicht mitkommen sollen. So lange braucht man mindestens, wenn man eine *ganze* Geschichte erfahren will.»

Kein Grund, ihm zu erzählen, dass sie die letzten anderthalb Stunden vor allem über die Vorzüge von Hunden gegenüber Katzen, die Unterschiede der Opernwochen in Bayreuth und Glyndebourne und über die Resistenz alter englischer Rosen gegen grüne Läuse geredet hatten. Jedenfalls hatte Lady Thornbould geredet.

«Und jetzt habe ich Hunger. Wenn Sie uns zu einem Pub mit Aussicht aufs Meer fahren, lade ich Sie zum Essen ein. Die Fotos können Sie übrigens morgen um elf machen.»

Sie ließ ihn zappeln, bis sie die Hälfte eines köstlichen Fisches mit gesottenem Fenchel und winzigen Melonenkügelchen gegessen hatte. «Lady Thornbould», sagte sie dann und trank einen Schluck Wein, «ist eine wunderbare alte Dame. Und Lizzy ist süß.»

«Ganz große Klasse. Wirklich. Aber was ist nun mit dem Bild und der alten Geschichte? Hat sie irgendwas erzählt, was wir noch nicht wussten? Reden Sie doch endlich. Darf ich?» Ohne ihre Antwort abzuwarten, klopfte er eine Zigarette aus Leos Packung und zündete sie an. «Wie soll ich gute Fotos in der richtigen Stimmung machen, wenn ich die Story nicht kenne? Und wer, verdammt, ist Lizzy?»

Leo nahm noch einen Schluck Wein und begann zu erzählen, von Lizzy im Garten, von der unverhofften Hilfe der Wettergötter und von dem Bild, das seiner Besitzerin so ähnelte. Das Bild, berichtete sie, sei ein Geschenk ihres Mannes, so wie es auch in den Zeitungen gestanden habe. Ein Geschenk während der Hochzeitsreise im Sommer 1939 nach Paris. Er habe es gekauft, weil er fand, dass diese Dame im weißen

Kleid mit gelbem Gürtel ihr ähnlich sehe. Was stimme, man könne es heute noch erkennen. Dann begann der Krieg, und 1940, sie glaube im Juli, wurden Jersey und die anderen Kanalinseln von deutschen Truppen besetzt. Der junge Lord Thornbould habe sich, wie etwa neunzigtausend andere, gut die Hälfte der Insel-Bewohner, kurz vorher noch evakuieren lassen, um zur Army zu gehen. Seine Frau blieb zunächst zurück, sie floh aber im September 1943, als ihre Verhaftung kurz bevorstand. Sie hatte zu denen gehört, die ihr Radio nicht, wie es befohlen worden war, abgegeben, sondern es verborgen und die englischen Sender abgehört hatten.

«Hatte jemand sie verpfiffen?»

Leo zuckte mit den Achseln. «Wahrscheinlich. Sie hat erzählt, dass sie damals eines ihrer Mädchen entließ, weil es eine Liebschaft mit einem Deutschen hatte. Wahrscheinlich war's die. Aber darüber hat sie nichts gesagt. Sie ist also geflohen und hat es bis kurz vor die englische Südküste geschafft. Mit zwei anderen, in einem winzigen Boot, bei Nacht und Nebel. Tatsächlich bei Nebel, dann hat sie endlich ein Patrouillenboot aufgefischt, zum Glück ein englisches. Es haben wohl einige versucht, über den Kanal nach England zu entkommen, vor allem in der Zeit, als die Nazis begannen, alle in England geborenen Inselbewohner in deutsche und französische Lager zu deportieren. Aber nur wenige sind angekommen. Die meisten wurden geschnappt oder sind ertrunken.»

Gilbert nickte. «Und dann?»

Im Mai 1945 wurden auch die Inseln befreit, und Lady Thornbould gehörte zu den Ersten, die zurückkehrten. Sie hatte gedacht, ihr Haus verwüstet vorzufinden, aber das war es nicht. Ein paar Offiziere hatten darin gewohnt, und einer von ihnen muss ein Gartenliebhaber gewesen sein. Jedenfalls war der Garten zwar ein bisschen verwildert, aber sonst gut in Schuss. Sogar die Büsche waren fachgerecht zurückgeschnitten worden. Das Haus war ordentlich abgeschlossen, und der Schlüssel lag im Geranientopf neben der Hintertür. Ist das nicht verrückt?»

«Total. Fehlte irgendwas?»

«Nichts. Der Weinkeller war natürlich leer und alles Essbare verschwunden, es gab zum Schluss kaum noch etwas zu essen auf den Inseln; anstatt weiter Tomaten und Kartoffeln anzubauen und Rinderzucht zu betreiben, haben die Jersey zu einer einzigen Festung ausgebaut ...»

«Ja, sicher, das sieht man ja heute noch, die Bunker, Geschützstellungen und vor allem das unterirdische Hospital sind *die* Touristenattraktionen. Die sollten Sie sich auch noch ansehen, bevor Sie dieses idyllische Eiland wieder verlassen. Und sonst?»

«Nur ziemlich viel Geschirr, vor allem Gläser, sagt sie, waren verschwunden. Das alles sei wohl nur bei der natürlichen Vernichtung ihrer Vorräte zerbrochen. Selbst das bisschen Silber, das sie nicht vergraben hatte, war noch vollzählig.»

Leo schob ihren Teller zurück. Der Rest des Fisches war kalt geworden, und sie hatte keinen Appetit mehr.

«Okay, so weit die ganz alten Geschichten. Und was hat das nun mit dem Bild zu tun?»

«Nichts. Tut mir Leid, ich habe wohl ein wenig weit ausgeholt. Also das Bild. Ihr Mann ist nicht aus dem Krieg zurückgekommen. Er war bei irgendwas Geheimem. Sie hat es nur angedeutet, Geheimdienst oder so etwas, nehme ich an. Und er war wohl auf dem Kontinent. Jedenfalls blieb er verschollen.»

«Das ist traurig. Also hat sie an dem Bild besonders gehangen, weil es ein Geschenk von ihm war, Hochzeitsreise, große Liebe ...»

«Das ist kein Grund zu spotten. Sie muss ihn wirklich sehr geliebt haben, jedenfalls hat sie nicht wieder geheiratet. Bewerber gab es bestimmt genug.»

«Entschuldigung, ich wollte nicht spotten. Es ist halt nur alles so lange her. Das Bild war also auch noch da, als sie zurückkam?»

Leo nickte: «Das war noch da und hing im großen Salon mit Aussicht auf den Garten. Bis Weihnachten 1965. Sie war bei Verwandten in England, Josette verbrachte die Feiertage bei ihrer Familie in St. Peter ...»

«Wer ist Josette?»

«Ihre Wirtschafterin. Sie ist es heute noch. Jedenfalls, als sie in den ersten Januartagen zurückkam, saß Josette, die einen Tag früher zurückgekommen war, um das Haus auf die Rückkehr der Lady vorzubereiten, in der Küche und heulte. Das Bild war weg. Einfach weg. Noch ein zweites fehlte, irgendein kleines Aquarell von einem lokalen Künstler, und zwei alte Silberpokale.»

«Mehr nicht?»

«Mehr nicht. Dabei besitzt sie einen echten kleinen Miró, aber das sollten wir besser gleich wieder vergessen, damit keiner auf blöde Ideen kommt. Der Dieb hat das Bild wohl übersehen. Oder für eine Kinderkritzelei gehalten.»

«Du lieber Himmel. Ein Miró. Was mag der jetzt wert sein!»

«Keine Ahnung, bestimmt eine Summe mit vielen Nullen vor dem Komma. Aber wie ich schon sagte: Den Miró vergessen wir gleich wieder.»

«Klar. Wollen Sie auch Kaffee?» Leo nickte, und Gilbert bestellte zwei. «Okay. Und der Rest? In der *Jersey Evening Post* hat ja ziemlich ausführlich gestanden, wie das Bild dann hier ankam. Dieser Typ vom Flughafen hat es gebracht, es hatte offenbar einen falschen Absender, kam aber eindeutig aus Deutschland, mit einem Kurierdienst vom Hamburger Flughafen. Woher wissen die das, wenn sie glauben, dass der Absender falsch ist?»

«Aus den Frachtpapieren, denke ich. Genau wird mir das hoffentlich George …», Leo blätterte in ihren Notizen, «George Goodwin erzählen, der Frachtgutmeister, der das Bild ausgepackt hat. Lady Amanda will ihn anrufen, damit er mit mir redet. Er redet nämlich mit niemandem mehr über diese Geschichte, weil die Lady durch seine Schwätzerei so viel Unruhe hatte. Sie wird ihm ordentlich die Meinung gesagt haben. Jetzt kommen nämlich ständig irgendwelche Galeristen oder Sammler, die das Bild kaufen wollen.»

«Und? Will sie verkaufen?»

«Auf keinen Fall. Sie redet gar nicht erst mit diesen Leuten. Mich hat sie zuerst auch für so jemanden gehalten.»

«Aber der Name des Malers stand doch gar nicht in den Zeitungen. Wer ist denn auf ein Bild scharf, wenn er nicht weiß, von wem es ist?»

«In den Zeitungen stand etwas von einem nordamerikanischen Künstler des späten 19. Jahrhunderts. Vielleicht reicht das schon für einige Sammler.»

Gilbert nickte. «Mag sein.» Die Kellnerin brachte den Kaffee. Nachdem sie wieder in der Küche hinter dem Tresen verschwunden war, fuhr er fort: «Ich gäbe mein neues Weitwinkelobjektiv für das Geheimnis, wie es Ihnen gelungen ist, sich in ihr Vertrauen einzuschleichen.»

«Nicht nötig. Das Geheimnis ist nur mein natürlicher Charme.»

Sie dachte nicht daran, ihm von ihrem Handel, wie Lady Thornbould es genannt hatte, zu erzählen: Lady Thornboulds Geschichte mit allen Einzelheiten gegen Leos Versuch herauszubekommen, wer der Absender des Bildes war, der wirkliche, nicht dieser Peter Müller, den es offenbar gar nicht gab. Das hatte jedenfalls ihr Neffe festgestellt, als er versuchte herauszubekommen, um wen es sich bei diesem dubiosen Absender handelte. Das sei kein fairer Handel, hatte Leo eingewandt, denn das würde sie sowieso versuchen. Lady Amanda hatte zufrieden genickt. Sie habe sich schon gedacht, dass Leo die *ganze* Geschichte wissen wolle. Dann werde sie ihre Bedingung erweitern. Um das Versprechen, Leo werde ihr, egal ob sie das Rätsel nun löse oder nicht, stets berichten, was sie bei ihrer Recherche erfahre. Vielleicht fiele ihr selbst dann noch irgendeine Einzelheit ein, an die sie sich jetzt nicht erinnere, die Leo weiterhelfe, dem Menschen, der an dieser Verwirrung schuld sei, auf die Spur zu kommen.

«Also nicht viel Neues», sagte Gilbert in ihre Gedanken. «Kaum mehr, als schon in unseren

Zeitungen stand. Haben Sie eigentlich herausbekommen, von wem das Bild ist? Den Namen des Malers?»

«Natürlich. Moment, er heißt ...» Leo blätterte wieder in ihrem Notizbuch. «Hier, Hale, Philip Leslie Hale.» Sie blätterte eine Seite weiter. «Lady Amanda sagt, es sei ein amerikanischer Maler, ein Impressionist aus Boston. Es steht zwar keine Jahreszahl auf dem Bild, aber es soll aus der Zeit kurz vor oder nach der Jahrhundertwende stammen. Ich hatte immer gedacht, alle Impressionisten seien Franzosen.»

Gilbert pfiff anerkennend durch die Zähne.

«Ist der so berühmt?», fragte Leo. «Ich hatte den Namen nie zuvor gehört.»

«Berühmt? Das glaube ich nicht, besonders gut kenne ich mich da allerdings auch nicht aus. Ich habe nur gepfiffen, weil Sie den Namen notiert haben. Korrekte Arbeit.»

«Das ist doch Quatsch. So was vergisst nicht mal eine Anfängerin.»

«Sorry, war nicht böse gemeint. Man erlebt halt so manches, nicht nur mit Anfängern. Morgen um halb elf kann ich also die Fotos machen. Kommen Sie nochmal mit?»

«Nein, ich habe anderes zu tun. Mit George

Goodwin reden, wenn ich ihn heute Nachmittag nicht erwische, auch mit ein Paar Leuten im Dorf, Atmosphäre schnuppern. Sie können sich beim Fotografieren ruhig Zeit lassen, sie hat auch nichts dagegen, wenn Sie das Gemälde ausleuchten wollen.»

Er stützte sein Kinn auf beide Fäuste und sah mit gerunzelter Stirn aus dem Fenster. Leo folgte seinem Blick. Vor dem Pub stieg ein Reiter von einem nervös trippelnden Fuchs und band die Zügel an eine hölzerne Stange neben der Tür. Der Mann mochte Anfang vierzig sein, er trug schwarze Reithosen, hohe polierte Stiefel und ein grünbraunes Tweedjackett mit Lederflecken an den Ellbogen. Das dunkelblonde Haar über seinem rosigen Gesicht war trotz des Rittes akkurat gescheitelt.

«Das Verblüffende an England ist», sagte Leo, «dass es allen Vorurteilen und Erwartungen seiner Besucher höflich entspricht.»

Gilbert nickte, ohne zu verstehen, was sie meinte. Er hatte den Reiter gar nicht bemerkt.

George Goodwin war gleich am Telefon. Sie könne sofort kommen, ja, Lady Amanda habe ihn eben gebeten, Miss Peheim alles zu erzählen, was sie wissen wolle. Tatsächlich aus Hamburg? Das sei interessant. Ja, drei Uhr passe gut. Am Flughafen, sie solle einfach am *information desk* nach ihm fragen.

In seinem Büro erzählte er Leo kurz noch einmal die ganze Geschichte. Das Paket sei über einen Hamburger Kurierdienst mit internationalem Service mit der Frachtmaschine aus London gekommen, nein, nicht mit der Post, mit der Fracht.

«Freddy war gleich die Anschrift aufgefallen, Freddy ist der jüngste Neffe meines Schwagers, er arbeitet im hiesigen Büro des Kurierdienstes, direkt an unserem Flughafen. Ein sehr wacher Junge, ohne Zweifel wird er es weit bringen, sehr weit sogar, also Freddy hat mich gleich informiert, da sei ein recht unhandliches Paket für Lady Amanda, und weil ich selbst die Lady gut kenne, mein Vater hat viele Jahre in ihrem Garten nach dem Rechten gesehen, ein ganz besonders schöner Garten, von jeher, ja, da habe ich sie angerufen und angeboten, das Paket zu bringen, Thornbould Manor liegt auf meinem Heimweg, keine Mühe, kein Problem.»

Nun folgte die ausführliche Schilderung des

Auspackens, der Ergriffenheit Lady Amandas, all die Dinge, die Leo schon wusste. Nein, das Verpackungsmaterial habe er gleich wieder mitgenommen und am nächsten Wochenende verbrannt. Er habe einen wunderbaren Ofen, Allzweck, der fresse alles. Er könne ihn sehr empfehlen, besonders wenn man einen Garten habe, gerade im Herbst ... Wie? Ja, ganz normales Verpackungsmaterial. Papier, ein paar Sperrholzlatten, Pappe, Sackleinen. Die Anschrift? Er schloss die Augen und überlegte einen Moment.

«Lady Amanda Thornbould, mit der Hand geschrieben, in akkuraten Druckbuchstaben», sagte er dann, langsam und deutlich, als lese er den Text ab, «St. Brelade, Jersey, Großbritannien, mit dem richtigen Postcode.»

«Und der Absender war», Leo sah in ihr Notizbuch und las vor, was Lady Thornbould ihr gesagt hatte, «Peter Müller, Rosenweg 10, 20333 Hamburg, gewesen?»

George nickte. Er habe sich das nicht so genau gemerkt, Peter Müller, das ja, aber die Adresse? Lady Amanda habe sich allerdings gleich alles notiert, nachdem sie sich ein wenig erholt hatte. Ja, das habe er gesehen, dann stimme das auch, hundertprozentig. Die Polizei? Warum hätte er die benachrichtigen sollen? Es sei kein Verbrechen, ein Geschenk zu machen. Und der Diebstahl des Gemäldes sei nach so langer Zeit längst verjährt. Das glaube er jedenfalls. Natürlich sei dies eine friedliche Insel, kaum Kriminalität, aber die Polizei habe trotzdem genug zu tun. Kein Grund, sie noch mehr zu belasten, gerade in dieser Zeit mit den vielen Touristen. Die Flugzeuge und auch die Fähren von Frankreich und England seien ja ständig voller Menschen, die sich auf den schönen Kanalinseln erholen wollten, wobei er nicht verstehe, was die Leute auf Guernsey wollten, viel zu eng da und keine vernünftigen Strände. Jedenfalls, aber nur im Vertrauen, darüber möge sie auf gar keinen Fall schreiben, unter den Gästen gebe es hin und wieder auch ganz üble Subjekte, und auch diese jungen Leute mit ihren Surfbrettern hätten noch andere Sachen im Gepäck, Drogen sei kein Fremdwort mehr auf der Insel. Der Fortschritt, hatte er noch hinzugefügt, habe seinen Preis. Dabei sah er weniger betrübt als stolz aus. Dann begleitete er sie in das Büro des Kurierdienstes, und Freddy, der jüngste Neffe seines Schwagers, ließ Leo einen Blick in die Frachtpapiere werfen, die bestätigten, was sie schon wusste.

Es war gerade vier Uhr, als Leo den Flughafen verließ, zu spät für eine kleine Wanderung auf dem überall gepriesenen Pfad entlang der Steilküste, aber früh genug für einen Abstecher mit ihrem Mietwagen zu einem der schönsten Aussichtspunkte. Sie sah auf die Karte, folgte mit dem Finger einer der breiteren Straßen und landete bei Grosnez Castle. Bis zur Rennbahn bei Les Landes konnten es nicht mehr als sieben Meilen sein, dort führte eine schmalere Straße rechts ab, bis zu der Ruine direkt über den Klippen.

Die Nordwestspitze der Insel war mit nichts als Gras und Heide bewachsen, ein scharfer Wind tobte vom Meer über die Hochebene und zerrte an den Anoraks der beiden Wanderer, die auf dem Pfad zu den Klippen hinunter verschwanden. Sonst war niemand zu sehen. Leo hielt auf dem Parkplatz nahe der Ruine, nicht mehr als ein mächtiger steinerner Torbogen und ein paar Mauerreste. Sie sah sich um, auch der Rennplatz lag verlassen, nur eine rotbraune Katze stromerte an der Hecke um eines der Häuser nahe den Pferdeställen entlang. Sie fühlte sich plötzlich unbehaglich. Nicht als ob sie beobachtet würde, schlimmer, als sei sie ganz allein auf dieser stürmischen Felsnase, allein mit den Gespenstern der alten Steine, und es waren keine freundlichen Gespenster.

«So was Blödes», sagte sie laut, öffnete die Autotür und trat hinaus in den Wind. Wie zum Trotz schloss sie die Tür nicht ab, sondern lief über den ausgetretenen Pfad hinüber zu der Ruine, kletterte durch die schmale Senke, die einmal der Burggraben gewesen sein musste, und durch den Torbogen hinaus auf das kleine Plateau, den ehemaligen Burghof. Der Ausblick war atemberaubend. Schon vom Parkplatz aus sah der schmale Streifen des Meeres hinter den alten Steinen und unter dem tiefblauen Frühherbsthimmel mit den weißen und blaugrauen Wolkengebirgen noch prächtiger aus als auf den Postkarten. Hier, am Rande der Klippen, mitten im Wind, dessen Wucht jedes Geräusch verschluckte, selbst die Schreie der Möwen klangen, als hielte ihnen jemand den Schnabel zu, verstand sie den Drang der Küstenbewohner nach der Fahrt in die glitzernde Ungewissheit zwischen Himmel und Meer. Die Klippen fielen schroff ab, aber vom Plateau lief ein Pfad mit einigen Stufen zu einer Aussichtsplattform auf vorgelagerten Klippen hinab. Sie war leer. Die beiden Wanderer hatten es eilig, sie waren schon hinter wuchernden Farnen und Buschwerk verschwunden. Am Horizont glaubte Leo die Küstenlinie von Guernsey zu erkennen, rechts von der kleinen Klippennase von Grosnez war die Küste nichts als eine steile, wohl achtzig und mehr Meter tiefe zerklüftete Wand, an der die Gischt hoch aufschäumte. Wer dort hinunterfiel, brauchte sich um nichts mehr Sorgen zu machen.

Leo fror, sie zog ihre Jacke fester um den Körper und lief zurück zum Parkplatz. Ihr Mietwagen stand noch immer einsam auf dem Schotterplatz. Sie stieg schnell ein und schloss die Tür. Was für ein seltsamer Ort. Irgendwann im 14. Jahrhundert, hatte sie auf der Tafel an einem der Mauerreste gelesen, wahrscheinlich kurz vor Beginn des Hundertjährigen Krieges zwischen England und Frankreich, war die Burg als Trutze gegen die begehrlichen, nur vierzehn Meilen über das Meer entfernten Franzosen gebaut worden. Der Rest ihrer Geschichte liege im Dunkel, bekannt sei nur, dass sie spätestens seit dem frühen 16. Jahrhundert eine Ruine sei.

Sie lenkte den Wagen behutsam zurück über die holperige Straße am Rennplatz vorbei und zur Hauptstraße. Je weiter sie sich von den Mauerresten auf den Klippen entfernte, umso absurder erschien ihr die Beklommenheit, die sie dort gefühlt hatte. Sie spürte nun keine Lust mehr, schon in das Hotel zurückzufahren, und als ihr nach einer Meile auf der B 55 ein Wegweiser – hier gab es keinen die Schilder überwuchernden Knöterich – Plémont Bay versprach, bog sie kurz entschlossen ab. Plémont war nicht das hübsche Dorf, das sie erwartet hatte, sondern ein schmutzig weißer, zweistöckiger verschachtelter Flachbau, eine Ferienanlage der allerhässlichsten Sorte. Kein Wunder, dass sie ganz offensichtlich leer stand. Auf dem Parkplatz nahe der Bucht, von der allerdings noch nichts zu sehen war, parkten ein paar Autos in der Sonne. Ein altes Ehepaar saß im Windschatten seines Caravans auf Campingstühlen und trank Tee aus einer Thermoskanne. Ja, zur Bay gehe es dort entlang, beide zeigten Richtung Klippen. Sehr viele Stufen, und bald komme die Flut, sie solle gut auf sich und das Wasser aufpassen.

Es waren tatsächlich viele Stufen, aber der

Blick hinunter auf die kleine Bucht entschädigte schon im Voraus für den harten Aufstieg, den der Rückweg bedeuten musste. Das Meer, über dem goldgelben Sand von der Farbe flüssiger Türkise, rollte schäumend heran, drängte über den flachen Strand und verlief sich in einem Labyrinth von braun und grün glitzernden Felsen. Riesigen Felsen, zerklüftet und schrundig, von denen einige an den Rändern der halbrunden Bucht in die Klippen wuchsen. Die baumhohen schwarzen Spalten mussten die Eingänge zu den Höhlen sein, die im Reiseführer erwähnt wurden. Zwei Gestalten kletterten in den Felsen herum, und gerade als Leo den Kiosk auf einem schmalen Plateau über der Bucht erreichte, von dem nur noch eine eiserne Treppe über die Felsen und hinunter zum Strand führte, kam ihr eine dritte entgegen. Gilbert Appleby rannte, den Kopf gesenkt und immer zwei auf einmal nehmend, die Stufen herauf.

Er sah sie erst, als er schwer atmend von dem kurzen, aber steilen Aufstieg direkt vor ihr stand.

«Was machen Sie denn hier?»

«Ich bin gerade Touristin. Und Sie? Fitnesstraining?»

«Genau. Kommen Sie mit, den Rest der Stufen rauf?»

Leo wollte erst hinunter zum Strand. «Wenigstens einmal mit den Füßen ins Meer, bevor ich morgen zurückfliege.»

«Lassen Sie das lieber», er drehte sich um, und sein Blick flog prüfend über die Bucht. «Das Wasser kommt jetzt ganz schnell, und der Strand von Plémont Bay ist bei Flut völlig verschwunden, die haben hier die höchste Tide der Welt. Dann sind da nur noch diese zerklüfteten Felsen und das hoch aufbrandende Meer. Haben Sie das rote Warnschild am Kiosk nicht gesehen? Außerdem ist das Wasser eiskalt, es lohnt sich wirklich nicht. Kommen Sie, wir rennen die Stufen rauf. Wer als Erster oben ist.»

Leo war als Erste oben. Als Gilbert endlich den Parkplatz erreichte, war sein Gesicht rot wie eine Tomate.

«Sie brauchen wirklich ein bisschen Training, was?»

«Kann sein.» Er lehnte sich schwer atmend gegen den Zaun. «Ich war schon mal besser in Form. Können Sie mich mitnehmen? Gleich, wenn es geht, ich habe es ein bisschen eilig. Ich muss telefonieren.»

Eine halbe Stunde später erreichte Leo ihr Hotel in St. Aubin. Gilbert war, kaum dass sie die Hauptstraße erreicht hatten, ausgestiegen. Dort drüben, hatte er gesagt und auf ein paar Dächer hinter struppigen Haselsträuchern und Hainbuchen gezeigt, sei ein Kerzenladen, da sei gewiss ein Telefon, er wolle auch noch ein paar Souvenirs kaufen und komme dann schon weiter. Und gute Heimreise. Es war deutlich, dass er nicht nur allein einkaufen, sondern auch den Abend ohne ihre Gesellschaft verbringen wollte. Diesmal also keine Heldengeschichten aus dem rasenden Fotoreporterleben.

Erst während des Rückflugs am nächsten Tag fragte sie sich, warum er nicht mit seinem Handy telefoniert hatte. Und wie er ohne seinen kleinen roten MG an die Plémont Bay gekommen war.

Peter Müller, Rosenweg 10, 20333 Hamburg. Leo schlug das Straßenverzeichnis des Hamburger Stadtplanes auf. Er bot Rosenstraße, Rosengarten, Rosenreihe, Rosentreppe, Rosenwinkel und noch einige andere Straßen, die sich mit dem Namen der Rose schmückten. Nur einen Rosenweg gab es nicht. Dafür führte das Telefonbuch jede Menge Peter Müllers auf, etwa dreißig, vielleicht auch vierzig, sie zählte sie nicht genau. Es stimmte also. Der Name war falsch. Natürlich.

Am nächsten Morgen fuhr sie zum Büro des Kurierdienstes am Hamburger Flughafen. Den Weg hätte sie sich sparen können, aber einen Versuch, hatte sie gedacht, ist es wert. Manchmal erinnerten sich Menschen an die unmöglichsten Dinge oder Personen. Zwar war der Mann am Schalter nicht wirklich unfreundlich, aber ihre Frage, ob er sich erinnern könne, wie die Person (schließlich konnte es auch eine Frau gewesen sein) ausgesehen habe, die vor etwa vier Wochen ein Paket nach Jersey / Channel Islands aufgegeben habe, hatte sein einladendes Lächeln umgehend weggewischt. Nach Jersey, sagte er spitz, das komme nicht so häufig vor, aber hier sei es ziemlich busy, das sehe sie ja, und einen Erkennungsdienst habe man auch noch nicht eingeführt. Außerdem, über Kunden rede man prinzipiell nicht. Wenn sie ihn jetzt bitte entschuldigen möge, er habe zu tun.

Diese Spur hatte nichts ergeben. Vielleicht erfuhr sie in der Galerie, die ihr Johannes als Auskunftei empfohlen hatte, wenigstens etwas über den Maler des Bildes.

Wenn man das dicke, nun zur Seite geschobene weiß gestrichene Eisengitter übersah, wirkte die Tür ganz leicht und harmlos. Beim Öffnen sang ein zartes Glöckchen, der Mann im weinroten Sakko hinter dem zierlichen Schreibtisch schaltete sein Gesicht auf Beflissenheit und erhob sich händereibend.

«Wenn Sie sich umsehen wollen, gnädige Frau, bitte.» Seine Hände öffneten sich mit Schwung nach links und rechts. «Die Kunst und ich», er legte den Kopf schief und lächelte ein Katzenlächeln, «stehen Ihnen zur Verfügung. Wenn Sie meinen Rat brauchen, sagen Sie einfach Bescheid. Den Hockney finden Sie übrigens gleich hier im Nebenraum.»

«Danke», sagte Leo, nickte ihm zu und ging

schnurstracks in den Nebenraum. Dort hing im klaren Tageslicht leicht und hell ein großformatiges Gemälde; viel Weiß und Himmelblau, ein bisschen Gelb und Grün, eine Swimmingpool-Szene in klaren geometrischen Linien und hundert Prozent menschenfrei. Leo dachte an die leere Wand in ihrem Badezimmer, sah auf das Preisschild, vergaß die leere Wand und ging zurück zu dem Mann, der nur Moritz Kanter-Huldenfried persönlich sein konnte. Jedenfalls hatte Johannes den Besitzer der «Galerie im Pöseldorf» genau so beschrieben: Wahrscheinlich im weinroten Jackett, davon habe er den ganzen Schrank voll, zurzeit eine ockergelbe Brille, immer vornehme Blässe zu himmelblauen Augen und sehr gelbem, für das übrige Outfit etwas zu langem Haar. Blendend weiße Zähne von einem sehr teuren Zahnarzt.

«Herr Kanter-Huldenfried? Johannes Grube hat mir empfohlen, Sie zu besuchen ...»

«Oh, der alte Johannes. Geht es ihm gut? Und unsere liebe Felicitas? Leider mag sie Hockney nicht besonders. Zu wenig Farbe auf zu viel leerem Bild, hat sie gesagt, ja, sie weiß zu scherzen. Johannes hat Sie also geschickt. Wegen des Hockneys?»

«Nein.» Leo schüttelte den Kopf. «Nein, es geht um ein ganz anderes Bild. Johannes sagte, sie seien auch auf das späte 19. Jahrhundert spezialisiert, es gebe keinen zweiten Galeristen in Hamburg, der sich so gut damit auskenne.»

«Johannes übertreibt, wie immer, aber womit kann ich Ihnen helfen, meine Liebe? Sie wollen doch wohl keinen Liebermann kaufen? Seit der Ausstellung in der Kunsthalle will jeder Hans und Franz einen haben, das können Sie vergessen. Weit und breit keiner auf dem Markt. Aber als Freundin von Johannes wissen Sie das natürlich selbst, es ist ...»

«Nein!» Leo wurde schon vom Zuhören seiner schnellen Sätze atemlos. «Nein, ich möchte gar nichts kaufen, leider, ich brauche Ihren fachlichen Rat.»

«Meinen Rat, nun ja, der ist umsonst.» Seine Zähne waren wirklich prachtvoll.

«Es geht um einen amerikanischen Maler, um Philip Leslie Hale. Ich möchte wissen, ob es Bilder von ihm in Europa gibt. Und wie viel man für eines bezahlen muss.»

«Hale?? Wie kommen Sie auf Philip Hale?»

«Ach, nur so. Ich bin Journalistin und bei einer Recherche über eines seiner Bilder gestolpert. Ich finde es sehr schön und möchte einfach ein bisschen mehr wissen.»

«Hale», wiederholte der Galerist. «Hale. Über den weiß ich, zugegeben, sehr wenig. Da ist bestimmt nicht viel auf dem Markt, bei uns in Hamburg ganz gewiss nichts, aber ich kann mal nachsehen. Bostoner Schule, glaube ich.» Er griff nach einem dicken Lexikonband im Regal über dem Tischchen und begann zu blättern. «Aha, hier. Hale, Philipp Leslie, 1865 bis 1931. Hat in New York und Paris studiert. Paris, immerhin. Dann war er Lehrer an der Boston Museum School of Fine Arts. Dreißig Jahre lang. Mein Gott, ein Beamter. Und Kunstkritiker war er auch. Das ist *ganz* schlecht, wenn man selbst malt. Keine Objektivität. Er hat die mehr dekorative Richtung des Impressionismus vertreten, steht hier noch. Na ja. Das war damals auch sehr gefragt. Hübsche Bilder für hübsche Häuser.»

«Steht dort auch, was seine Gemälde heute wert sind?»

«Aber nein. Dies ist ein Künstlerlexikon. Die Preise wechseln ja ständig. Da gibt es Kunstpreislisten, in denen steht, was die einzelnen Werke auf den letzten Auktionen gebracht haben. Selbstverständlich nur, wenn überhaupt ein Hale verkauft worden ist. Wenn keiner verkauft worden ist, steht auch keiner in der Liste. Das ist ja klar. Ist es Ihnen sehr wichtig? Ich kann mal für Sie blättern, in meinem Büro habe ich Listen der letzten neun Jahre. Allerdings dauert das ein wenig. Sie müssten mich morgen nochmal anrufen.»

«Das wäre sehr nett.»

«Nicht wahr? Aber für eine Freundin von Johannes und der verehrten Felicitas – kein Problem. Ich kann Ihnen allerdings schon jetzt sagen: *Umwerfend* wertvoll ist ein Hale heute nicht. Kein Vergleich mit den Franzosen, und außerdem, wenn ich mich richtig erinnere, war er auch einer von den schwächeren Malern. Ich würde sogar sagen: den erheblich schwächeren. Gar nichts gegen Frank Benson, ebenfalls Bostoner Schule, aber exquisit. Oder Mary Cassett, die war eine großartige Künstlerin. Auch eine Amerikanerin, aber sie hat die meiste Zeit ihres Lebens in Paris gelebt. Ihre Werke bringen in London oder New York schon mal eine oder anderthalb Millionen. Aber Hale? Ich schätze, viel mehr als 30 000 ist da nicht drin.»

«Mark?»

«Dollar natürlich. Aber nur für die besten. Er ist doch – ich will nicht sagen provinziell. Eher konventionell, kein Hauch von echtem Impressionismus, keine Idee von Vorwärtsgewandtheit, von Mut zum Neuen, Spiel mit Licht und Konturen, Freude am Ungewöhnlichen. Nur hübsche Bilder ohne viel Tiefe.»

Dafür, dass er den Maler kaum kannte, fand Leo, wusste er eine ganze Menge. Und gab sich redlich Mühe, ihn unbedeutend erscheinen zu lassen. 30 000 Dollar für ein nicht mehr als hübsches Bild ohne viel Tiefe?

«Haben Sie schon mal einen Hale verkauft? Hier in Hamburg, meine ich?»

«Nein, ganz bestimmt nicht. Ich glaube auch nicht, dass in den letzten zehn Jahren einer auf dem deutschen Markt war. Diese alten Amerikaner sind bei uns nicht mehr gefragt, wir haben viel bessere europäische Maler. Das kann ich so sagen, ohne die Weltgemeinde der Künstler zu diffamieren. Die nordamerikanische Moderne, das ist etwas anderes. Wo, sagten Sie, haben Sie diesen Hale gesehen?»

«Ich sagte gar nichts, Herr Kanter-Huldenfried. Aber wenn Sie es wissen wollen: Ich habe ein Bild von ihm auf Jersey gesehen, es gehört einer alten Dame. Aber wenn Sie nun auf begehrliche Ideen kommen – es ist auf keinen Fall zu haben. Es ist für sie ein Erinnerungsstück, sehr privat und absolut unverkäuflich.»

«Sind alte Damen nicht herrlich sentimental? Auf Jersey, aha, da gibt es ja eine ganze Menge großer Herrenhäuser, jedenfalls für eine so kleine Insel. Alte Familien, die sammeln was an. Ich war noch nie dort, aber man hört dies und das. Wie, sagten sie, heißt die Dame?»

«Auch das habe ich nicht gesagt.» Leo lachte. «Vergessen Sie es lieber, sie verkauft ganz bestimmt nicht. Einige Ihrer britischen Kollegen haben schon vergeblich versucht, ihr das Bild abzuschwatzen.»

Das Glöckchen über der Tür klingelte, und ein junges Paar betrat die Galerie. Es sah aus, als habe es keine Probleme, einen Hockney an die Badezimmerwand zu hängen.

Moritz Kanter-Huldenfried klappte das Lexikon zu. «Rufen Sie mich morgen an, am Nachmittag.»

Er lächelte flüchtig und eilte auf das Paar zu, das vor einer großflächigen Symphonie in Orange, Gelb und Grau stehen geblieben war. «Welch eine Freude», rief er und rieb seine

Hände sehr viel schneller als bei Leos Kommen. «Wieder zurück aus Santa Fe. Hat es Ihnen gefallen? Nein? *Alle* Georgia O'Keeffes nach Chicago ausgeliehen? Wie schade, wie ungemein schade ...»

Leo verließ die Galerie, hockte sich im Hof auf einen dicken runden Stein, vielleicht war es auch eine Skulptur, und zog ihr Notizbuch aus der Tasche.

Das kleine Schwarze reiche völlig, hatte Johannes gesagt. Nun stand Leo also in ihrem kleinen Schwarzen vor dem Spiegel und schwitzte. Ein wirklich gutes Stück, schlicht, aber elegant, so wie es sich für ein kleines Schwarzes gehörte, wenn auch nach Roberts Meinung eine Handbreit zu kurz. Aber da waren sie auch auf dem Weg zur Beerdigung seines Großonkels Alois (zweiten Grades) gewesen. Im letzten Januar bei zehn Grad unter null, und sie hatte nicht eine Minute gefroren. Beim anschließenden Jammerkaffee allerdings, bei dem große Mengen von Sekt und Cognac den Jammer der trauernden Erben im Handumdrehen ertränkten und die Gespräche genauso schnell von Alois' edlem Charakter zu seiner peinlichen Vorliebe für süße Weine, seine spießbürgerliche Knauserigkeit und schließlich zu der beachtlichen Entwicklung des DAX wechselten, war ihr heiß geworden. Wegen der Merinowolle des Kleides, nicht wegen Roberts zukünftigem Reichtum. Er bekam, wie sich bald darauf herausstellte, sowieso nichts ab, was ihn sehr empörte, schließlich hatte er jahrelang Weihnachtskarten geschickt, jedenfalls seit Onkel Alois' erstem Herzinfarkt. Das war kurz nach seiner Beförderung zum Oberarzt an der Städtischen Klinik für Mund-, Zahn- und Kiefernkrankheiten gewesen, und kurz vor seinem plötzlichen Geständnis, er liebe seine Anlageberaterin nun mal mehr als sie, aber man solle einander in Freundschaft verbunden bleiben. Das fiel Leo leichter als ihm, was sicher daran lag, dass Mimi ihn bald als Fehlinvestition erkannte und nach fünf Wochen und zwei Tagen wieder vor die Tür setzte und Leo zu ihrer eigenen Überraschung nicht die geringste Lust verspürte, ihre wieder für ihn aufzumachen.

Sie hängte das Kleid zurück in den Schrank, ganz nach hinten, es wurde Zeit, auch die von Robert bevorzugten Kleider auszusortieren, und griff nach dem pistaziengrünen Ärmellosen mit dem eckigen Ausschnitt. Es war sündhaft teuer gewesen, und Leo hatte nicht verstanden, warum es zum halben Preis verkauft worden war. Sie sah auf die Uhr, es wurde höchste Zeit, schlüpfte in die Schuhe und suchte gerade nach ihrem Lieblingslippenstift, als es klingelte. Heute also kein Lippenstift.

Johannes parkte in der zweiten Reihe, und sein anthrazitfarbenes (metallic) schwäbisches Schlachtschiff blockierte die schmale Straße. Er verhandelte mit dem Mann in dem vor allem rostfarbenen Auto hinter seinem, ob der nicht doch die Hand von der Hupe nehmen könne. Leo pfiff einmal kurz auf zwei Fingern, eine Fähigkeit, auf die sie sehr stolz war, und Johannes und die Hupe verstummten schlagartig.

«Nun steig endlich ein», rief Johannes. «Nein, nicht hinten!»

Aber da war Leo schon in den Fond gesprungen und beinahe auf dem Schoß einer Dame im rosafarbenen Pelz gelandet.

«Frau Peheim, nehme ich an», sagte die und zog die Augenbrauen bis unter den tizianroten Haaransatz, und Johannes stöhnte. «Mein Sohn hat mir nicht viel von Ihnen erzählt», fuhr sie fort. «Nur, dass wir Sie unbedingt mitnehmen müssen, damit sie endlich wieder unter die

Haube kommen. Ich finde, Sie sehen ganz so aus, als könnten Sie das auch alleine schaffen.»

Leo starrte auf Johannes' Rücken und wünschte sich ein langes schartiges Messer. Ihr hatte er gesagt, sie müsse unbedingt mitkommen, seine Mutter langweile sich immer auf Veranstaltungen wie dieser Feier bei Groothudes und hänge ihm ständig am Arm. Wirklich, er brauche da dringend Unterstützung, und überhaupt sei Leo ihm noch etwas schuldig. Schließlich habe er verhindert, dass die hübsche Jersey-Geschichte ... ja, die *hervorragende* Jersey-Geschichte gekippt wurde. Um die Hälfte zusammengestrichen, na gut, und später als geplant, aber wenn endlich mal kein öder Popstar oder Erbprinz, sondern ein stockkonservativer Politiker mit Minister-Ambitionen in der Lollo-Bar einen Fotografen k.o. schlage, müsse die Kunst eben mal zurückstehen. Es gebe auch ein exzellentes Buffet und jede Menge Kunstfreaks, für die sie sich ja neuerdings so interessiere.

Der Rest der Fahrt verging im launigen Gespräch über das dauerhafte Island-Tief über der norddeutschen Tiefebene.

Die Villa der Groothudes stand in Hamburg-Hochkamp in einer ruhigen, von uralten

Linden gesäumten Straße, nicht weit von der Elbchaussee, und sah ordentlich hanseatisch aus. Sie war vor etwa achtzig Jahren aus rotem Backstein erbaut, über dem Portal – polierte uralte Eiche, Messingknauf, kein Namensschild weit und breit – thronte auf zwei schlanken weißen Säulen ein schmaler Balkon mit weißer Holzbrüstung. Keine Geranien. Die Auffahrt war weiß gekiest, davor ein Rosenrondell, jede Menge Buchsbaum und Eiben und über allem eine mächtige Blutbuche. Leo war beeindruckt.

Die Tür öffnete sich, eine Frau mittleren Alters im schwarzen Kleid mit weißem Schürzchen, deren ausdruckslos höfliches Gesicht man sofort wieder vergaß, bat einzutreten. Man möge Herrn und Frau Groothude im Augenblick entschuldigen, die Kultursenatorin sei gerade eingetroffen, die Herrschaften befänden sich im Gelben Salon. Dann ging sie voraus zur Garderobe. Die war schon ziemlich voll mit Kaschmir und Pelz aller Art, und als Leo ihren Mantel auszog, sagte Frau Grube: «Donnerwetter.» Johannes sagte: «Leo, mein Gott. Ich hatte doch gesagt: das kleine Schwarze.»

Nun wusste Leo, warum das Kleid so billig gewesen war. Alle, die sich in der weiten Halle drängten, es schienen Hunderte zu sein, trugen außer Gold und anderen schweren Metallen und leichten Steinen Schwarz oder Weiß, auch Creme war zu entdecken und eine Dame mit schneeweißem Haar in verwegenem Mauve.

«Donnerwetter», sagte Johannes' Mutter, ganz in weißer Shantung-Seide und Perlen, noch einmal. «Sehr mutig, selbst wenn man auch oberhalb der Knie solche Beine hat.»

«Ein bisschen dünn», sagte Johannes, und Felicitas bedachte ihn mit einem indignierten Blick, der deutlicher als alle Worte sagte, was sie von seinem Urteilsvermögen über weibliche Qualitäten hielt. Plötzlich lachte sie, hakte sich bei Leo ein und tauchte mit ihr in die Menge. Johannes tupfte sich die Stirn und eilte erschöpft an die Bar.

Eine halbe Stunde und zwei, vielleicht auch drei Gläser Champagner später waren aus Frau Grube und Frau Peheim Felicitas und Leo geworden, hatte Leo viele kühle Fingerspitzen berührt, Felicitas die üblichen Küsschen links und rechts verteilt und huldvoll entgegengenommen. Mit einem sehr blonden, nicht mehr ganz jungen Mann, der aussah wie ein kanadischer Holzfäller im geliehenen Sonntagsrock, sich aber als der neue, allseits umjubelte lyrische Tenor der Staatsoper entpuppte, plauderte Felicitas ein wenig länger und inniger. Leo verlor die Angst vor dem Älterwerden, jedenfalls bis eine junge Dame von der ätherisch-bleichen Schönheit Ophelias, nachdem sie ins Wasser gegangen war, Felicitas mit nur einem Augenaufschlag aus dem Feld schlug. Was der nicht im mindesten die Laune verdarb. Junge Männer, vertraute sie Leo an, seien ihr von jeher zu anstrengend. Länger als eine Viertelstunde könne sie bewundernde Ergebenheit nun mal nicht produzieren, und wenn man das nicht tue, würden sie gleich zum blassen Würstchen. Sehr langweilig. Und Geld hätten sie in der Regel sowieso keins. Auf blasse Würstchen ohne Geld lasse sich keine kluge Frau ein. Das solle Leo sich merken, unbedingt.

«Harte Worte, verehrte Felicitas, wirklich harte Worte.»

«Huch», sagte Felicitas und drehte sich nach der amüsierten Stimme um. Sie gehörte zu einem lebenden Reklamebild für ein sehr teures Herrenparfum; er war nicht im klassischen

Sinne schön, aber seine schlanke athletische Figur, die hohe Stirn unter dem weichen braunen Haar, das kantige Gesicht mit den vollen Lippen und der beunruhigend intensive Blick seiner grauen Augen hätten ihm problemlos zu einem Model-Vertrag an der Seine oder am Hudson verholfen. Felicitas breitete strahlend die Arme aus.

«Ausnahmen, mein Lieber», flötete sie und umarmte ihn mit einer perfekten Mischung aus Distanz und Vertraulichkeit, «bestätigen selbstverständlich die Regel. Wie schön, dass Sie sich auch mal wieder bei uns blicken lassen, ich dachte, Sie treiben sich nur noch auf Rennbahnen herum. Leo, dieser vorwitzige junge Mann, für den *natürlich nicht* gilt, was ich gerade gesagt habe, ist Julian, der Sohn des Hauses.»

Es folgten die üblichen Vorstellungsplaudereien, Leo wurde als Freundin und Journalistin («Ein *interessanter* Beruf, finden Sie nicht auch, Julian?») vorgestellt, wobei es Felicitas ohne Mühe und fast ohne zu lügen gelang, ihre Begleiterin zur Autorin von hohem Rang, sozusagen als Anwärterin auf den Pulitzerpreis, aufzupolieren, was Leo nur ein bisschen peinlich war. Gerade als es wirklich interessant wurde – Felicitas beglückwünschte Julian zu seiner Entlobung, die junge Dame sei ja sehr schön, aber doch nicht ganz sein Stil, wer komme denn schon aus Bottrop? – eilte ein Kellner herbei und raunte Julian ins Ohr, der Zweite Bürgermeister wolle gehen, wenn er bitte in die Halle ...

Schließlich stellte Felicitas Leo dem Hausherrn und seiner Gattin vor, als eine Freundin der Familie Grube, was Leo sehr tapfer fand. Lukas Groothude sah ganz anders aus als Julian, nämlich genauso wie die Wirtschaftskapitäne in den Zeitungen: mittelblond, mittelgroß, mittelalt, angemessen freundlich. Ganz und gar unauffällig. Für Felicitas erwärmte sich sein Lächeln einen Moment lang, was möglicherweise daran lag, dass sie einen ansehnlichen Teil der Aktien seines Unternehmens, der Groothude & Kleiber AG, hielt, aber das wusste Leo nicht. Gerlinde Groothude dagegen, eine sehr schlanke, sehr blonde Dame undefinierbaren Alters im cremefarbenen Abendkostüm, dessen raffinierte Schlichtheit selbst Leo den ersten Couturier der Stadt verriet, verströmte, ihren kühlen graublauen Augen zum Trotz, echte Herzlichkeit und bedachte Leo mit einem freundlichen Druck ihrer ganzen Hand.

Gerlinde Groothude sei die zweite Frau des Hausherrn, wurde Leo kurz darauf diskret informiert, die Ehe scheine sehr glücklich, zu Hause hätten Männer ja von jeher gern etwas Solides. Es müsse nicht gleich Bottrop sein, aber bestimmt nichts Pistaziengrünes. Felicitas kicherte boshaft. Außerdem sei da wenig Geld zu viel Geld gekommen, das schaffe die stabilste Balance am heimischen Herd. Felicitas fand allerdings, in Sachen Esprit könne Gerlinde der seligen Margarete nicht das Wasser reichen. Die erste Frau Groothude war nicht, wie das ihr zugeschriebene Attribut vermuten ließ, jung dahingeschieden, sondern ein Jahr nach der Hochzeit, vor nun schon mehr als zwanzig Jahren, an einem heißen Sommertag mit dem Porsche ihres Mannes und einem französischen Grafen, schon grau meliert, aber bildschön und mit erlesenen Manieren, dummerweise völlig verarmt, gen Süden verschwunden. Dann verschwand auch Felicitas, am Arm eines Herrn mit Schnauzer, der sie mit einem vollendeten, ziemlich langen Handkuss begrüßte, Leo schnell seinen Rücken zeigte und nach einem monatlichen Umsatz von etlichen Millionen aussah. Oder nach einem Heiratsschwindler erster Klasse.

Eine weitere halbe Stunde später hatte Leo die Salons, creme-blau, creme-blassgelb, creme-burgunder, und die Halle durchwandert, noch ein Glas Champagner getrunken und festgestellt, dass in diesem Haus ziemlich viele junge Kunstwerke und alte Millionäre herumhingen. Andersherum wäre es ihr lieber gewesen.

Johannes sah sie nur einmal von ferne. Er stand lässig an den Flügel gelehnt, der Pianist spielte gerade *Strangers in the Night*, und plauderte mit einer äußerst attraktiven, sehr jungen Dame, silberblond, ungeschminkt, in vorne hochgeschlossenem, aber hinten bis zur Taille rückenfreiem Samt, die ihm die Geheimnisse einer spindeldürren Bronze auf einem wuchtigen Marmorsockel erläuterte. Leo tippte auf mohnrote Stilettos, was wegen des Gedränges leider nicht zu überprüfen war. Doch schon die Vorstellung gab ihr das Gefühl, in Pistaziengrün nicht mehr ganz allein zu sein. Der Pianist spielte nun *Somewhere over the Rainbow*, und Leos Blick blieb an der Treppe hängen. Es war eine wundervolle Treppe. Ein vergleichbares

Stück hatte sie nur im Kino gesehen, als Rhett Butler Scarlett O'Hara den Laufpass gab.

Es war auch eine lange Treppe, aber niemand rief hinter ihr ‹Halt, privat!› Wirklich niemand. Natürlich zeugt es nicht von guter Erziehung, uneingeladen fremde Treppen hinaufzusteigen, und natürlich wollte sie gleich wieder hinuntergehen, doch dann führten da diese langen Flure vom oberen Absatz nach links und rechts. Flure mit vielen Türen. Alice im Wunderland, dachte Leo, wo bleibt das weiße Kaninchen? Sie entschied sich für den linken Flur. Der dicke blassblaue Läufer dämpfte die Geräusche, die Stimmen im Erdgeschoss wurden zum sanften Murmeln, und die Musik, zuletzt hatte es verschwommen nach *Pink Panther* geklungen, verlor sich bei der siebten Tür völlig. Es war eine besonders interessante Tür: Sie stand weit offen.

Leo betrat einen großen Raum. Er schien in ein anderes Haus, in eine andere Zeit zu gehören. Während im Erdgeschoss und auch in den Fluren Stores, Möbel, Teppiche, Bilder und selbst die Blumenarrangements in hellen Farben perfekt aufeinander abgestimmt waren und exklusive Modernität repräsentierten, atmete dieser Raum dunkle Töne und Vergangenheit. Es war dämmerig, nur ein paar kleine Lampen mit gelben Schirmen spendeten diffuses Licht. Die Möbel, rötlich schimmerndes Mahagoni mit üppigen burgunderfarbenen Polstern, der Aufsatz einer Anrichte voller altmodischer silberner Pokale, die nach Sporttrophäen aussahen, hätten eher in einen englischen Landsitz gepasst. In dessen Bibliothek vielleicht. Hier war jedoch für Bücher kaum Platz, die Wände hingen voller Bilder. Vor allem Impressionisten, aber da waren auch einige, die nach Romantik aussahen und – ein lichter, kantiger Aufrührer – eine der tunesischen Landschaften August Mackes. Wenn auch nur die Hälfte von ihnen Originale waren, hingen hier etliche Millionen herum. Ein Geräusch hinter ihrem Rücken ließ Leo herumfahren.

Der alte Mann, der in seinem leise surrenden elektrischen Rollstuhl näher kam, sah sie neugierig an. Leo hatte nur die Bilder gesehen und nicht bemerkt, dass das Zimmer mit einem zweiten verbunden war.

«Verzeihung», stotterte sie, «ich wollte nicht stören, die Tür war offen, und da dachte ich ...»

«Gefallen Ihnen meine Bilder? Sie gefallen

Ihnen, sonst hätten Sie sie nicht so einfältig andächtig angestarrt.» Der Alte drückte auf einen Knopf an der Lehne seines Gefährts und rollte neben Leo. «Bleiben Sie doch», sagte er, als sie, nochmal eine Entschuldigung murmelnd, leise, aber eilig den Raum verlassen wollte. «Ab und zu habe ich gerne Besuch. Da unten ist es Ihnen zu langweilig geworden, was? Mir war da auch immer langweilig, nur leeres Geschwätz, beim zehnten Mal kennt man das auswendig, aber solche Feste gehören zum Geschäft. Obwohl ich annehme, dass mein Sohn und meine Schwiegertochter so was recht gern machen.» Er hob den Kopf und sah Leo prüfend an, ein flüchtiges Lächeln ging über sein faltiges blasses Gesicht mit den dunklen Lippen. Dann wandte er sich wieder seinen Bildern zu. «Das da drüben, die kleine Flusslandschaft neben dem Renoir, war mein Erstes. Ein hübscher Corot, nicht besonders wertvoll, aber eben doch sehr hübsch. Das erste Kind ist einem ja immer besonders wert.»

Er hüstelte, atmete schwer und griff nach etwas, das Leo als Sauerstoffmaske erkannte, als er es sich kurz auf Mund und Nase drückte und einige Male tief einatmete. An der linken Seite seines Rollstuhls war eine kleine Sauerstoffflasche befestigt. «Verzeihung», fuhr er fort, «ich habe mich nicht vorgestellt. Ich bin der Alte. Haben Sie von mir gehört? Lukas Groothude der Erste», er kicherte mühsam, «meine Frau bestand darauf, unseren Sohn nach mir zu benennen. Ich habe das immer für Unsinn gehalten, so was bringt nur Verwirrung. Und wer sind Sie? Eine Freundin meines Enkels, was? Der Junge hat einen besseren Geschmack als mein Sohn.»

«Nein», Leo schüttelte den Kopf und nannte ihren Namen. «Ich bin mit Frau Grube gekommen.»

«Felicitas! Aha. Felicitas ist nie langweilig, obwohl sie weniger von Kunst versteht als ein Neandertaler. Ist ihre Zunge immer noch so spitz?» Er schien keine Antwort zu erwarten. «Kommen Sie», sein Atem ging nun sehr schwer, «ich will Ihnen meine wahren Schätze zeigen.»

Surrend bewegte sich der Rollstuhl über das dunkle Parkett, und Leo folgte ihm durch die Flügeltür in den Nebenraum. Schwere Ledersessel und eine bis zur Decke mit Büchern bedeckte Wand machten diesen Raum wohnlicher als den ersten. In einem Kamin glomm der Rest eines Feuers, und es war, trotz der geöffneten Tür, warm wie in einer Orangerie. Hier hingen nur wenige Bilder, die Spots, die über jedem angebracht waren, flammten auf und leuchteten die Gemälde optimal aus, als der Mann im Rollstuhl auf einen Knopf an der Wand neben der Tür drückte.

«Na? Was sagen Sie jetzt?» Lukas Groothude der Erste sah erwartungsvoll zu ihr auf, doch Leo starrte stumm auf die Gemälde. Schließlich erreichte ihr Blick eines, das ein wenig abseits hing, aber von dem großen, unter schwerer dunkelblauer Seide verborgenen Bett nahe dem Fenster besonders gut zu sehen sein musste.

«Woher haben Sie das? Was ist das für ein ...» Sie konnte ihre Frage nicht beenden.

Es machte leise klick, und die Spots verloschen. «Würden Sie bitte *sofort* diesen Raum verlassen und wieder hinunter zu den anderen Gästen gehen!»

Die Stimme war kalt wie Eiswürfel, die Botschaft eindeutig. In der Tür stand der Hausherr, von Kopf bis Fuß makellos und distinguiert wie vor einer Stunde, nur seine Augen zeigten ein zorniges Glitzern, das sogar das nur noch dämmerige Licht durchdrang und überhaupt nicht nach großbürgerlicher Contenance aussah. «Sofort!» Er griff nach Leos Arm, auch aus der Nähe sah er nicht fröhlicher aus.

«Sei kein Spielverderber, Sohn, und mach die Lichter wieder an. Die junge Dame unterhält mich nur ein bisschen. Sie ist eine Freundin von Felicitas, sie wird schon nicht ...»

«Ich bin kein Spielverderber, Vater.» Die Stimme klang nun etwas milder, aber der Griff um Leos Arm blieb eisern. «Du brauchst absolute Ruhe, und es wundert mich sehr, dass eine Freundin von Frau Grube in unseren Privaträumen herumschnüffelt.»

«Wie kommst du auf Herumschnüffeln? So ein Blödsinn. Sie hat sich gelangweilt auf eurer langweiligen Veranstaltung und sich ein wenig das Haus angesehen. Zu meiner Zeit war meinen Gästen mein ganzes Haus offen. Wen ladet ihr eigentlich ein, dass ihr euren Gästen nicht trauen könnt? Ich möchte, dass Frau Peheim hier bleibt, ich ...» Ein Hustenanfall unterbrach ihn, er griff mit zitternder Hand nach der Sauerstoffmaske und presste sie auf sein Gesicht.

«Da sehen Sie selbst.» Lukas Groothude der

Jüngere betrachtete seinen Vater mit freudlosem Triumph. «Sie haben ihn aufgeregt, und er darf sich nicht aufregen.»

«Unsinn.» Der alte Groothude nahm schweratmend die Maske vom Gesicht. «*Du* hast mich aufgeregt. Aber in Gottes Namen, nimm sie wieder mit in deinen trägen Karpfenteich da unten. Heute bin ich wirklich ein bisschen müde, aber wann immer Sie Lust haben, Frau Peheim, kommen Sie mich besuchen. Wann immer Sie Lust haben.»

Die letzten Worte hörte Leo nur noch gedämpft, eine harte Hand zog sie schon aus dem Zimmer und auf den Flur hinaus.

«Es ist mir wirklich sehr peinlich», log Leo, «aber die Tür stand weit offen, und da dachte ich ...»

«Was hatten Sie denn überhaupt da oben zu suchen?»

«Einen Waschraum. Der Kellner hat mir gesagt, ich solle die Treppe hinauf ...»

«Der Kellner? Welcher?»

Leo hüstelte damenhaft und sah ihn mit dem dümmlichsten Gesicht, das ihr zur Verfügung stand, an. «Der mit der schwarzen Jacke. Er trug ein Tablett. Mit Gläsern drauf.»

Lukas Groothude gab auf. «Zum Waschraum führt die andere Treppe, und zwar die, die neben der Garderobe ins Souterrain führt.» Die Eiswürfel in seiner Stimme begannen ein winziges bisschen zu schmelzen. Sie hatten nun den Fuß der großen Treppe erreicht. «Wenn Sie meinen Arm bitte wieder loslassen könnten, würden die Flecken vielleicht nicht ganz so blau.»

Er ließ ihren Arm los, und in seinen Blick schlich so etwas wie Neugier. Ihr dümmstes Gesicht hielt Leo nie lange durch.

«Vielleicht war ich etwas ruppig. Sie müssen das verstehen, mein Vater ist ein sehr kranker Mann, er ist erst vor einigen Tagen aus der Herzklinik zurückgekommen. Seine Pflegerin hat ihr freies Wochenende, und er weiß seine Kräfte nie richtig einzuschätzen. Sie haben selbst erlebt, wie schnell er sich aufregt, das schadet ihm ungemein. Ich mag meinen Vater. Ich gönne ihm jede Abwechslung, aber manchmal muss ich ihn vor sich selbst schützen.»

Ein Hauch von Wärme floss über sein Gesicht, und Leo wusste, jetzt brauchte sie nur noch zwei Minuten und ebenso viele schüchtern-bewundernde Augenaufschläge, bis der Hausherr doch noch einen ausführlichen Vortrag über die Sammlung seines Vaters hielt. Leider pfuschte Johannes' durch die Halle dröhnende Stimme dazwischen.

«Da bist du ja endlich, Leo. Frau Buren zu Bomberg, Dotti Mellert und noch irgendwer, ich hab's vergessen, wollen unbedingt wissen, wo du dieses Kleid gekauft hast. Aber jetzt hat Felicitas dicke Füße und ein bisschen zu viel Champagner getrunken, sie will sofort nach Hause. Hallo, Lukas», fuhr er ohne Pause fort, «den ganzen Abend wollte ich dir Leo vorstellen, eine hervorragende Journalistin, und sie versteht wirklich was von Kunst, aber das hat sich ja nun erledigt. Ich muss sie dir gleich wieder entführen, du kennst ja meine Mutter, Widerstand ist unmöglich. Kommst du, Leo?»

«Du hast tatsächlich keinen Internet-Anschluss? Als Journalistin? Das ist doch so praktisch.»

Ergeben ließ Leo den Vortrag des Dokumentars von den grandiosen Möglichkeiten des Internets über sich ergehen. Es war nicht das erste Mal, dass ihre berufliche Kompetenz ob dieses eklatanten Mangels ihrer technischen Ausstattung infrage gestellt wurde. Aber die lag nicht an ihrer Ignoranz gegenüber moderner Technik, es war reiner Selbstschutz. Sie würde es nicht ertragen, all die vielen seltsamen Informationen, die Angebote der zahllosen Archive und Bibliotheken in aller Welt ungenutzt zu lassen, jede würde neue Fragen aufwerfen, neue Antworten fordern, noch einen Mausklick, noch einen, immer wieder – jemanden wie Leo konnte das direkt in den Wahnsinn treiben.

«Tolle Möglichkeiten, Rolf, du hast völlig Recht», unterbrach sie schließlich seinen begeisterten Redefluss. «Im Moment ist nur gerade nicht die richtige Zeit, um meine Technik umzurüsten. Also, kannst du mir helfen?»

«Klar kann ich, kein Problem. Wann willst du das Zeug haben?»

«So schnell wie möglich, am liebsten sofort.»

Am selben Abend lag die Mappe mit dem Archivmaterial über die Familie Groothude und die Groothude & Kleiber AG auf ihrem Schreibtisch. Der Stapel der Computerausdrucke war etwa drei Zentimeter hoch, ordentlich geheftet, und Leo machte sich sofort an die Arbeit.

Den ganzen Tag hatte sie überlegt, ob sie Lady Thornbould anrufen sollte. Doch je länger sie überlegte, umso absurder erschien ihr, was da in ihrem Kopf herumgeisterte. Sie hatte das Bild nur für ein paar Sekunden gesehen und zuvor mindestens zwanzig andere. Fünf oder sechs zeigten schöne Damen in hellen luftigen Kleidern. Wie konnte sie sicher sein, dass sie sich nicht alle zu der einen mit dem gelben Gürtel verdichteten, dass ihre Erinnerung ihr nicht nur vorgaukelte, in dem hinteren Raum des alten Groothude hänge das Bild der Dame im weißen Kleid mit dem gelben Gürtel an der Wand? An den gelben Gürtel zum Beispiel konnte sie sich genau erinnern, obwohl, je länger sie nachdachte, umso unsicherer wurde sie auch wegen des Gürtels. Da waren schwarze, rosafarbene, grüne oder gar keine Gürtel gewesen, cremefarbene Kleider, weiße, blassgelbe – es war zum Verrücktwerden. Warum hatte sie sich nicht *einmal* zusammenreißen können? Warum war sie nicht einfach unten in der Halle geblieben?

Am liebsten wäre sie umgehend nach Hochkamp gefahren und hätte noch einmal nachgesehen. Aber man würde sie ganz gewiss nicht einfach in die Räume des alten Groothude spazieren lassen. Sie spürte immer noch die schmerzhafte Druckstelle auf ihrem Oberarm. Sie könnte ihn anrufen. Da war ein Telefon auf dem Tisch nahe dem Bett gewesen. Aber würde man sie so einfach durchstellen? Wenn womöglich Lukas der Jüngere am Apparat war, was sollte sie sagen? Nein, auf keinen Fall. Ein unbestimmtes Gefühl warnte sie, dass es nicht klug sei, schlafende Hunde zu wecken. Schliefen da überhaupt welche? Mit unbestimmten Gefühlen hatte sie schlechte Erfahrungen gemacht, in der Regel führten sie direkt ins Desaster. Was sie noch nie gehindert hatte, ihnen zu folgen.

Wahrscheinlich war sie gerade dabei, sich ganz und gar lächerlich zu machen. Trotzdem. Noch einmal von vorne. Im August hatte Lady Thornbould ihr Bild zurückbekommen. Nach 33 Jahren. Egal, wo es bis dahin gewesen war, es hing nun wieder in ihrem Salon auf Jersey. Leo hatte es selbst gesehen. Aber vorgestern Nacht, in Hamburg-Hochkamp, hatte sie es auch gesehen. Das glaubte sie jedenfalls, bei allen Zweifeln. Vielleicht war es ein Druck gewesen! Auf keinen Fall, in diesem Haus hingen keine Drucke, höchstens im Erdgeschoss, nämlich garantiert handsignierte Originaldrucke. Außerdem war unwahrscheinlich, dass es von diesem Gemälde überhaupt welche gab. Der Maler war in Europa nicht gerade populär.

Und wenn das Bild auf Jersey wieder verschwunden war? Auch Unsinn. Lady Thornbould hätte sofort angerufen. Ganz bestimmt. Leo hatte in den letzten Wochen einige Male mit ihr telefoniert. Leider immer nur, um ihr zu sagen, dass sie nichts Neues erfahren habe, zuletzt, dass es offensichtlich unmöglich sei, den Absender des Pakets noch herauszufinden. Lady Amanda war enttäuscht gewesen. Aber Leo solle sich nicht grämen, hatte sie gesagt, es sei ja nur ein Versuch gewesen. Sie habe von Anfang an keine große Hoffnung gehabt, das Rätsel zu lösen, aber sie bedauere nicht, diesen Handel gemacht zu haben. Es sei doch recht unterhaltsam, selbst wenn sie nun auch Kunstjäger aus Deutschland und der Schweiz habe abwehren müssen. In dieser Woche habe sie noch keiner belästigt, vielleicht sei der Sturm nun vorbei. Ja, es gehe ihr gut, und Lizzy lasse auch grüßen.

Lady Thornbould musste gewiss nicht so geschont werden wie der alte Groothude, aber es war nicht notwendig, sie mit einer wirren Geschichte zu beunruhigen. Andererseits, vielleicht sagte ihr der Name Groothude etwas, vielleicht gab es eine Verbindung? Leo war plötzlich wie elektrisiert. Das war doch möglich. Warum nicht? Sie starrte das Telefon an, überlegte, was sie sagen sollte, und füllte ihr Weinglas nach. Morgen, beschloss sie nach dem zweiten Schluck, morgen war es immer noch früh genug, auf Jersey anzurufen. Zuerst wollte sie sehen, was das Archivmaterial über die Groothudes hergab.

Es war eine langweilige Lektüre. Der Computer hatte jeden im Verlag archivierten Artikel ausgespuckt, in dem der Name Groothude auftauchte, überwiegend Artikel aus Wirtschaftsblättern. Lukas Groothude der Zweite war tatsächlich ein großer Fisch. Das Unternehmen, an dessen Spitze er stand, war die Groothude & Kleiber AG (wer, zum Teufel, war Kleiber?). Er war nicht nur als Unternehmer erfolgreich, sondern ebenso als Berater und graue Eminenz in allen möglichen Gremien und Ausschüssen in Bonn und Brüssel, es gab auch Berichte über Auftritte in Washington und New York, in Tokio, Buenos Aires und, Leo blätterte zurück, Moskau. Natürlich Moskau. Allerdings waren die Meldungen über das Groothudesche Engagement im Osten schon ein paar Jahre alt. Sie stammten aus jener Zeit, in der einige Großunternehmer sich noch damit schmückten, dem niedergebrochenen Elefanten im Osten wirtschaftlich auf die Beine helfen zu wollen.

Leo blätterte nun schneller, zweidreiviertel Zentimeter – zurück bis 1985 – hatte sie schließlich bewältigt. Es musste doch irgendeine Homestory geben: der erfolgreiche Unternehmer mit Chauffeur, Hund, Gattin und Kindern in seinem entzückenden, gepflegten Heim. Es gab immer eine Homestory. Hier nicht. Leo gähnte, aber dann entdeckte sie doch etwas, das sie wieder munter machte. Ein kurzes Firmenporträt von 1975, über die zehn Jahre dazwischen war keine Zeile über Familie und Unternehmen archiviert.

Lukas Groothude (55), erfuhr Leo, hatte 1960 die Leitung des Familienbetriebes von seinem Vater Friedrich Groothude und seinem Onkel Justus Kleiber übernommen. Sein Großvater hatte noch einen kleinen Kolonialwarenladen in Uetersen geführt, sein Vater und Onkel hatten das heute florierende Unternehmen der Lebensmittelbranche in den Jahren der Nachkriegszeit begründet und zu einem soliden Betrieb ausgebaut. Lukas Groothude aber, einem modernen, weltoffenen Unternehmer, sei es zu verdanken, dass Groothude & Kleiber heute zu den führenden Großfirmen Deutschlands gehörte. Dann stand da noch einiges über beispielhaften Entwicklungswillen für das deutsche Unternehmertum, Initiator für europäische Handelsbeziehungen, weit vorausblickende Kontakte nach Übersee, enorme Expansion, erstaunliche Erfolge, weit verzweigtes Unternehmen, krisensicher, hervorragende Sozialleistungen und so weiter.

Leo holte tief Luft. Ob der alte Lukas den Schreiber für diese Eloge bezahlt hatte? Zum Schluss stand da noch, sein Sohn, Lukas Groothusen jr. (29), nach dem Studium zurzeit als Vorstandspraktikant in einer US-amerikanischen Firma in Chicago tätig, werde in Kürze in die Unternehmensleitung eintreten.

Das war nun 23 Jahre her. Inzwischen war Lukas sen. aus dem Rennen und sein Sohn die Nummer eins. Der alte Geruch nach dem kleinen Kolonialwarenladen in Uetersen hatte sich in zwei Generationen völlig verflüchtigt. Der ältere Lukas war ganz gewiss nie so distinguiert gewesen wie sein Sohn. Leo war enttäuscht. Sie wusste erst jetzt, dass sie vor allem nach Verbindungen zur Malerei gesucht hatte: Lukas Groothude sen., der große Kunstsammler. Oder Gerlinde und Lukas Groothude bei der Eröffnung der neuen Galerie der Gegenwart der Hamburger Kunsthalle, bei einer Vernissage oder der Ersteigerung der Werke eines schon berühmten jungen Meisters zum Beispiel. Da stand nicht einmal was über die Groothudes im Prominentenzelt beim Derby auf der Horner Rennbahn, und dort versammelte sich nun wirklich alles, was in Hamburg Hüte trug und Personal mit weißen Schürzchen beschäftigte.

Blieben noch ein paar letzte Blätter. Das erste informierte über Reinhold Groothude, einen Finkenwerder Feuerwehrmann, der 1988 zwei Katzenkinder aus einem verstopften Kanalrohr gerettet hatte. Auch 1988 hatte es ein Sommerloch gegeben. Das nächste berichtete über Wilhelm-Franz Groothude zu Pippau, der 1989 auf der Suche nach irgendwelchen Schwarzen Löchern hinter der Milchstraße war, und dann gab es noch Martha Groothude, eine Volksdichterin aus Brinkhorn, die 1983 den Heidschnuckenpreis für ländliche Lyrik gewonnen hatte.

Leo glaubte nicht, dass es zwischen den verschiedenen Groothudes enge verwandtschaftliche Beziehungen gab.

Das allerletzte Blatt war wieder hochinteressant. Ehrenvoller dritter Platz für Hamburger, lautete die Titelzeile, und darunter stand: Julian Groothude, neue Hoffnung des deutschen Tourenwagenrennsports in Frankreich wieder nahe am Sieg vorbei. Der Junge fährt Rennen, dachte sie und rieb sich die Augen wieder wach. Genauso sieht er aus. Felicitas hatte etwas von Rennbahn erwähnt, aber da hatte sie an Pferde gedacht. Autos also. Das war auch nicht gerade billig. Außer dem Bericht über das Rennen stand da noch, dass er Betriebswirtschaft studiere und nach seinem Universitätsabschluss im nächsten Jahr als Trainee in der Geschäftsleitung eines großen Konzerns in den USA arbeiten werde. Leo sah auf das Datum des Artikels, er war aus dem vergangenen Jahr. Der schöne Julian musste sich beeilen, wenn er die Ankündigung wahr machen wollte. Das Jahr war bald um. Womöglich war er durchs Examen gefallen.

– 6 –

«So ein schöner Zufall!» Eine Hand legte sich leicht auf Leos Schulter. Sie schloss gerade die Tür ihres Autos ab, und als sie aufsah, sah sie direkt in Lukas Groothudes Augen.

Sie war unterwegs zur Redaktion gewesen, doch als sie am Jungfernstieg einen Parkplatz entdeckt hatte, an der Binnenalster selten wie Pinguine, war sie sofort rechts eingebogen. Nicht, dass sie wirklich neue Stiefeletten gebraucht hätte, aber die, die sie vor einigen Tagen ganz in der Nähe in einem Schaufenster gesehen hatte, waren unwiderstehlich. Das war Lukas Groothude der Jüngere nicht unbedingt, aber die Frage, warum ausgerechnet er sie hier begrüßte wie eine lange vermisste Freundin, umso mehr. Eine Minute später betrat sie mit ihm das Restaurant im Alsterpavillon.

«Zwei Kaffee», rief er einem vorbeieilenden Kellner nach. «Sie wollen doch auch Kaffee?»

«Und ein gemischtes Eis. Mit Sahne.»

Er bestellte das Eis, und als sie einen freien Tisch an der breiten Fensterfront zum Wasser erreicht hatten, kam schon der Kellner mit dem Kaffee.

«Ich bin sehr froh, dass ich Sie getroffen habe.» Er rückte ihren Stuhl zurecht und setzte sich ihr gegenüber. «Ich habe schon überlegt, wie ich Ihre Telefonnummer herausbekomme.»

«Das Telefonbuch leistet in solchen Fällen gute Dienste.»

«Natürlich.» Er schlug sich an die Stirn. «Das Einfachste fällt einem meist zuletzt ein. Aber Sie als Journalistin wissen natürlich sofort, wie man etwas Wichtiges herausbekommt.»

«Sie wollten mich also anrufen?»

«Ja, ich möchte mich unbedingt noch einmal für meinen Auftritt vorgestern Abend entschuldigen. Ich habe ein bisschen heftig reagiert. Unangemessen heftig.» Er rührte in seiner Tasse und beobachtete, wie sich die weißen Streifen der Sahne mit dem Kaffee verbanden. «Mein Vater hatte natürlich Recht», sagte er schließlich und schenkte ihr ein strahlendes Lächeln. «Für unsere Gäste sollte unser Haus offen sein. Aber Sie haben es ja selbst gesehen, es war ein offizieller Abend, und da sind immer einige dabei, die aus reiner Neugier kommen, die sich von irgendwem mitnehmen lassen, nur weil sie mal sehen wollen, wie es bei den Groothudes aussieht.»

«Zum Beispiel eine neugierige Journalistin wie ich.»

«Zum Beispiel.» Er lachte. «Sie habe ich aber gar nicht gemeint. Wer mit Felicitas kommt, ist absolut vertrauenswürdig, sie ist eine alte Freundin unserer Familie.»

«Eine alte Freundin Ihres Vaters, nehme ich an?»

Er überhörte die Frage und fuhr fort: «Wir schützen unser Privatleben von jeher. Wir haben nie Wert drauf gelegt, in den Klatschspalten oder Gesellschaftsnachrichten irgendwelcher Blätter aufzutauchen. Versuche gab es genug, das kann ich Ihnen versichern, aber meine Frau und ich legen keinen Wert auf Publicity. So was ist nur lästig, und für unser Ego brauchen wir das ganz bestimmt nicht. Aber darum geht es hier gar nicht. Ich habe vor allem so heftig reagiert, weil der alte Lukas wirklich sehr krank ist. Und sehr unvernünftig. Natürlich langweilt er sich oft, es gibt nicht mehr viele Freunde, die ihn besuchen. Und seine Bilder sind nun mal seine Leidenschaft. Über nichts redet er lieber.»

Leo bemühte sich, ein höfliches, aber nicht besonders interessiertes Gesicht zu machen.

Der Kellner brachte ihren Eisbecher, sie löffelte die Maraschino-Kirsche von der Sahne und zerkaute sie genüsslich.

«Seine Bilder sind aber auch toll», sagte sie dann. «Oder? Ich verstehe leider gar nichts von Malerei, jedenfalls nicht mehr, als man in der Schule lernt. Aber es schien mir doch eine ziemlich wertvolle Sammlung zu sein. Einige kamen sogar mir bekannt vor. Von irgendwelchen Kunstkalendern wahrscheinlich, diesen Dingern im Riesenformat, die Teenager von bildungsbeflissenen Tanten zu Weihnachten geschenkt bekamen, bevor es Computerspiele und Tamagotchis gab.»

Lukas Groothude lächelte höflich. Sicher hatte er spätestens zur Konfirmation sein erstes Original geschenkt bekommen.

«Die Sammlung sieht nur so wertvoll aus», sagte er. «Einige sind zwar Originale, sicher hat er Ihnen den Corot gezeigt, diese kleine Flusslandschaft. Den hat er vor zig Jahren irgendwo ganz preiswert aufgetrieben. Wahrscheinlich in den späten vierziger Jahren, als man Kunst für gar nichts bekam. Heute ist der einiges wert, das ist richtig. Aber die meisten, und das sage ich Ihnen jetzt ganz im Vertrauen.» Er beugte sich ein wenig näher, und Leo stellte fest, dass er sehr dezent und sehr gut nach etwas duftete, das es bestimmt nicht in jedem Kaufhaus gab.

«Wirklich ganz im Vertrauen. Es wäre sehr peinlich, wenn es an die Öffentlichkeit geriete, nicht nur für meinen Vater. Sie wissen ja, wie die Leute sind. Also: Viele der Gemälde, die Sie bei ihm gesehen haben, sind Kopien. Exzellente Arbeiten von bekannten Kopisten, das wohl. Aber eben doch Kopien. Die haben inzwischen auch ihren Preis, und eigentlich ist das heute nichts Besonderes. Viele Sammler kaufen Kopien, wenn die Originale nicht zu haben sind. Gerade Impressionisten kann man inzwischen nur noch kaufen, wenn man eine japanische Bank im Rücken oder überflüssige Millionen im Tresor hat.»

«Immer gleich Millionen? Gibt es viele solcher Leute?»

«Sicher mehr, als man gemeinhin denkt. Haben Sie nicht von den Versteigerungen in den letzten Jahren gehört? Sotheby's hat kürzlich erst eines der Gartenbilder von Claude Monet für knapp 60 Millionen versteigert. Schon ein Andy Warhol kann heute 30 Millionen bringen. Von van Goghs Sonnenblumen oder seinem Porträt von Dr. Gachet für Ich-weiß-nicht-wie-viele-Millionen haben Sie ganz bestimmt gehört. Das sind natürlich absolute Spitzenpreise, aber auch dann total verrückte Summen.»

«Völlig verrückt.» Leo war nun bei der Pistazieneiskugel angekommen, dabei fielen ihr die modernen Gemälde in den Salons in Hochkamp ein, und sie fragte sich, ob ein Warhol dabei war. «Sie kennen sich gut aus», sagte sie und schob etwas Sahne über das leuchtend grün gefärbte Eis.

«Das ist relativ. Neben echten Experten fühle ich mich in Sachen Malerei wie ein Analphabet. Ich kaufe ab und zu moderne Kunst, vor allem von jungen, noch nicht sehr bekannten Künstlern. Die finde ich viel spannender als die Größen der Vergangenheit. Aber als Geschäft, als Investition, halte ich Kunst nicht für so schrecklich interessant. Das ist nur ein Modeboom, die Preise werden wieder fallen, und zwar in einen ganz tiefen Keller. Dann hat man Unsummen für einen mittelmäßigen Renoir, einen Oldenburg oder Mondrian bezahlt, der nur noch die Hälfte wert ist. Das ist wie mit den Teppichen. Die waren noch vor zwanzig Jahren eine Wertanlage. Heute sind alte Teppiche aus der Mode und vor allem Staubfänger.»

Während der letzten Sätze war sein Gesicht streng geworden. Das wurde es wahrscheinlich immer, wenn er von Geschäften sprach. Er zauberte eine Portion Charme und Lächeln in seine Augen zurück und fuhr fort: «Mein Vater fand Sie übrigens sehr charmant. Er war wütend, dass ich Sie so schnell wieder nach unten bugsiert habe. Nichts würde er lieber tun, als Ihnen stundenlang von seinen Bildern zu erzählen. Für ihn hat jedes eine Geschichte. Es ist wirklich schade, dass er zurzeit keine Besuche haben darf. Aber sicher hat er Ihnen die eine oder andere schon erzählt?»

Leo schüttelte den Kopf. «Ich hätte ihm gerne ein bisschen zugehört, aber er hatte keine Chance. Ich war nur einige Minuten dort oben, bevor Sie als Zerberus auftraten. Aber eines fand ich besonders hübsch, obwohl ich es nur flüchtig gesehen habe.» Sie machte ein nachdenkliches Gesicht und sah aus dem Fenster auf die Binnenalster hinaus. Der Nebel war hier in der Innenstadt nur ein grauer Dunst. «Es ist nicht sehr groß, das Porträt einer Dame im weißen Kleid.»

Er sah sie ratlos an. «Es hängen einige Bilder von Damen in hellen Kleidern an seinen Wänden.»

«Es hing im hinteren Raum, direkt gegenüber dem Bett.»

«Gegenüber dem Bett? Oh ja, jetzt weiß ich, welches Sie meinen. Es ist wirklich hübsch. Das mochte meine Tochter als Kind auch sehr gerne. Inzwischen zieht sie allerdings Poster von Leonardo di Caprio vor.»

«Ich glaube, die Dame trug einen gelben Gürtel zu einem weißen Kleid.» Leo kratzte sorgfältig das letzte Eis aus der Schale.

«Einen gelben Gürtel? Da müssen Sie sich irren. Ich bin ganz sicher, weil meine Tochter sich früher gerne wie die Dame auf diesem Bild verkleidet hat. Sie hat immer einen schrecklichen Wirbel gemacht, wenn sie nicht die richtigen Accessoires fand. Der Gürtel ist grün. Eindeutig grün. Aber das kann in einem so diffus beleuchteten Zimmer leicht täuschen. Mein Vater mag es auch sehr. Eigentlich ist es schade, dass ich dem alten Herrn den Spaß verdorben habe. Aber *Sie* haben nichts versäumt. Seine Geschichten sind letztlich nur Geschichten von Versteigerungen, sehr langweilig für eine junge Dame ohne Sammlerambitionen. Du lieber Himmel», er sah auf seine Uhr und zog erschreckt die Augenbrauen hoch, «ich habe völlig die Zeit vergessen. Schon wieder muss ich mich bei Ihnen entschuldigen, diesmal, weil ich Sie sehr plötzlich verlassen muss. Ein ganz wichtiger Termin. Es tut mir wirklich Leid. Können Sie mir wieder verzeihen?»

Er griff im Aufstehen nach ihrer Hand, küsste sie und winkte mit der anderen dem Kellner. Dann eilte er zum Tresen, drückte dem Mann an der Kasse einen Schein in die Hand und verschwand mit einem letzten Abschiedswinken.

Leo sah ihm verblüfft nach. Was für ein Abgang!

Das Bild des alten Lukas war also ein – ein was? Sein Sohn hatte den Namen des Malers nicht genannt. Womöglich wusste er ihn nicht. Jedenfalls war es nicht das gleiche Bild wie das in Lady Thornboulds Salon. Sie hatte sich also geirrt. Wieso? fragte eine kleine trotzige Stimme in ihrem Kopf. Wieso? Und dann: Was wollte der eigentlich von dir?

Stimmt, was hatte Lukas der Jüngere gewollt? Sie hatten sich zufällig getroffen. Daran war nicht zu rütteln. Sie hatte ja selbst nicht gewusst, dass sie heute Morgen auf dem Jungfernstieg sein würde, und er war vor ihr da gewesen. Sie hatten einen Kaffee miteinander getrunken, über die Bilder seines Vaters und die irrwitzigen Preise auf dem Kunstmarkt geplaudert, besser: Er hatte geplaudert, und sie hatte zugehört. Dann war er plötzlich aufgesprungen, hatte etwas von «völlig die Zeit vergessen» gemurmelt und war verschwunden. Leo seufzte. Er war eindeutig nicht ihrem Liebreiz erlegen, sondern hatte nur befürchtet, dass sie als Journalistin nichts Besseres zu tun hatte, als irgendeiner Lokalredaktion zu stecken, dass bei Groothudes im noblen Hamburg-Hochkamp jede Menge Kopien hingen. Hatte er etwa gedacht, sie sei eine solche Expertin, das sofort zu erkennen? Oder dass sein Vater es ihr erzählt hatte? Warum hätte der das tun sollen? So oder so – sein Ego brauchte vielleicht keine Aufmerksamkeit in den Gesellschaftsnachrichten, aber offenbar brauchte es den festen Glauben der Society, dass seine Familie nur sündhaft teure Originale besaß. Sie hätte gerne ausprobiert, ob die Alarmanlagen und Überwachungskameras, die das Haus deutlich sichtbar schützten, auch nur Attrappen waren.

Am Nachmittag versuchte Leo, Lady Amanda anzurufen, aber sie hatte kein Glück. Sicher war die Lady mit einem ihrer Ausschüsse oder dem letzten Laub im Garten beschäftigt. Dann kam der Anruf aus der Redaktion, und sie musste sich ihrem Broterwerb widmen. Erst einige Tage später kam sie dazu, wieder auf Jersey anzurufen. Beim dritten Versuch, es war schon gegen Abend, wurde endlich der Hörer abgenommen.

«Thornbould Manor», meldete sich eine Männerstimme, und als Leo ihren Namen nannte und bat, Lady Amanda sprechen zu dürfen, wurde die Stimme unwirsch: «Miss Peheim? Aus Hamburg? Lady Amanda ist nicht zu sprechen, ganz besonders nicht für Journalisten.»

Die hätten genug Unheil angerichtet. Sie solle die alte Dame endlich in Ruhe lassen. Ein für alle Mal. Es machte klack, ein sehr unfreundliches Klack, und das Gespräch war zu Ende. Leo wählte neu, aber der Hörer wurde nicht wieder abgenommen. Wer immer das gewesen war, seine Laune musste fürchterlich sein. Aber seine Taktik war ganz falsch gewesen. Jetzt wollte sie erst recht mit Lady Amanda sprechen. Sie wusste nun zwar, dass das Bild des alten Groothude nicht dasselbe wie das auf Jersey sein konnte. Sie hatte auch nur anrufen wollen – warum eigentlich? Sie wusste es nicht genau. Die Begegnungen mit den beiden Groothudes gingen ihr nicht aus dem Kopf. Irgendetwas erschien ihr da unerledigt. Dabei war gar nichts Besonderes passiert. Sie hatte sich auf einem steifen Fest gelangweilt, einer einladenden Treppe und einer Reihe von Türen nicht widerstehen können und sich so in besonders private Räume einer großen Villa verirrt. Sie hatte einen alten kranken Mann aufgestöbert, und sein besorgter Sohn hatte sie umgehend und ziemlich ruppig wieder hinausbefördert. Den hatte sie zwei Tage später zufällig getroffen, er hatte sich entschuldigt, was unnötig, aber nett gewesen war. Punkt. Nichts Besonderes. Dass sie dabei vermeintlich ein Porträt entdeckt hatte, das es dort nicht gab – auch nichts Besonderes. So etwas kam vor. Trotzdem hatte sie das Gefühl, dass es da noch etwas gab, was sie wissen musste. Sie hatte es noch nie ausgehalten, eine Lücke in einem Puzzle offen zu lassen.

Und nun? Nun war da schon wieder ein ruppiger Mann, diesmal auf Thornbould Manor. Wer war er? Und warum war Lady Amanda nicht für sie zu sprechen? Vielleicht hatte sich irgendein Erbschleicher bei ihr eingenistet, der sie nun gegen den Rest der Welt abschirmte, damit sie das Bild nicht doch noch verkaufte und den Erlös mit irgendeinem reizenden Lord verjubelte. Obwohl das doch mal eine echte Abwechslung wäre. Warum war sie nicht selbst ans Telefon gegangen? In der Abteilung für unerledigte Fragen in Leos Kopf wurde es langsam drängelig.

Leo blätterte in ihrem Notizbuch, fand die Nummer und wählte neu. George Goodwin war gleich am Telefon. Immerhin. Natürlich erinnerte er sich an Miss Peheim, selbstverständlich. Gewiss wolle sie hören, wie es Lady Amanda gehe, er wisse bestens Bescheid, bestens. So ein Unglück. Wie? Welches Unglück? Habe sie es denn nicht gehört. Es sei furchtbar, *schlimme* Zeiten heutzutage. Ja. Man könne niemandem mehr trauen. Früher habe man nicht mal das Haus abschließen müssen, vom Auto ganz zu schweigen, aber heute? Da müsse man ständig damit rechnen, dass man ... Wie? Ach, ja, was nun passiert sei. Der Überfall ... Natürlich auf Thornbould Manor. Davon rede er doch die ganze Zeit.

«Sie haben Josette niedergeschlagen, die Arme, wir beten alle für sie. Wie? Ja, schwer, sie ist immer noch ohne Bewusstsein. Lady Amanda? Oh nein, sie war gerade in St. Helier, als es passierte, in der Bibliothek der Société Jersiaise, einer ganz hervorragenden Bibliothek. Aber als sie nach Hause kam und Josette lag da in der Küche, wie tot lag sie da, und Lizzy jaulend daneben, da hat sie einen Schwächeanfall erlitten. Doch, nur einen Schwächeanfall. *Ich* würde allerdings nicht *nur* sagen. Bei einer so alten Dame ... Doch. Sie wird noch einige Tage im Hospital bleiben, aber es geht ihr schon besser. Aber Josette ... In welchem Krankenhaus? Im General natürlich. Im General Hospital in der Gloucester Street, ja, in St. Helier. Ein hervorragendes Krankenhaus. Als mein Onkel neulich beim Äpfelpflücken, er hat besonders gute Spätäpfel, müssen Sie wissen, also als er von der Leiter ... Ja, natürlich ist mein Onkel im Moment nicht so wichtig. Josette geht es nicht gut, aber man hofft, man muss immer hoffen ... Nein, die Polizei hat noch keine Ahnung, wer es gewesen ist.»

Leo hatte Glück. Sie bekam für den nächsten Morgen Platz in der Frühmaschine nach London mit direktem Anschluss nach Jersey.

November auf Jersey? Leo hatte die Winterjacke mitgenommen, dicke Pullover eingepackt und warme Stiefel angezogen. Als sie aus der Boeing kletterte, wehte ihr ein lauer Wind entgegen, sommerwarm; die herbstlichen Farben der Insel unter dem hohen Himmel mit dicken weißen Wolken leuchteten tief und klar wie in schönstem Cinemascope. Im letzten Jahr, plauderte der Taxifahrer munter, habe es um diese Zeit 20 Grad minus gehabt, und jetzt blühten in seinem Garten die Veilchen. So sei das eben auf Jersey. Er persönlich habe es ja lieber kalt im November, erst heute Morgen habe er zu seiner Frau ...

Leo sagte «Ach ja» oder «Tatsächlich?», aber sie hörte ihm nicht zu. Leo dachte nach. Sie mochte ihren Beruf, doch ab und zu gab es diese unerfreulichen Tage und Nächte, vor allem Nächte, in denen sie begann, über die Folgen ihrer Arbeit nachzudenken. Lady Amanda sei nicht zu sprechen, hatte der Mann in Thornbould Manor am Telefon gesagt, schon gar nicht für Journalisten. Ob sie nicht genug angerichtet habe? War sie schuld? Mit Schuld? Dabei fiel ihr ein, dass sie vergessen hatte, George zu fragen, wem die unfreundliche Stimme gehörte, die zurzeit an Lady Amandas Stelle Anrufe entgegennahm.

Jemand war in Thornbould Manor eingebrochen und hatte Josette niedergeschlagen. Wenn sie Georges' sprunghaften Redefluss richtig verstanden hatte, war jedoch nichts gestohlen worden. Lizzy, so nahm man an, habe den Einbrecher vertrieben. Jedenfalls hatte der Briefträger den Hund aufgeregt bellen gehört, als er an jenem Vormittag an der hohen Hecke vorbeiradelte. Leider habe er keine Post für Thornbould Manor gehabt, aber bei diesen Worten, hatte George streng gesagt, habe er nicht im mindesten bedauernd geguckt. Die freundliche Lizzy war also doch ein Wachhund. War der Einbrecher durch die Artikel in den Zeitungen auf das Haus aufmerksam geworden? Hatte er die Fotos gesehen und gedacht, das alte Haus sei voller Kostbarkeiten? Gewiss hatte er nur englische Zeitungen gesehen, aber änderte das etwas? Sie war eine von denen, die das friedliche Leben einer alten Dame auf einer friedlichen Insel zum Spektakel gemacht hatten.

Drei Pfund fünfzig, sagte der Taxifahrer, und Leo beschloss, dass später genug Zeit zum Grübeln sein würde.

Nachdem sie eine Weile in den langen Gängen der Klinik herumgeirrt war, fand sie die richtige Station und das richtige Zimmer. Sie klopfte und öffnete behutsam die Tür.

«Lady Amanda?» Sie saß im weißen Morgenmantel, eine himmelblaue Wolldecke auf den Knien, in einem bequem gepolsterten Rattansessel am Fenster und sah hinaus in die Sonne. Auf einem kleinen Tisch stand eine Kanne Tee, die Tasse daneben war gefüllt, aber unberührt. Sie drehte sich um, und wenn es stimmte, dass sie Leo nicht sehen wollte, strafte ihr Gesicht diese Entscheidung Lügen.

«Leo!», rief sie freudig. «Was für eine Überraschung. Was tun Sie hier? Woher wissen Sie, dass man mich hier eingesperrt hat?»

«Von George Goodwin. Ich konnte Sie nicht erreichen, deshalb habe ich Mr. Goodwin angerufen. Es tut mir so Leid, Lady Amanda. Ich hoffe, es geht Ihnen besser?»

«Ach», sie machte eine ungeduldige Handbewegung. «Es ging mir nie schlecht, mir ist am Abend nach dem Einbruch nur ein bisschen schwindelig geworden. Ich bin einzig so blass, weil ich seit Tagen nicht an der frischen Luft war. Der armen Josette geht es schlecht. Aber die Ärzte sagen, dass sie eine Rossnatur hat und wieder gesund wird. Es dauert nur eine Weile. So setzen Sie sich doch. Möchten Sie Tee? Wenn ich klingele, bekommen wir sofort eine zweite Tasse.»

«Vielen Dank», Leo setzte sich ihr gegenüber in den zweiten Sessel, «keinen Tee. Ich möchte nur wissen, wie es Ihnen geht. Aber ich will Sie nicht anstrengen...»

«Anstrengen? Ich langweile mich hier zu Tode. Sie sind extra aus Hamburg gekommen, nur weil bei mir eingebrochen wurde? Sie sind völlig verrückt, Leo.» Sie seufzte. «Als ich Sie sah, dachte ich, Ihre Spürnase hätte doch noch etwas herausbekommen. Nun machen Sie nicht ein so verzagtes Gesicht. Es war ja nur ein Gedanke.»

«Glauben Sie, der Einbrecher wollte das Bild stehlen?»

«Ich weiß es nicht», sagte sie zögernd. «Ich

weiß es wirklich nicht. Es ist ja nicht gerade ein Cézanne.»

«Immerhin wollten es einige Galeristen und Sammler kaufen.»

Lady Amanda nickte. «Es hat heute wohl einigen Wert. Damals, als Joffrey es kaufte, war es nicht viel wert. Nur für uns. Aber es wird ja auch in andere Häuser eingebrochen, ohne dass etwas über irgendwelche geheimnisvollen Gemälde in der Zeitung steht. Ich bin selbst schuld, ich hätte mir schon lange eine Alarmanlage installieren lassen sollen. Ich mag so etwas gar nicht, sicher würde ich sie ständig selber auslösen, und ich habe nie gedacht, dass mein Haus Einbrecher reizen könnte. Das war wohl dumm.»

«Mr. Goodwin sagt, es fehle nichts?»

«Gar nichts. Es sei denn, er hat etwas von dem alten Krempel auf dem Dachboden mitgenommen. Dort habe ich noch nicht nachgesehen. Die gute Lizzy, ich habe sie immer für einen Feigling gehalten, aber sie muss den Mann tatsächlich vertrieben haben, bevor er sich bedienen konnte. Vielleicht hat er eine Hundephobie, was für einen Einbrecher allerdings ein erhebliches Berufshindernis ist. Warum haben Sie versucht, mich zu erreichen, Leo? Wollten Sie wissen, wie es meinen Rosen geht? Die denken, es sei Sommer, und blühen immer noch. Wenn in den nächsten Nächten plötzlich der Frost kommt, werden sie sich fürchterlich erschrecken.»

Leo glaubte Lady Amanda ihre Heiterkeit nicht. Sie war nicht nur blass, um ihre Augen lagen dunkle Schatten, und die Falten in ihrem so jungen alten Gesicht waren deutlich tiefer als bei ihrem ersten Besuch im September.

«Sie sehen mich an wie der Arzt, Leo. Das mag ich nicht. Natürlich macht mir Josettes Zustand große Sorgen, aber sonst geht es mir wirklich gut.»

«Ganz ehrlich?»

«Es ist sehr unhöflich, alte Damen der Lüge zu bezichtigen.» Sie lachte. «Ganz ehrlich. Obwohl ich zugeben muss, dass es angenehm ist, hier ein paar Tage auszuruhen. Sagen Sie es nicht weiter, es könnte meinem Image als eherne Lady schaden.»

«Gut. Dann will ich Ihnen erzählen, warum ich versucht habe, Sie anzurufen. Ich wollte Sie etwas fragen.»

«Wegen des Bildes?»

«Vielleicht. Sicher ist es nur ein Hirngespinst.» Leo holte tief Luft und schob ihre letzten Bedenken beiseite. Lady Amanda langweilte sich, selbst ein Hirngespinst war besser als nur die ständige Sorge um Josette. «Sagt Ihnen der Name Groothude etwas?»

«Groothude?» Lady Amanda lehnte sich zurück und strich nachdenklich über die Decke auf ihren Knien. «Groothude. Im Moment sagt mir das gar nichts. Vielleicht wenn ich darüber nachdenke. Ist das der Name einer Familie in Hamburg? Oder einer Galerie?»

«Einer Familie. Und eines Unternehmens. Groothude & Kleiber. Vielleicht kennen Sie den Namen Kleiber?»

Den Namen kannte sie auch nicht. Tatsächlich, sagte sie, kenne sie überhaupt niemanden in Deutschland. «Deshalb hat es mich so gewundert, dass das Bild von dort zurückkam. Obwohl ich mir sowieso nicht vorstellen kann, dass irgendjemand, den ich kenne, das Bild all die Jahre hatte. Andererseits, jemand muss ja damals, als es gestohlen wurde, gewusst haben, dass es in meinem Salon hing.»

«Das können viele gewesen sein. Oder irgendein Handwerker oder Bote hat es gesehen, schön gefunden und davon im Pub oder sonst wo erzählt. Da können es alle möglichen Leute, auch Freunde oder Touristen, gehört haben.»

«Touristen gab es damals erst sehr wenige, Leo. Und schon gar keine aus Deutschland. Sicher hat der Dieb es zufällig gesehen, als er einbrach, um ein bisschen Silber und solche Sachen zu stehlen.»

«Vielleicht hat er es für einen Renoir gehalten und gedacht, er habe den großen Fang gemacht.»

«Vielleicht. Das ist die logischere Erklärung.» Es klang nicht sehr überzeugt. «Also Groothude. Warum fragen Sie danach?»

Und nun erzählte Leo die ganze Geschichte. An der Stelle mit der Treppe kicherte Lady Amanda, und Leo konnte sich gut vorstellen, dass sie die Treppe genauso verlockend gefunden hätte. Sie erzählte von dem alten Lukas, vom Auftritt seines Sohnes als Rausschmeißer, von dem zufälligen Treffen vor dem Alsterpavillon und seiner Versicherung, die Dame auf dem Bild trage keinen gelben, sondern einen grünen Gürtel.

«Es kann also gar nicht Ihr Bild sein, das dort

hängt, leider habe ich versäumt zu fragen, wer der Maler des Bildes ist.»

Sie erzählte nicht, dass Lukas Groothude außerordentlich plötzlich gegangen war, und dass sie keine Ausrede gefunden hatte, ihn noch einmal anzurufen, um nach dem Namen des Künstlers zu fragen. «Womöglich ist es auch ein Hale, ein anderer, und erschien mir deshalb so ähnlich.»

«Sie haben es nicht genau ansehen können?»

«Nein, es war ziemlich dämmerig in dem Zimmer, die Leuchten über den Gemälden waren nur kurz eingeschaltet, dann kam schon sein Sohn und löschte sofort das helle Licht.»

Lady Amanda nickte. «Die Lampen werden immer nur kurz angemacht. Zu viel Licht schadet den Farben.»

Leo glaubte allerdings nicht, dass Groothude der Jüngere die Lichter aus Rücksicht auf die Farben als vielmehr aus Ärger über ihr Eindringen gelöscht hatte. «Wahrscheinlich hätte ich Ihnen das gar nicht erzählen sollen», sagte sie. «Man kann sich in solchen Dingen leicht irren. Viele Damen auf den Bildern aus dieser Epoche haben durchaus eine gewisse Ähnlichkeit. Die gleiche Mode, das gleiche Frauenideal.

Und die Farbe des Gürtels? Grün oder gelb, das kann eine Frage der Wahrnehmung sein. Ich hatte mich so sehr mit Ihrem Bild beschäftigt, da habe ich einfach geglaubt, es dort zu sehen. Lady Amanda? Fühlen Sie sich nicht wohl? Habe ich Sie zu sehr angestrengt?»

Lady Amanda hatte ihren letzten Sätzen nicht zugehört. Ihr Blick war abwesend, doch nun kehrte er zu Leo zurück.

«Natürlich ist mir wohl.» Sie klang zum ersten Mal ungeduldig. «Und ich bin froh, dass Sie mir diese Geschichte erzählt haben.» Sie trank einen Schluck von ihrem kalten Tee, verzog angewidert den Mund und schob die Tasse an den Rand des Tisches. «Ich verabscheue kalten Tee. Nein, Sie haben mich nicht angestrengt, ich habe nur einen Moment nachgedacht. Nun will ich Ihnen auch etwas erzählen, das genauso nach einem Hirngespinst klingt. Mir ist nicht wegen der armen Josette schwindelig geworden. Der Überfall hat mich sehr aufgeregt, natürlich. Josette ist der gute Geist von Thornbould Manor. Sie ist solange bei mir, dass ich mir ein Leben ohne sie gar nicht mehr vorstellen kann. Ich war und bin immer noch in schrecklicher Sorge um sie. Aber da ist noch etwas anderes. Vielleicht sehe ich Gespenster, Leo, und bis Sie mir diese Geschichte erzählt haben, habe ich mir das auch immer wieder versichert und deshalb mit niemandem darüber gesprochen. Aber ich glaube», sie holte tief Luft, «das Bild in meinem Salon ist ein anderes Bild.»

«Ein anderes Bild? Sie meinen, es ist nicht die Dame mit dem gelben Gürtel?»

«Doch, es ist die Dame. Oder auch nicht. Wie soll ich es erklären? Als die Polizei das Haus durchsucht, tausend Fragen gestellt hatte und wieder weggefahren war, ging ich in den Salon. Ich wollte einen Sherry trinken. Mir war doch etwas zitterig, das will ich gerne zugeben. Es war schließlich mein erster Einbruch, von dem 1965 mal abgesehen, aber da war ich in London. Ich ging also in den Salon. Die Sonne war gerade herumgekommen, ihr Licht fiel breit durch die geöffneten Terrassentüren und direkt auf das Bild. Ich sah es an, und es war ..., es war, wie soll ich es nur sagen? Es war anders. Es erschien mir irgendwie fremd. Ich hasse das Wort ‹irgendwie›. Es ist halbherzig wie eine Ausrede, aber mir fällt kein anderes ein. Es war irgendwie anders. Als sei es schuld an Josettes

Verletzung. Ich dachte, ich bin böse auf das Bild, und deshalb sehe ich es anders. Sie kennen das sicher: Wenn man mit einem Menschen, den man liebt, Streit hat, erscheint er einem plötzlich fremd und viel weniger anziehend. Genauso erging es mir mit dem Bild.»

Leo wusste nicht, was sie sagen sollte. Das klang ganz vernünftig. Das war gerade das Wunderbare an guten Gemälden. Sie begegnen dem Betrachter immer wieder anders, reflektieren seine jeweiligen Wünsche, Ängste und Stimmungen. Und manchmal veränderten sie sich auch.

«Schauen Sie mich nicht so schrecklich verständnisvoll an.» Lady Amandas Gesicht zeigte eine Mischung aus Ärger und Belustigung. «Ich sehe, was Sie denken: So ist das eben mit Bildern. Genau das habe ich mir auch gesagt. Es war die einzige Erklärung. Ich ging zu dem Bild, es ist vielleicht ein wenig exzentrisch, aber ich wollte mich bei ihm entschuldigen, und strich über den Rahmen. Ja, und da wurde mir schwindelig. Seit das Bild zurück ist, habe ich das oft getan. Er ist schlicht, gar nicht üblich für so ein Bild, ich habe das von Anfang an besonders gemocht. Ich strich über den Rahmen», sie schloss die Augen, hob ihre rechte Hand und folgte in Gedanken dem lackierten Holz, «und da», sie öffnete die Augen und sah Leo starr an, «und da war auch etwas anders. Der Rahmen hat einige Zentimeter über der unteren rechten Ecke eine kleine Unebenheit. *Hatte* eine kleine Unebenheit. Man sieht sie kaum, aber man fühlt sie. Und diese Unebenheit ist nicht mehr da. Ich habe es immer und immer wieder versucht, auch an der linken Seite. Ich dachte, wahrscheinlich haben die Leute Recht, mit siebenundsiebzig verwechselt man schon einmal etwas, obwohl mir das selten passiert. Aber sie war weg, diese kleine Unebenheit. Einfach weg.» Sie lehnte sich aufseufzend in ihren Sessel zurück. «Das Bild», sagte sie dann, «ist das Gleiche, aber nicht dasselbe. Es kann nicht sein, aber es ist so. Halten Sie mich jetzt für senil?»

«Dafür würde Sie niemand halten.» Leo saß nun ganz aufrecht auf der Sesselkante. In ihren Fingerspitzen kribbelte es, so als habe sie selbst versucht, die kleine Unebenheit zu finden. «Wenn Sie glauben, dass das Bild ein anderes ist, gibt es doch nur eine Möglichkeit: Jemand hat es ausgetauscht.»

«Der, der Josette niedergeschlagen hat? Aber

das ist doch verrückt. Wie sollte das vor sich gegangen sein? Wer könnte eine zweite Version des Bildes haben? Und warum sollte man es überhaupt austauschen?»

Wie hatte Groothude gesagt? Es gibt viele Sammler, die Kopien kaufen, wenn die Originale unerschwinglich sind. Gemälde von Hale waren für einen Sammler gewiss nicht unerschwinglich, aber dieses war unerreichbar. Lady Amanda weigerte sich beharrlich, ihre geliebte Dame mit dem gelben Gürtel zu verkaufen. Das mochte ein Grund sein, es zu stehlen. Aber warum es auch noch durch eine Kopie ersetzen?

«Leo, bitte!! Ich will wissen, was Sie denken. Denken Sie laut.»

«Verzeihen Sie, Lady Amanda. Ich dachte an ein Gespräch mit dem jüngeren Lukas Groothude. Er sagte, dass es Sammler gibt, die auch gute Kopien kaufen. Vielleicht hat tatsächlich jemand ihr Bild gegen eine Kopie eingetauscht.»

Lady Amanda runzelte die Stirn. «Warum sollte das jemand tun? Stehlen könnte ich verstehen, aber warum dieser Aufwand?»

«Das frage ich mich auch. Als Sie das Bild

nach dem Einbruch berührten, hing es da auch anders, vielleicht ein wenig schief?»

«Es ist mir jedenfalls nicht aufgefallen.»

«Und die Sachen auf der Kommode unter dem Bild? Ich erinnere mich von meinem Besuch, dass etwas darauf stand, war das umgekippt oder heruntergefallen?»

Lady Amanda schüttelte den Kopf. «Die Kommode war völlig leer. Josette war gerade dabei, den Salon zu putzen. Sie hatte all den Kram, den ich überall herumstehen habe, auf den Tisch gestellt.»

«Und davon fehlt nichts?» Leo erinnerte sich, dass zu dem «Kram» auf der Kommode auch eine kleine goldene Tischuhr und zwei schwere Silberrahmen gehörten. Gerade noch passend für eine Jackentasche.

«Es fehlt gar nichts. Ich glaube, wir sollten aufhören, uns Gedanken zu machen. Wahrscheinlich war ich nur angestrengt und habe mir das alles eingebildet. Vielleicht sogar diese kleine Unebenheit.»

«War die denn auch da, bevor das Bild 1965 gestohlen wurde?»

Lady Amanda sah Leo ratlos an. «Das ist so lange her. Ich weiß es nicht.»

«Macht nichts. Es war nur so eine Idee. Aber egal, eine ungleichmäßige Stelle auf dem Rahmen oder nicht, es muss herauszufinden sein, ob in Ihrem Salon das Original oder eine Fälschung hängt. Es gibt eine Menge Galerien und Maler auf der Insel. Gibt es jemanden, der das prüfen kann?»

«Was tun Sie hier? Lady Thornbould darf noch keinen Besuch empfangen. Wer sind Sie überhaupt?»

Nicht schon wieder, dachte Leo. Nicht schon wieder einer, der sich als Rausschmeißer aufspielt. Sie hatte die Stimme, kalt wie ein Eiszapfen und schlecht gelaunt wie ein Rumpelstilzchen, gleich erkannt. Sie gehörte dem Mann am Telefon. Der stand in der Tür, einen Stapel Zeitschriften und Bücher unter dem Arm und den Zorn des Selbstgerechten in den Augen.

«Würdest du *bitte* endlich aufhören, über meine Kräfte und meine Zeit zu verfügen, mein Lieber, und Miss Peheim begrüßen, wie es sich für einen zivilisierten Menschen gehört!?» Lady Amanda bemühte sich vergeblich, streng zu klingen. «Lassen Sie sich nicht täuschen, Leo, sonst ist er ungemein galant. Und er ist genau der Mann, nach dem Sie eben gefragt haben. Leo, das ist Timothy Bratton, mein Neffe und ein rund um den Globus begehrter Experte für Malerei des 18. und 19. Jahrhunderts. Timothy, mach ein freundliches Gesicht, nimm dir einen Stuhl, und setz dich zu uns. Du bist wie aufs Stichwort aufgetaucht. Das ist fabelhaft.»

Lady Amanda sah überhaupt nicht mehr blass, dafür ungemein unternehmungslustig aus.

– 7 –

Es dämmerte schon, als Leo und Lady Amandas Neffe das General Hospital verließen. Der Wind kam kühl von der Bucht herauf und trieb gelbe Blätter durch die dunstige Luft über die Auffahrt vor dem Hauptportal. Leo fröstelte und beeilte sich, Timothy Bratton einzuholen, der mit langen Schritten über den fast leeren Parkplatz auf einen schwarzen Volvo zueilte. Er schloss die Fahrertür auf und sah sich nach ihr um, stand da in seinem schwarzen Jackett, den Mantel über dem Arm, das Gesicht angespannt und ungeduldig. In diesem Moment erkannte Leo, dass sie ihn schon einmal gesehen hatte. Bei ihrer ersten Ankunft auf Jersey im September stand sie ihm im Flughafen im Weg, als er seinen Gepäckwagen in die Halle schob, auch damals schlecht gelaunt und in Eile. Sie hatte sich nach ihm umgedreht und gesehen, wie er einen anderen – plötzlich sehr freundlich – begrüßte, einen Mann in schmuddeligen Jeans und uralter Strickjacke. Die Bilder surrten durch ihren Kopf wie ein zu schnell laufender Film, aber so klar, dass es keine Zweifel gab. Er war auch damals auf Jersey gewesen, er war nicht nur jetzt auf die Insel gekommen, um seiner Tante nach dem Einbruch beizustehen. Also auch damals. Ein so beschäftigter Mann und zugleich ein so über die Maßen besorgter und fürsorglicher Neffe? Er musste also auch das Bild gesehen haben, das aus der dicken Verpackung zum Vorschein gekommen war. Dann musste er, wenn er wirklich so ein Experte war, jetzt auch ohne aufwendige Prüfung erkennen, ob es noch das Gleiche war. Oder nicht? Lady Amanda ist für Sie nicht mehr zu sprechen, hatte er gestern ins Telefon geschnauzt. Oder haben Sie noch nicht genug Unheil angerichtet?

Er wollte nicht, dass sie auf die Insel kam. Oder wollte er nur nicht, dass sie das Bild sah?

Leo war stehen geblieben, Rucksack und Reisetasche hingen schwer auf ihren Schultern. Er kam schnell zurück, nahm ihr, eine Entschuldigung murmelnd, die Tasche ab und verstaute sie auf dem Rücksitz. «Wenn Sie wollen, kann ich Sie jetzt gleich mitnehmen, damit Sie sich das Bild noch einmal ansehen. Oder wollen Sie lieber morgen Vormittag kommen? Dann ist das Licht besser.»

Es klang, als müsse er sie auf eine Expedition barfuß durch die Arktis begleiten, aber das kümmerte Leo nicht mehr. Sie hatte schon vor einer halben Stunde beschlossen, seine grimmige Abwehr einfach zu ignorieren. Wenn er ihr stellvertretend für die gesamte Presse die Schuld an dem Einbruch in die Schuhe schieben wollte, war das seine Sache. Natürlich wollte sie das Bild so schnell wie möglich sehen. Nun war sie erst recht viel zu neugierig, um noch eine ganze Nacht darauf zu warten.

Jetzt gleich sei am besten, sagte sie, das Bild in Hamburg habe sie auch im Dämmerlicht gesehen. Er nickte knapp, hielt ihr die Beifahrertür auf, und kurz darauf lenkte er den Wagen auf den schmalen Straßen aus St. Helier hinaus und auf die Hauptstraße in Richtung St. Brelade.

Er sah konzentriert geradeaus, als fordere der geringe Verkehr seine ganze Aufmerksamkeit. Die Fahrt nach Thornbould Manor würde ohne Konversation und ohne die üblichen Hinweise auf die eine oder andere Sehenswürdigkeit verlaufen. Leo lehnte sich zurück und schloss die Augen. Sie war plötzlich sehr erschöpft.

Er hatte sich nur widerwillig dem Wunsch seiner Tante gebeugt, einen Stuhl herangezogen und neben Leos Sessel gestellt. Er könne sich nicht vorstellen, dass es eine zweite Version dieses Bildes gebe, sagte er, nachdem Lady Amanda ihm von Leos Erlebnis in der Hamburger Villa (freundlicherweise ohne die blamable Begegnung mit dem Hausherrn) und ihrem eigenen Verdacht wegen des Rahmens erzählt hatte.

«Viele Künstler haben einige ihrer Motive immer wieder gemalt», sagte er und überging die Sache mit dem Rahmen. «Munchs ‹Der Schrei› zum Beispiel, heute so eine Art Nationalheiligtum der norwegischen Malerei, gibt es in mehreren Versionen. Monet hat immer wieder Heuhaufen und die Waterloo Bridge gemalt. Er wollte so die verschiedenen Lichteinfälle und die entsprechenden Maltechniken studieren. Van Goghs Sonnenblumen natürlich – es gibt zahllose Beispiele. Aber dieses Bild von Hale, wenn es überhaupt ein Hale ist, gibt es kaum zweimal. Es existiert ein ähnliches, ‹Die purpurrote Kletterrose›, aber das hängt nicht an einer Wand in Hamburg, sondern in der Pennsylvania Academy of the Fine Arts in Philadelphia. Es wirkt auch anders, der Unterschied ist so deutlich, dass man die Gemälde kaum verwechseln kann. Es sei denn, man ist farbenblind. Auf deinem Bild, Amanda, sind die Kletterrosen und der Gürtel der Dame in zarten Gelbtönen gehalten, auf dem Bild in Philadelphia in tiefem Rot. Die Perspektive ist auch nicht identisch. Die purpurroten Rosen beherrschen das Bild, während bei deinem der gelbe Rosenbusch nur ein Randmotiv und die Dame mit dem Gürtel das Zentrum bildet. Es ist allerdings möglich, dass dein Bild ein früherer Versuch Hales war. Ich werde das noch prüfen. Auch, ob es in seinem Werkverzeichnis steht. Aber das braucht alles seine Zeit.»

«Wie viel Zeit?», fragte Leo und erntete einen kühlen Blick von der Seite.

«Der Kollege in Philadelphia, der auf die Bostoner Schule spezialisiert ist, und zu der gehörte Hale, ist zurzeit nicht erreichbar. Er arbeitet an irgendwelchen Expertisen in Tokio, dort möchte ich ihn nicht stören. So eilig ist unsere Sache ja nicht. Er wird in etwa fünf Wochen zurück sein.»

«Natürlich, Timothy, lass ihn in Ruhe arbeiten. Aber bis dahin kannst du doch prüfen, ob mein Bild ein Original ist. Warum ist uns das nicht schon früher eingefallen? Für mich war es so selbstverständlich, dass es mein altes Bild war, das aus der dicken Verpackung zum Vorschein kam.»

«Warum hättest du zweifeln sollen, Amanda? Ich denke, du solltest auch jetzt nicht zu viele Gedanken daran verschwenden. Ich nehme an, dass Miss Peheim in Hamburg einen französischen Impressionisten von mittlerer Qualität gesehen hat, vielleicht ein ähnliches Motiv, aber gewiss nicht deinen Hale. Das ist nicht möglich. Als sie das Bild entdeckte, hing deines in deinem Salon, du hast es jeden Tag gesehen. Es kann nicht einmal eine Kopie sein, denn um die so gut zu machen, dass sie wirklich mit dem Original zu verwechseln ist, braucht man das Original. Miss Peheim hat sich gewiss geirrt. So etwas passiert leicht, wenn man mit den Werken eines Künstlers, einer Stilrichtung oder Epoche nicht völlig vertraut ist. Claude Monets Küstenbilder zum Beispiel werden leicht verwechselt, oder Edouard Manets Gartenmotive, auch die vielen Park- und Picknickszenen aus dieser Zeit, wenn man sie nicht gerade nebeneinander sieht oder sehr gut kennt.»

Er spricht über mich, als sei ich meilenweit entfernt und nicht auf dem Stuhl direkt neben ihm, dachte Leo und sagte: «Ja, wahrscheinlich habe ich die Bilder verwechselt.» Sie lächelte ihn mit allem Honig an, den sie über ihren Ärger zu kleistern vermochte. «Obwohl ich nicht farbenblind bin. Aber haben Sie eben gesagt, dass das Bild vielleicht gar nicht von dem Maler stammt, dessen Signatur darauf ist?»

«Ich habe gesagt, dass ich nicht sicher sei. Die Signatur ist nicht ganz eindeutig. Bisher war das nie wichtig, weil es Lady Amanda gleichgültig war. Nun ist es durch eine Ungeschicklichkeit in die Presse gelangt, und natürlich ...»

«Tu nicht so diskret, Timothy», unterbrach in Lady Amanda vergnügt, «wir wissen alle, dass ich es war, die Leo den Namen des Malers verraten hat. Mit den Journalisten, die vor ihr da waren, habe ich ja gar nicht gesprochen, und George wusste ganz bestimmt nicht, von wem das Bild ist. Es hat ihn nicht interessiert, für ihn war es nur Lady Amandas Bild. Und ich habe den Namen auch nicht genannt, weil ich so ungeschickt bin, wie du es ausdrückst, sondern weil ich dem Absender auf die Spur kommen wollte. Ich dachte, womöglich kennt jemand das Bild und hat es irgendwo in Deutschland gesehen. So wie Leo jetzt ein ähnliches in Hamburg. Das wäre doch möglich. Vielleicht hätte jemand einen Leserbrief an Leos Zeitschrift geschrieben. Die Leute schreiben doch ständig Leserbriefe. Bist du denn gar nicht neugierig, wo das Bild all die Jahre war, Timothy? Ich kann wirklich nicht verstehen, warum du dich immer noch über die Veröffentlichung aufregst.»

«Weil vorhersehbar war, dass sie eine ganze Meute von aufdringlichen Käufern auf den Plan rufen würde. Oder irgendwelche Langfinger mit guten Verbindungen zu den weniger

Ehrenwerten unter den Kunsthändlern. Davon gibt es genug.»

«Ein paar Käufer haben geschrieben, angerufen, an der Tür geklingelt und sich irgendwann wieder beruhigt. Das Bild hängt immer noch in Thornbould Manor – wo ist das Problem?»

Timothy schwieg, und Leo verstand, dass er jetzt nicht auch noch darauf hinweisen wollte, dass das Problem sehr deutlich sei, nämlich ein Einbruch und zwei alte Frauen, die im Krankenhaus lagen.

«Ich finde es äußerst seltsam», fuhr Lady Amanda munter fort, «dass mein Bild plötzlich so interessant sein soll. Wir haben es damals für sehr wenig Geld ersteigert. Außer Joffrey und mir gab es nur noch zwei andere Interessenten, die aber schnell aufgaben. Ich habe von diesem Maler auch nie gehört, und wenn mich jemand danach gefragt hätte, bevor das Bild im August zurückkam, hätte ich nicht einmal antworten können. Für uns war es einfach ein schönes Bild, das uns an den Tag erinnerte, an dem wir uns kennen gelernt hatten. Erst in diesem September habe ich von dir erfahren, dass es von einem ziemlich bedeutenden amerikanischen Maler ist, Timothy.»

«Damals war der Preis sicher angemessen. Solche Bilder galten als hübsch, waren bei Sammlern aber nicht besonders begehrt, zumindest nicht in Europa. Überhaupt wurde damals nicht sehr viel für Kunst bezahlt, jedenfalls im Vergleich zu heute. Inzwischen ist Kunst in Mode, das ist jedem Boulevardblatt-Leser bekannt. Auch, dass viele Leute enorme Summen für gute Gemälde zahlen, besonders für Impressionisten.»

«Auch für amerikanische?», fragte Leo. Sie hatte bis vor kurzem nicht einmal gewusst, dass es eine impressionistische Schule in den USA gegeben hatte. Er sah sie an, als erinnere er sich erst jetzt wieder, und das nicht besonders gerne, dass sie da war. Er zuckte die Achseln und wandte sich wieder seiner Tante zu.

«Amerikanische Kunst», sagte er schließlich steif, «ist auch in Europa gefragt. Aber es stimmt, vor allem die Künstler der Moderne, Georgia O'Keeffe zum Beispiel, Edward Hopper, später Warhol oder Lichtenstein, die kennen Sie bestimmt von Postern ...»

«Ja», sagte Leo und kämpfte gegen eine heiße Welle von Zorn auf diesen arroganten Idioten, «und aus dem Metropolitan Museum of Art und dem Whitney Museum in New York. Auch die Hamburger Kunsthalle ist nicht schlecht sortiert. Aber selbst wenn Sie nicht sicher sind, ob Lady Amandas Bild ein Hale ist, können Sie wenigstens feststellen, ob es ein Original aus der Bostoner Schule ist?»

«Richtig, Leo. Darum ging es ja eigentlich. Natürlich kann er das.» Lady Amanda betrachtete ihren Neffen mit liebevollem Stolz.

«Das kann ich. Allerdings nicht hier, ich müsste dazu nach London. Aber du solltest dir das noch einmal überlegen, Amanda. So eine Prüfung bedeutet immer, das Bild zu beschädigen, natürlich nur ganz gering, man sieht es kaum. Ich brauche aber doch Proben von den verschiedenen Farbtönen und -schichten. Ich müsste das Bild aus dem Rahmen lösen und die Materialien prüfen...»

«So schlimm wird es schon nicht sein. Du hast mir doch erzählt, dass viele wertvolle Gemälde vor Versteigerungen auf diese Weise geprüft werden müssen. Wenn die es aushalten, warum dann nicht meines?»

Zum ersten Mal lächelte Timothy. «Du warst schon immer ein Dickkopf, Amanda», sagte er, nahm ihre Hand in seine beiden und hielt sie fest. «Ich finde es zwar nicht besonders sinnvoll, aber ich muss es wohl tun. Sonst hast du schlaflose Nächte und beauftragst die Konkurrenz. Doch nun», er schob den Stuhl zurück und stand auf, «sollten wir endlich gehen. Du brauchst Ruhe.»

Dann hatte er noch versprochen, sich um die Prüfung des Bildes zu kümmern und morgen wiederzukommen, und sie waren gegangen. Lady Amandas Einladung, auf Thornbould Manor zu wohnen, das Haus sei so groß und bis auf Timothy und Lizzy ganz leer, hatte Leo höflich, aber entschieden abgelehnt, das Hotelzimmer sei fest gebucht. Was ein zweites, diesmal erleichtertes Lächeln auf das Gesicht von Lady Amandas Neffen brachte. Aber Timothy möge ihr unbedingt das Bild noch einmal zeigen, damit sie sehen könne, ob es nicht doch das Gleiche wie in Hamburg sei, rief Lady Amanda ihren beiden Besuchern nach. Was wiederum Leo sehr erleichterte, sie hatte schon begonnen zu überlegen, mit welchem halbwegs manierlichen Trick oder Ohnmachtsanfall auf der Schwelle von Thornbould Manor sie genau das erreichen konnte. Dass er es freiwillig tun würde, konnte sie sich nicht vorstellen.

«Wachen Sie auf. Wir sind da.» Die Reifen knirschten sanft über den Kies der Auffahrt, und der Motor erstarb. Es war nun ganz dunkel, nur das weiße Licht einer kleinen Laterne über dem Portal brach sich hell in den Nebelschwaden, die die Konturen der letzten Rosenblüten auf dem Rondell vor dem Haus verschwimmen ließen.

«Miss Peheim?» Er berührte ihre Schulter.

«Leo, nennen Sie mich einfach Leo», murmelte sie, reckte die Schultern und öffnete die Tür. Die Abendluft legte sich wie ein kühles feuchtes Tuch auf ihr Gesicht und vertrieb die Schläfrigkeit.

«Leo? In England ist das ein Männername.» Das klang amüsiert. Timothy Bratton wollte also doch Konversation machen.

Lizzy begrüßte Leo wie eine alte Freundin, die sie lange vermisst hatte, drehte sich glücklich japsend ein paar Mal um sich selbst, dann sauste der Setter hinaus in den Garten und verschwand in der Dunkelheit.

«Lassen Sie einfach die Tür offen», sagte Timothy, «sie will nur ein bisschen im Garten herumtrödeln, dann kommt sie gleich zurück. Sie muss sehr hungrig sein.»

Er stellte Leos Tasche ab, ging voraus direkt in den Salon und drückte auf einen der Lichtschalter neben der Tür. Eine ganze Reihe von kleinen Lampen tauchte den Raum in warmes Licht. Auf dem großen Tisch stand eine Vase mit Herbstastern, die meisten der kleinen blauen Sternblüten hingen schon müde herab. Es roch ganz leicht nach etwas Fremdem, nach etwas, das sie nicht zuordnen konnte, aber vor allem nach Zimt und Orangen. Leo spürte, dass sie hungrig war.

«Möchten Sie Tee? Oder einen Sherry?» Lady Amandas Neffe war an der Tür stehen geblieben und sah fast freundlich aus.

Nein, sie wolle gleich weiter ins Hotel fahren, dort wartete das Abendessen auf sie. Dann drehte sie sich endlich um und sah auf das Bild. Die Platte der Kommode darunter war immer noch leer, die Uhr, die Silberrahmen und ein paar andere kleine Dinge, die Lady Amanda lieb waren, standen auf dem Tisch, wo Josette sie am Morgen des Einbruchs aufgereiht hatte.

«Soll ich mehr Licht machen?» Timothy wartete immer noch an der Tür, aber als Leo den Kopf schüttelte, kam er näher und stellte sich neben sie. Leo spürte nun nichts mehr von der warmen Atmosphäre des Raumes, nicht mehr den würzigen Duft, sie sah nur das Bild, sah den gelb blühenden Rosenbusch, die Dame im weißen Kleid mit dem zu einer üppigen Schleife gebundenen gelben Gürtel unter dem ausladenden Hut voller Blumen.

Sie trat nahe an das Bild, strich mit den Fingerspitzen über den Rahmen, scheinbar gedankenlos, so wie man über eine Sessellehne oder die Rundung einer Tasse streicht, wenn man im Gespräch einen Moment nachdenkt. Der Rahmen war glatt, so wie Lady Amanda gesagt hatte. Aber vielleicht war er das immer gewesen. Leo begann, das Wort ‹vielleicht› zu hassen.

«Nun?» Timothys Stimme klang freundlich und nicht mehr als höflich interessiert, aber sie hörte dennoch Spannung darin.

«Ich bin mir nicht sicher», sagte sie und trat wieder einen Schritt zurück. «Das Bild sieht dem anderen ähnlich, sehr ähnlich sogar. Aber Sie haben Recht. Wenn man sich nicht gut auskennt, sind diese Bilder leicht zu verwechseln. Wahrscheinlich habe ich Ihre Tante umsonst beunruhigt.»

«Machen Sie sich darüber keine Gedanken.»

Er zog den Glasstopfen von einer Karaffe und goss nun doch Sherry in zwei Gläser. «Sie ist ein realistisch denkender Mensch und von beneidenswertem Pragmatismus, diese Geschichte wird sie nicht lange beunruhigen.» Er reichte ihr eines der Gläser und fuhr eifrig fort: «So eine Verwechslung passiert leicht, auch Experten. Unsere Wahrnehmung ist längst nicht so zuverlässig, wie wir glauben. Sie spielt uns viele Streiche, böse Streiche mitunter. Das Sehen ist ein sehr komplexer Vorgang, niemals wirklich objektiv. Wir sehen vor allem, was wir erwarten zu sehen. Oder im Fremden scheinbar etwas Vertrautes. Das gibt uns Sicherheit in schwierigen Situationen. Und Farben nimmt sowieso jeder Mensch ein wenig anders wahr. Doch nun fange ich an zu dozieren. Das interessiert Sie jetzt gewiss nicht. Sie werden müde sein nach diesem langen Tag. Am besten, ich fahre Sie gleich zu Ihrem Hotel.»

«Das ist sehr freundlich, aber es reicht völlig, wenn Sie mir ein Taxi rufen. Es ist nicht weit bis St. Aubin.»

«Sind Sie sicher? Ehrlich gesagt, wäre mir das auch lieber. Ich habe noch eine Menge zu tun, außerdem möchte ich Lizzy nicht schon wieder allein lassen. Sie war den ganzen Nachmittag eingesperrt und ist es nicht gewöhnt, keine Gesellschaft zu haben. Leider verträgt sie das Autofahren nicht, sonst könnte ich sie mitnehmen, aber ...»

«Rufen Sie mir einfach ein Taxi. Das ist am unkompliziertesten.» Leo stellte das leere Sherryglas auf den Tisch neben die beiden Silberrahmen. Der größere fasste ein altes Schwarzweißfoto von drei Kindern und einer um viele Jahre jüngeren Lady Amanda. «Sind Sie auf diesem Foto?»

Er nickte. «Mit meiner Tante und zweien meiner Cousinen. Wir haben als Kinder viele Sommer hier verbracht. Es war unser Paradies. Von morgens bis abends im Garten, oder mit einigen Kindern aus dem Dorf am Strand oder auf den Farmen herumstrolchen, schmutzig bis unter die Haarwurzeln und frei wie die Füchse. Amanda muss Nerven wie Drahtseile gehabt haben.»

Er lachte, unbeschwert in der Erinnerung an unbeschwerte Sommer. Für einen Moment war der grimmige Neffe und Kunstexperte verschwunden. Was hatte er von der Wahrnehmung gesagt? Man sehe das, was man erwarte.

Also brauchte er nur eine Geschichte von glücklichen Sommern zu erzählen, und schon sah sie in ihm den fröhlichen Jungen? Sicher hatte auch Al Capone ein paar schöne Sommer gehabt. Sie stellte den Rahmen auf den Tisch zurück, ohne Lust, auch das Foto in dem anderen anzusehen.

Das Taxi kam schon nach wenigen Minuten. Er trug ihre Tasche hinaus und öffnete die Tür zum Fond. «Wann fliegen Sie wieder zurück nach Hamburg? Morgen?»

«O nein, ich bin ja erst heute angekommen. Ich habe ein paar Tage Urlaub und will mir die Insel ansehen, an der Nordküste soll man sehr schön wandern können. Und natürlich möchte ich Lady Amanda noch einmal besuchen. Jetzt haben Sie gewiss nichts mehr dagegen. Gute Nacht, Mr. Bratton.»

Sie zog die Tür zu, bevor er etwas antworten konnte, und fragte sich, warum sie plötzlich so wütend war. Durch das Rückfenster sah sie, wie er dem langsam die Auffahrt hinabrollenden Taxi folgte und das große schmiedeeiserne Tor hinter ihm verschloss.

Leo lehnte sich müde und hellwach zugleich zurück. Ihr Kopf schmerzte, der herbe Nachgeschmack des trockenen Sherrys und ein vernehmliches Knurren in ihrem Magen erinnerten sie daran, dass sie seit dem Morgen nichts mehr gegessen hatte. Sie hasste es, sich dümmer zu stellen, als sie war. Sie hatte ihn dennoch angelogen, auch wenn sie nicht genau wusste, warum. Wenn es um Daten oder Namen ging, war sie oft vergesslich, auf ihr bildhaftes Gedächtnis jedoch konnte sie sich verlassen. Egal was Timothy Bratton oder der jüngere Lukas Groothude gesagt hatten, sie war sich ganz sicher: Das Gemälde über Lady Amandas Kommode war vielleicht nicht dasselbe, aber es sah haargenau so aus wie das, das sie im Haus der Groothudes in Hamburg entdeckt hatte.

Der Frühstücksraum war fast leer. Nur am Eingang gleich neben der Ritterrüstung, die aussah, als klebe auf ihrem Rücken noch das Preisschild eines Großhandels für Mittelalter-Imitate, saßen zwei Gäste und verspeisten wortlos große Mengen von Eiern, Schinken und Würstchen. Als Leo den Raum betrat, rief der eine der beiden, ein dicklicher Mann mit blondem Schnauzbart, dem Kellner gerade zu, er möge noch eine Kanne Kaffee bringen, aber etwas stärker als die erste, bitte sehr, er meine tatsächlich Kaffee, nicht Tee. Die Männer beachteten sie nicht, und sie entschied sich für den Tisch, der am weitesten von ihnen entfernt an den Fenstern zur Bucht stand. Sie hatte genug von schlecht gelaunten Männern. Dann bestellte sie Toast und Tee und sah hinaus in den trüben Morgen. Die muntere Stimme im Radio hatte einen sonnigen Tag versprochen, doch da draußen war alles grau: das Meer, das Fort, der Dunst über dem Wasser, die Häuser. Aber es war noch früh, gerade nach acht, mit etwas Glück würde der Dunst verschwinden und – Leo drehte dem Fenster ärgerlich den Rücken zu. Wozu machte sie sich Gedanken über das Wetter? Sie hatte Besseres zu tun. Sie schlug ihr Notizbuch auf und starrte auf die Seite, auf der sie gestern Abend eine Liste der nächsten Schritte begonnen hatte. Sie war sehr kurz.

Hatte sie tatsächlich Besseres zu tun als sich Gedanken über das Wetter zu machen? Was suchte sie hier noch? Lady Amanda würde in wenigen Tagen wieder gesund und munter zu Hause sein. Timothy Bratton würde das Bild prüfen, aber da er es nicht besonders eilig zu haben schien, würde es nicht nur einige Tage, sondern einige Wochen dauern.

Also Urlaub machen. Falls die Sonne doch noch den Kampf mit Nebel und Wolken gewann, war das eine verlockende Vorstellung. Eine Wanderung entlang der Steilküste, Cream Tea in irgendeinem kleinen Gasthof, sie konnte durch das Museum in St. Helier trödeln, den berühmten Zoo, die Steinzeit-Kultstätte *La Houge Bie*, das *German Underground Hospital* bei Meadow Bank besuchen oder die zahllosen Geschäfte, Kunsthandwerker und Farmen, von denen die Flut der Prospekte in der Empfangshalle des Hotels versprachen, dass alle Einmaliges boten, preiswert wie nirgends sonst. Leo klappte seufzend das Notizbuch zu, fischte den Teebeutel aus dem dampfenden Edelstahlkännchen und strich Butter und Orangenmarmelade auf eine schon ziemlich biegsame Scheibe Toast. Also: Warum flog sie nicht einfach zurück?

Was war denn schon geschehen? Sie hatte zwei Bilder gesehen, die einander aufs Haar glichen, jedenfalls war es ihr so erschienen. Das eine war lange verschollen gewesen und plötzlich wieder aufgetaucht. Niemand wusste woher und warum. Seltsam, aber die Welt war nun voller seltsamer Geschichten.

Weiter. Dann gab es zwei schlecht gelaunte Männer, die ihren Vater beziehungsweise ihre Tante von neugierigen Besuchern fern zu halten versuchten, und beide behaupteten, dass sie, Leo, nicht richtig sehen könne.

Damit wäre die Geschichte – wahrscheinlich – zu Ende, wäre da nicht der Einbruch auf Thornbould Manor, bei dem eine alte Frau niedergeschlagen, aber nichts gestohlen worden war. So etwas kam auch vor, wenn ein guter Wachhund zur rechten Zeit auftauchte. Ein Wunder, dass Lizzy so weit über sich selbst hinausgewachsen war. Auch der friedlichste Hund hatte noch ein paar Wolfsgene im Blut.

Und dann? Dann fand Lady Amanda, dass das Bild in ihrem Salon nicht ihr Bild war. Dass es irgendwer gegen ein anderes, gegen eine Kopie, ausgetauscht hatte. Was ziemlich phantastisch klang.

Was hatte sie hier noch zu suchen? Suchen war schon mal das richtige Wort. Suchen? Der Rahmen, Lady Amanda hatte gesagt, der Rahmen sei nicht mehr der gleiche. Der Rahmen: Vielleicht ging es gar nicht um das Bild, sondern um den Rahmen. Aber warum? Er war nicht einmal vergoldet. Was konnte einen Rahmen so wertvoll machen, dass jemand dafür einbrach und eine alte Frau niederschlug?

Leo klappte das Notizbuch zu, trank den letzten Schluck Tee und schob ihren Stuhl zurück. Es war höchste Zeit, mit der Arbeit zu beginnen.

«Was macht die Frau nur wieder?» Johannes Grube überflog mit gerunzelter Stirn das Fax auf seinem Schreibtisch, während er seinen Mantel auszog und achtlos auf den Boden fallen ließ. «Ich denke, die feiert ein paar Tage Urlaub? Wieso will sie jetzt was über – wie heißt der Kerl? – Timothy Brattling wissen?»

«Bratton», sagte Anita, «Timothy Bratton, Experte für ältliche Malerei. Hübscher Name.»

«Bratton, klar. Ich kann selber lesen, Anita. Kunstexperte. Für Malerei des 18. und 19. Jahrhunderts. Na gut, solange sie den Kunstexperten weit weg von Hamburg auf die Nerven geht, soll's mir recht sein.»

Anita grinste und schwieg. Vor allem, weil sie nicht verstand, dass Johannes sich immer noch über Leos kleine Eskapaden wunderte. Er kannte sie lange genug.

«Sie muss früh aufgestanden sein, das Fax war schon da, als ich vorhin kam. Gehen die Uhren in England eine Stunde vor oder nach? Auf alle Fälle ist sie früh aufgestanden, nach Urlaub klingt das nicht.»

«Okay. Timothy Bratton also. Ruf im Archiv an, und gib denen die Daten durch. Sag, dass es eilt. Sonst kriegen wir alle zwei Stunden ein Fax von diesem steinernen Klops voller Kühe im Meer. Und womöglich gräbt sie gerade eine schöne Geschichte aus.»

«Oder sie ist verliebt und will wissen, in wen. Wenn sie schlau ist.» Anita dachte an ihren letzten Urlaub und die in heißer Nacht geklauten Kreditkarten. So einen Fehler, hatte sie sich und jedem, der es hören wollte, geschworen, würde sie nie wieder machen.

«Leo ist nicht schlau, nur neugierig wie eine Ziege. Und misstrauisch. Was sich nicht gut verträgt. Los, ans Telefon. Ich ruf mal Kanter-Huldenfried an, der kennt sich da aus.»

Der Galerist meldete sich nicht, von zwölf bis zwanzig Uhr sei die Galerie geöffnet, schnurrte eine fröhliche Stimme vom Anrufbeantworter, man könne auch ein Fax schicken, und zwar unter der Nummer ...

Johannes legte auf und verschob den Anruf auf den Nachmittag. Er fischte sich aus dem großen Stapel Tageszeitungen auf seinem Schreibtisch das *Abendblatt* und schlug die Lokalseiten auf.

«Herr Grube?» In seiner Tür stand Simone, Praktikantin von der Journalistenschule. Simone wusste, wo es langgeht. Was ihr wirklich wichtig war, verhandelte sie nur mit dem Ressortleiter. Die Redakteurin, der sie zugeteilt war, hatte nichts dagegen. Praktikanten, fand sie, waren nur die ersten vier Wochen angenehm, wenn sie all die wichtigen Menschen hinter ihren Schreibtischen noch anhimmelten, den vielfältigen Erfahrungen der Arrivierten lauschten, runde Münder machten und die gebotene Ehrfurcht zeigten. Dann war der Spaß vorbei, und all die zukünftigen Starreporter und Chefredakteurinnen wurden zur veritablen Last. Ständig schlugen sie Themen vor, die keinen Menschen interessierten oder erst letzte Woche in allen Zeitungen gestanden hatten und schon in jeder Talkshow verbraten wurden, stellten blöde Fragen anstatt selbst zu denken, glaubten noch an das Gute in der Welt (falls es gerade passte) und überhaupt.

«Herr Grube», zwitscherte Simone, zupfte mit spitzen Fingern an ihrem Rock, gegen den Leos Pistaziengrünes ein langer ausgeleierter Sack war, und balancierte auf ihren Plateausohlen zum Schreibtisch. «Also, Regina findet meine Themenvorschläge nicht gut, sagt sie. Aber Sie sind, finde ich, viel phantasievoller, ich meine», sie klapperte ganz reizend nervös mit den Augenlidern, «ich meine, Sie erkennen auch hinter kleinen Meldungen eine große Geschichte. Wenn Sie das mal lesen würden, bitte? Ich würde Ihnen dann gerne erklären, was dahinter steckt, wir müssen nämlich unbedingt mal über ...»

«Moment.» Johannes griff nach den Meldungen, die sie ihm entgegenstreckte, zeigte auf den Besucherstuhl und begann zu lesen. Schließlich hatte der Chefredakteur erst kürzlich wieder die Parole ausgegeben, die Nachwuchsschreiber und -schreiberinnen (seine neue Freundin war eine Spätfeministin) ernst zu nehmen, sie seien das Sprachrohr der zukünftigen Leserschaft, der direkte Draht zum 21. Jahrhundert und müssten Gelegenheit bekommen, sich auch an großen Recherchen und Reportagen zu üben. Anita hatte zwar erklärt, das sage er nur, weil die Tochter einer Cousine seines Golfpartners gerade ein Praktikum im Auslandsressort absolviere, aber, so fand Johannes, natürlich brauchten die jungen Leute Chancen, besonders in diesen karriereharten Zeiten, und, na ja, die Kleine war wirklich süß. Und nicht unoriginell. Warum sollte zu solchen Klamotten nicht auch ein pfiffiger Kopf gehören?

Simones Beute bestand aus drei Meldungen. Die erste berichtete vom beispielhaften Umbau des Tierheims in Wolfbreitbach (wo immer das sein mochte); am Rand stand in einer hübschen Kinderschrift: Große Reportage über skrupellose Menschen in L. A., die Tiere aussetzen. Die zweite meldete, dass die Heilsarmee auf dem Hamburger Kiez immer weniger Geld in ihre Sammeldosen gesteckt bekomme, und beklagte die Hartherzigkeit der neuen jungen Szene, die sich in den letzten Jahren dort vergnüge. Der Rand war frei. Die dritte schließlich war ein kleiner Zweispalter, kopiert aus der Zeitung, die Johannes gerade aufgeschlagen hatte. Der unbekannte Mann, wurde dort gemeldet, der am 5. September auf einer Bank beim Autobahnrastplatz Stillhorn tot aufgefunden worden war, sei nun endlich identifiziert. Es handele sich um einen Rentner aus Nordfrankreich, der allein in einem abgelegenen Haus in der Nähe von St. Malo gelebt habe. Die Identifizierung habe so lange gedauert, da er erst vor wenigen Tagen als vermisst gemeldet worden sei.

«Anita», brüllte Johannes, «bring mir mal meinen Atlas.»

«Du hast keinen», kam es aus dem Vorzimmer zurück.

«Dann hol einen aus der Reise. Die werden ja wohl einen haben?»

«L. A.», sagte Simone sanft, «liegt an der *westcoast*, Herr Grube, südlich von San Franzisco. Am Pazifik.»

«Natürlich. Wo sonst? Eine Frankreichkarte tut's auch.» Der letzte Satz war gebrüllt und galt wieder Anita.

«Sag das doch gleich», murmelte es aus dem Vorzimmer, und Anita brachte eine nagelneue Autokarte von Frankreich, ihrem nächsten Urlaubsziel, und legte sie auseinander gefaltet auf den Schreibtisch.

«St. Malo», murmelte Johannes, «St. Malo. Das muss doch ... Aha. Dachte ich's mir.» Er faltete die Karte zusammen und legte sie mit der Meldung über den Toten vom Rastplatz zur Seite.

«So, meine Liebe, nun wollen wir mal sehen. Sie wollen also über Menschen schreiben, die Tiere aussetzen. Ein sehr wichtiges Thema.»

Simone schlug elegant die langen Beine übereinander und rutschte auf die vordere Stuhlkante. Drei Minuten später wusste sie, dass die Reportage über die bösen Tieraussetzer eine hübsche Idee sei, aber erst vor wenigen Wochen – wie immer in der Ferienzeit – von allen Medien abgefrühstückt worden sei. Außerdem habe man da eher die armen Tiere als Interviewpartner, was nie sehr ergiebig sei, die bösen Menschen seien aber selten aufzutreiben und noch seltener zu vertraulichen Gesprächen bereit. Nein, auch die Herbstferien seien kein geeigneter Anlass. Die Idee, das Ganze von L. A. her aufzurollen – hervorragend, wirklich. Allerdings sei so eine Recherche für dieses Thema denn doch zu aufwendig, ein wenig nur, aber entscheidend. Ja, selbst wenn ihr Freund seit kurzem dort studiere und sie deshalb die besten *connections* habe.

«Die Heilsarmee», erklärte Johannes weiter,

«ist immer ein hübsches Thema, ganz klar, das haben Sie gut erkannt. Dass die zu wenig Geld in ihre Sammeldosen bekommen, rührt allerdings jetzt, wo die Leute alle Weihnachtsgeschenke kaufen müssen, keine Seele. Leider, ja. Aber Sie sind ja noch ein bisschen länger bei uns, zu Weihnachten vielleicht, oder zwischen den Jahren, eine kleine Geschichte, aber dann was Rührendes, was Nettes, verstehen Sie? Irgendwas, wo die Leute nasse Augen kriegen, aber trotzdem glücklich sind, wenn sie die Zeitung zuklappen. Doch, so was gibt es. Jede Menge, man muss nur gut recherchieren. Mit ein bisschen Phantasie natürlich.» Recherche sei alles. Sowieso. Es müsse ja nicht unbedingt schon wieder die Heilsarmee sein. Aber wenn sie wieder mal Themen habe, gerne, jederzeit, seine Tür sei immer offen.

Die Geschichte mit der alten Leiche an der Autobahnraststätte? Nee, so 'n oller toter Franzose, also, das sei nur was für die Tagespresse. Was heiße hier europäischer Gedanke? Wenn der ein alter Filmstar wäre, oder wenigstens ein vergessener Held, mit den Grimaldis oder Windsors verwandt, ein Exlover von der Deneuve. So was – das wär's. Außerdem sei sowieso gerade eine Kollegin da in der Nähe, die könne sich sicherheitshalber mal umhören.

An diesem Tag erzählte Simone in der Kantine der Tochter der Cousine des Golfpartners des Chefredakteurs, der Grube sei ein ziemlich gemeiner Kerl. Der klaue Themen, man müsse sehr vorsichtig sein, und überhaupt sei der völlig ausgebrannt, kein bisschen Engagement mehr, absolut kein Feeling für das, was die Leute lesen wollen. Völlig abgehoben von der Basis. Ihre letzte Praxisstation sei da ganz anders gewesen, Privatfernsehen sei eben viel mehr am Puls der Zeit.

Davon erfuhr Ressortleiter Johannes Grube nichts, es hätte ihn auch nicht gestört, sondern nur an sein eigenes Volontariat vor langer Zeit erinnert. Gerade als Simone bei grüner Götterspeise darüber nachdachte, wie sie doch noch an eine Reportage in L. A. kommen könnte, erreichte Johannes Moritz Kanter-Huldenfried und fragte ihn nach der Reputation eines Kunstexperten mit Namen Timothy Brattling.

«Brattling?», fragte der Galerist. «Bestimmt meinen Sie Timothy Bratton. Eine interessante Frage, Johannes. Was haben Sie denn mit dem zu tun?»

– 8 –

Die Insel-Hauptstadt St. Helier war nach einem frommen Eremiten benannt, der vor etwa tausendvierhundert Jahren vom Festland herübergekommen war und sich auf einem Felsen am Rande der Bucht niedergelassen hatte. Er wollte den Insulanern das Christentum bringen, was die nicht beeindruckte. Dann kamen Piraten von Norden, schlugen ihm den Kopf ab und flüchteten umgehend, weil der Tote sein verlorenes Haupt unter den Arm nahm und davontrug. Das beeindruckte die Insulaner nun doch, so schnell und billig waren sie die Mordbrenner und Räuber noch nie losgeworden, jedenfalls wurde Jersey christlich und der tote Mönch heilig. Immerhin, dachte Leo, und blätterte weiter in der Broschüre über Jerseys Hexen, Geister und Traditionen. Am längsten war das Kapitel über die Hexen. Das würde sie erst lesen, wenn dieses Nebelland wieder weit hinter ihr lag. Wie das Kapitel über die vielen Höhlen in den Steilküsten, in denen sich seit Menschengedenken Teufel, verlorene Seelen und andere ungemütliche Wesen herumtrieben.

Die Broschüre und zwei Ansichtskarten mit

viel Wasser, Himmel und uralten Gemäuern war die ganze Ausbeute des Vormittags. Fünf Galerien hatte sie im Branchenverzeichnis des Telefonbuches gefunden, sicher gab es mehr, aber die waren ebenso sicher zu klein und unbedeutend, um mit Werken amerikanischer Künstler zu handeln. Bedaure, Miss, hatte der Galerist in der Burrard Street mit bis auf eine hochgezogene linke Augenbraue unbewegtem Gesicht gesagt, danach solle sie besser in London suchen. Oder in New York. Hier vertrete man vor allem lokale Künstler, überwiegend zeitgenössische. Wenn sie an Drucken älterer Werke oder an Radierungen und Ähnlichem interessiert sei, gleich nebenan, in der Buchhandlung Thesaurus, könne man ihr bestimmt helfen. Ja, auch mit Auskünften zur Geschichte der alten Familien der Insel, natürlich.

Die Buchhandlung entpuppte sich als Antiquariat. In den verschachtelten Räumen reichten die Regale aus uraltem schwarzbraunem Holz bis unter die Decke, sie waren lückenlos mit alten Büchern jeder Art und zu jedem Thema gefüllt, auf Tischchen mit geschwungenen Beinen staubten trockene Blumen aus Papier und Kartons aus der Vorkriegszeit mit alten Postkarten und Briefmarken. Im Kamin an der hinteren Wand des zweiten Raumes glosten Holzscheite, allerdings nur mit Hilfe der Steckdose gleich daneben, und der Buchhändler trug genau die alte ausgeleierte Strickjacke und die rutschende Brille, die ein solcher Laden forderte.

Kunstdrucke? Nein, schon seit zwei Jahren nicht mehr. Amerikanische Impressionisten? Er sah sie an, als habe sie ihn nach einer Sammlung unsittlicher Fotografien gefragt. Das Buch über die alten Familien der Inseln sei vergriffen, leider, schon seit geraumer Zeit, aber in der Bibliothek der *Société Jersiaise* in der Pier Road gleich hinter dem Museum werde sie bestimmt ein Exemplar finden. Die Familie Thornbould? O nein, die sei darin bestimmt nicht aufgeführt. Wenn er sich richtig erinnere, sei das eine Sussex-Familie. Oder aus Kent? Jedenfalls sei nur einer der Söhne in den dreißiger Jahren nach Jersey übergesiedelt. Aber sicher sei er da nicht. Es gebe wohl noch eine alte Dame dieses Namens auf der Insel, da könne sie nachfragen. Die Adresse stehe gewiss im Telefonbuch. Er schob seine Brille auf ihren Platz auf der Nasenwurzel und seinen Stuhl zurück. Wenn sie allerdings alte Ansichten der Insel suche, im hinteren Raum habe er eine sehr schöne Auswahl.

Leo machte sich stattdessen in den verwinkelten Straßen der Stadt auf die Suche nach ihrem Mietwagen. Sie fand ihn, kurz bevor sie aufgeben wollte, steckte den Strafzettel in die Jackentasche und beschloss, dass es Zeit war, Hunger zu haben

Auf der Küstenstraße nach St. Aubin, im Sommer dicht befahren, war wenig los. Die Bucht lag immer noch im Dunst, doch der matte Glanz über der See zeigte, dass die Sonne es schaffen würde. Das Wasser war nun ganz aufgelaufen, die kleinen Boote, heute Morgen noch schräg und plump auf dem Trockenen, dümpelten träge in der ruhigen See, als wüssten sie, dass der Winter nah und ihre Saison vorbei war. Die eleganteren Segler der Sommergäste dösten längst in den Schuppen der Häfen. Die meisten der Pensionen und kleineren Hotels waren schon geschlossen, die Insulaner hatten ihre Insel wieder für sich allein. Nur an den Wochenenden kamen noch einige Gäste, zumeist sehr alte und sehr junge Paare aus London, Newcastle oder Birmingham, in der Hoffnung, das milde Klima der Inseln halte noch ein paar Tage späten Altweibersommers für sie bereit.

Im *Blue Dolphin* an der schmalen Straße entlang dem kleinen Hafen drängten sich in der Saison um die Mittagszeit die Gäste. Jetzt waren nur zwei Tische besetzt, die sommerliche Geschäftigkeit war der schläfrigen Atmosphäre dörflicher Idylle gewichen.

Am Tresen saßen, drei freie Hocker zwischen sich, ein grauhaariger Mann im braunen Tweedjackett über blauen, farbverschmierten Arbeitshosen und eine Frau mit gelb gebleichten Locken, kugelrund, im schwarzen Rock und pinkfarbenen Pullover. Beide schwiegen in ihr Bier und warfen Leo nur einen kurzen Blick zu, als sie sich für den in der Mitte entschied. Sie bestellte ein Tonicwasser und ein Putersandwich mit Salat, der Barkeeper nickte bedächtig und polierte weiter das schon makellose Glas.

«Puter», sagte er dann, «mit Salat.»

Leo nickte, und er gab die Bestellung durch die Tür zur Küche weiter. Das Ticken der runden Uhr im Mahagonigehäuse in der Mitte des verspiegelten Flaschenbords übertönte die gedämpften Stimmen der beiden Paare, die an der Fensterfront bei ihrem Mittagessen saßen.

«Sie waren schon mal hier, richtig?» Der Barkeeper hielt ein Bierglas gegen das Licht, wischte noch einmal mit dem karierten Küchentuch darüber und sah Leo an.

«Im September. Sie haben ein bemerkenswertes Gedächtnis.»

«Das gehört zum Job», sagte er und grinste. Wahrscheinlich, dachte Leo, fragt er das alle neuen Gäste, damit die sich gleich zu Hause fühlen, tüchtig bestellen und immer wieder kommen.

Er warf eine hauchdünne Zitronenscheibe in ein hohes Glas, ließ nach kurzem Zögern eine zweite folgen, füllte mit Tonicwasser auf und stellte es vor Leo auf den Tresen. «Im September. Richtig. Sie waren auf Thornbould Manor. Und mit George haben Sie auch gesprochen, George Goodwin, vom Flughafen. Richtig? Wegen dieser Bildergeschichte.»

«Alles richtig.»

Der Barkeeper strahlte. «Wo bleibt das Sandwich», brüllte er plötzlich in Richtung Küchentür, «die Lady hat Hunger und nicht ewig Zeit.»

Geschirrklappern und undeutliches Gemurmel waren die Antwort, und fünf Minuten später stellte eine dünne junge Frau mit rotem Gesicht und roten Händen Leos Sandwich auf den Tresen, für das ein Puter von elefantischen Ausmaßen sein Leben gelassen haben musste.

«Und jetzt?» Der Barkeeper steckte einen Zipfel seines Handtuchs in den Gürtel und zündete sich eine Zigarette an. «Wieder auf Thornbould Manor?»

Leo schüttelte kauend den Kopf. «Ja und nein», sagte sie schließlich, «ich wohne wieder im *La Tour Hotel*.» Sie deutete mit der Gabel über ihre Schulter in Richtung High Street. «Aber es stimmt schon, ich bin hier, um Lady Amanda zu besuchen.»

«Lady Amanda?» Die Frau in Pink hob den Kopf und sah Leo neugierig an. «Die ist doch im Krankenhaus. Geht's ihr wieder gut?»

«Haben Sie von dem Einbruch gehört?»

«Klar!» Sie rutschte von ihrem Hocker, schob ihr Glas und ihren runden Bauch näher und setzte sich auf den neben Leo. «Jeder hat davon gehört. Und Josette soll fast tot sein. Also ich würde nicht mit 'nem Einbrecher kämpfen, und wenn es nicht mal ums eigene Haus geht, würde ich ...»

«Du würdest schreien wie am Spieß und

wegrennen wie 'ne aufgescheuchte Henne», knurrte der Mann im Tweedjackett vom anderen Ende des Tresens.

«Hören Sie nicht auf den, der ist schlecht gelaunt», erklärte die Frau Leo und rief: «Klar würd ich weglaufen. Weil ich klug bin. Was hat Josette nun davon? Halb tot ist sie.»

«Ich sage, das ist nichts, wenn Frauen allein leben. Die kommen nur auf komische Ideen, und wenn mal Not am Mann ist, ist Geschrei. Dann ist es zu spät.»

«Not am Mann? Das ist auch, wenn man einen wie dich im Haus hat, ständig ist da Not am Mann.»

«Nun ist es aber gut, Mary, nur weil ihr beide wieder Krach habt, müsst ihr nicht meine Gäste verschrecken.» Der Barkeeper sah die pinkfarbene Frau, Mary, streng an und stellte ihr ein frisches Bier neben das fast leere Glas. «Nehmen Sie den beiden ihr Geschrei nicht übel, Miss», sagte er und hielt Leo ein Streichholz an ihre Zigarette, «ein Ehekrach kommt ja immer mal vor. Aber Maurice hat Recht, es ist nicht gut, dass Lady Amanda und die alte Josette so ganz allein da oben wohnen. In dem Alter. Und dass Thornbould Manor nicht mal eine Alarmanlage hat, das weiß jeder. Trotzdem ist es komisch, dass der Dieb gar nichts mitgenommen hat.»

«Na, weil Josette kam, die hat ihn vertrieben.»

«Quatsch, Mary, der hat ihr doch eins über den Schädel gegeben, da hätte er seelenruhig alles ausräumen können. So 'ne alte Lady hat bestimmt jede Menge Silber und hübschen Nippes, so was verkauft sich gut in London.»

«Ich denke, Lizzy hat ihn vertrieben, der Hund.»

Das hatte Leo gesagt, und alle, der Barkeeper, Mary und ihr galliger Ehemann Maurice, lachten laut.

«Den Hund», sagte Maurice, «sollte man erschießen, der hat noch nie zu was anderem getaugt als zum Löcher buddeln. Uralter Stammbaum, aber was nützt das? Verwässert nur das Blut, bei Menschen wie bei Hunden. Nur bei Kühen nicht. Fremde Kühe kommen uns nicht auf die Insel.» Er leerte sein Glas und schob es mit einer auffordernden Bewegung seines Kinns dem Barkeeper rüber.

«Aber ihr Neffe ist doch oft zu Besuch, der kann ...»

«Sie meinen Timothy?» Marys Augen glitzerten. «Kennen Sie den auch? Ein schöner Mann ...», Maurice prustete in sein Bier, «... so gepflegt. Der würde nie mit einer schmutzigen Hose ins Pub gehen. Oder Hunde erschießen.»

«Timothy», sagte der Barkeeper, der fand, dass die Geschichte endlich mit der gebotenen Sachlichkeit behandelt werden sollte, «der ist meistens in London oder sonst wo in der Welt. Aber er kümmert sich um seine Tante, so gut er kann. Das wird keiner abstreiten.»

«Erbschleicher», knurrte Maurice.

Der Gedanke kam Leo bekannt vor. Das Gespräch entwickelte sich in die richtige Richtung. Familienklatsch lieferte von jeher die beste Geschichte. Selbst die Bibel war voll davon.

«Timothy», wiederholte der Barkeeper ungerührt, «ist in Ordnung. Ich bin oft mit ihm gesegelt ...»

«Ha!» Maurice nahm sein Glas und rutschte an Leos andere Seite. «Das ist mindestens fünfundzwanzig Jahre her. Da wart ihr beide Bengels mit dreckigen Nasen. Heute putzt du Gläser, und der ist ein feiner Pinkel, fährt ein ausländisches Auto und tut sich wichtig. Und erbt Lady Amandas Kram, oder nicht?»

«Maurice, du spinnst», sagte Mary. «Das weiß nur Lady Amanda, und sonst keiner. Und nun halt mal fünf Minuten dein Maul. Jetzt will *ich* Ihnen was erzählen, Miss.»

Timothy Bratton und einige seiner Cousinen waren früher jeden Sommer auf der Insel bei ihrer Tante gewesen. Jeder hätte die gern gehabt, na ja, vielleicht Cordelia nicht so, die alte Zicke. Aber egal, die anderen waren nett, machten jeden Spaß mit und hatten nie Angst vor dem Wasser oder vor den Kühen und Pferden wie die anderen Stadtknirpse. Die Kinder von Thornbould Manor krochen mit den Inselkindern in jeder Höhle, in jedem Bach herum, und wenn der Sommer vorbei war, war nicht mehr zu unterscheiden, wer den Rest des Jahres auf einer Farm oder in einer piekfeinen Stadtwohnung oder einem Internat lebte. Alle waren gleich sonnenverbrannt und zerkratzt und benutzten die gleichen Schimpfworte. Natürlich nur, wenn keine Erwachsenen in der Nähe waren. Erst als die Kinder älter wurden, trennten sich auch im Sommer ihre Wege immer mehr.

«Aber nicht mit Martin», sagte der Barkeeper. «Mit Martin war das anders.»

«Der Verrückte», knurrte Maurice. «Hör mir mit dem auf. Wen interessiert der denn?»

Mich! wollte Leo rufen, aber das war nicht nötig. Der Barkeeper beachtete Maurice nicht und redete schon weiter.

Martin war zwei oder drei Jahre jünger als Lady Amandas Neffe, ein eigenwilliger Junge, kurz und viereckig, so wie man sich einen zukünftigen Bauern vorstellte. Als Timothy in das Alter kam, in dem Höhlen und Kuhställe an Reiz verlieren, und er stattdessen oft mit seinem Malkasten an der Küste saß, sah man Martin oft still neben ihm sitzen. Und eines Tages gab Timothy ihm Papier und Pinsel und hielt ihm die Palette hin («Genau, der Bratton ist schuld», knurrte Maurice), kurz und gut, als Timothy einige Jahre später auf die Kunsthochschule ging, folgte Martin ihm bald.

«Er hat 'ne Sondergenehmigung bekommen», unterbrach der Barkeeper Marys Redestrom. «Den richtigen Schulabschluss hatte er ja nicht für so ein Institut, aber alle haben gesagt, er hätte eine unheimliche Begabung.»

«Und Lady Amanda hat ihm die Schule bezahlt», rief Mary triumphierend.

«Und was war der Dank?» Nun war Maurice

wieder dran. «Nach anderthalb Jahren ist er da abgehauen. Gib mir noch ein Bier, Theo. Vielleicht auch schon nach einem Jahr, weiß ich nicht genau. Er ist abgehauen und zurückgekommen, weil es ihm zu laut und zu eng in London war, hat er gesagt. Das kann ja jeder verstehen, aber ich sag, die Professoren haben ihn weggeschickt.»

«Du spinnst schon wieder, Maurice.» Mary schlug mit der flachen Hand auf den Tisch. «Martin malt schöne Bilder. Aber er ist keiner für die Stadt. War er nie. Nicht mal fürs Dorf. Ich möchte nicht so allein in dem Haus da wohnen, aber Martin will das so, jeder ist eben anders.»

Der Maler, erklärte Theo, lebe schon seit Jahren ganz allein in einem alten Haus nahe der Nordküste. Die male er auch immer wieder. Ab und zu auch die langen Strände im Osten und Westen, aber immer wieder die raue Nordküste, zu jeder Jahreszeit, bei jedem Wetter. «Manche Touristen kaufen so was ganz gerne», schloss er.

«Aber er malt nicht bunt genug», fand Mary. «Immer so dunkle Himmel und Wellen. Viel zu wenig Blumen. Und überhaupt keine Menschen. Die Leute mögen gerne Blumen zu Hause an der Wand. Und hellblauen Himmel, Sonnenuntergang und Wasser mit weißer Gischt. Kühe haben die Leute auch gerne, und Gärten. Dafür ist Jersey schließlich berühmt, Kühe und Gärten, oder? So was malt er aber nicht. Er könnte viel mehr verkaufen, wenn er sich ein bisschen Mühe gäbe. Und ein bisschen fleißiger wäre. Es kann doch nicht so lange dauern, bis er so 'n Stück Meer und Himmel hingekleckst hat.»

«Er ist wohl wirklich ein bisschen verrückt», gab Theo, der Barkeeper, zu, «jedenfalls seit er aus London zurück ist, und das ist ewig her. Er spricht mit niemandem, jedenfalls nicht mehr als das Nötigste, geht kaum ins Pub, nicht mal in die Kirche. Aber dieser berühmte Franzose oder Holländer, dieser van Gogh, der war ja auch verrückt und hat sein Leben lang kein einziges Bild verkauft.»

«Doch», sagte Leo, «eins.»

«Na, das ist doch fast dasselbe. Dagegen ist unser Martin ja Spitze, was?»

«Wie heißt er mit Nachnamen?»

«Harvey», sagte Theo, «Martin Harvey.»

«Und wo steht das Haus, in dem er so alleine wohnt?»

«Von der B 55 in die Straße nach Grosnez, da geht gleich nach der Abzweigung so ein schmaler Weg über die Heide Richtung Klippen. Da ist das Haus, steht allein und hat keinen schönen Garten drum rum, daran erkennt man es am besten. Dass es keinen Garten hat, meine ich. Falls Sie allerdings auf die Idee kommen, ihn zu besuchen, Miss, sparen Sie sich die Mühe. Der lässt keinen rein, schon gar keine Fremden. Der macht einfach die Tür nicht auf. Wenn Sie Timothy Bratton kennen, fragen Sie lieber den. Vielleicht nimmt der Sie mal mit. Mit dem redet Martin nämlich. Oder gehen Sie in die Galerie hier gleich um die Ecke in der High Street. Die haben immer ein oder zwei seiner Bilder.»

«Der arme Martin.» Mary hatte ihr drittes Glas Bier geleert und schwimmende Augen bekommen. «Der arme Martin, so 'n nettes stilles Kind war der, hat nie gequengelt. Und jetzt ganz allein ohne Familie. Seine Mama war auch 'ne ganz eigenwillige, und nun ist sie tot.»

«Und sein Vater?»

Mary schniefte und schwieg.

«Sein Vater ist perdu, schon ewig.» Maurice klang zum ersten Mal fröhlich. «Manche Männer sind nicht so für Familie, die zieht's in die Ferne, raus in die Welt, ganz plötzlich. Und sagen nicht mal Bescheid.» Er lachte meckernd. «Aber der war ja auch einer von Guernsey.»

«Aber er hat einen Onkel oder so was.» Theo begann, wieder seine Gläser zu polieren. «Der kommt ab und zu mit der Fähre von St. Malo rüber. So alle drei oder vier Wochen.»

«Ein Onkel? In Frankreich? Das kann ich mir nicht denken», murrte Maurice, und Mary nuschelte: «Doch, das stimmt. Aber in der letzten Zeit nicht mehr. Lewis, das ist mein Cousin, der hat den Kiosk auf der Fähre, also Lewis hat den Alten immer gesehen, weil der sich auf jeder Überfahrt ein Sandwich gekauft hat, immer mit Ei, Thunfisch und Tomaten, aber nie Mayonnaise, nie. Wenn die Leute auf ihr Essen warten, sagt Lewis, erzählen sie immer, wo sie hinfahren. Oder wo sie herkommen. Ist ja auch egal. In den letzten Wochen hat er ihn nicht mehr gesehen, sagt Lewis.»

«Vielleicht mag er bloß keinen mehr von Lewis' schlabberigen Sandwiches», rief Maurice und löste einen erbitterten Streit über die Qualität der Sandwiches von Marys Cousin aus, der erst abbrach, als Theo, der Barkeeper, «Vielleicht ist der olle Franzose auch krank, verdammt nochmal!», brüllte.

«Vielleicht», sagte Mary und nickte ernsthaft, und Maurice sagte: «Dass Martin nicht mal Lady Amanda besucht, wo die so gut zu ihm war, das ist nicht richtig.»

Endlich ein Satz, der keinen Widerspruch auslöste. Leo spendierte eine Runde für Mary, Theo und Maurice und verließ den *Blue Dolphin*.

Die Kunstgalerie befand sich in einem lang gezogenen uralten Haus aus massiven grauen Quadersteinen, die, wenn man genau hinsah, im schrägen Schein der Sonne rosafarben schimmerten. Das Haus stand quer zur Straße in einem weiten offenen Hof, zwei Holztische und ein paar Stühle lehnten, gegen Wind und Regen geschützt, an der Mauer. Der Raum rechts vom Eingang war voll gestopft mit all dem hübschen Schnickschnack von der Briefkarte bis zum zwölfteiligen Teegeschirr samt passender Gardine und Tischdecke, die vorgaben, den englischen Landhausstil zu repräsentieren. In einem Regal stapelten sich neben bunten, mit Kühen bemalten Blechdosen Notizbücher verschiedenster Größe, auch mit Kühen bemalt. Kartons mit bunten Kerzen und

Seifen verströmten betäubende Düfte, und auf einem Extratisch in der Ecke zwischen zwei Fenstern türmten sich glitzernde Weihnachtskugeln, kleine dicke Schneemänner und Santa Clauses, Engel und bunt bemalte hölzerne Krippenfiguren. Leo nieste und flüchtete in den zweiten Raum.

«Hallo», sagte der Mann mit der grauen Schürze, der an einem großen Tisch stand, und wandte sich wieder seiner Arbeit an einem Rahmen aus grün gebeiztem Holz mit einer geschwungenen Goldborte zu. Es roch nach Farbe, Holz und Staub, ein bisschen auch nach den süßen Seifendüften aus dem anderen Verkaufsraum, und an den Wänden hingen Rahmen an Rahmen, Bilder, die zumeist Szenen und Ansichten der Insel zeigten. Sonnige Strände mit Segelbooten, stürmische Strände mit Wracks, der weiße Leuchtturm von Corbière auf gischtumtosten Felsen vor der tiefblauen See, wuchernde Blumengärten und einzelne Blütenzweige, lauschige Kirchen und Dörfer, und Kühe. Immer wieder Kühe.

Wenn man von der wirklich erstaunlich scheußlichen Version von Mont Orgueil Castle absah, im violetten Sonnenuntergang trutzig aufragend über dem kleinen kunterbunten Hafen von Gorey, waren die meisten Bilder genauso, wie Mary gesagt hatte, dass die Leute sie lieben: hell, freundlich und schön bunt. Es gab auch ein paar andere; Bilder, an denen das Auge hängen blieb, die nicht beliebig, sondern eigen waren. Leo blieb vor so einem stehen, es war quadratisch, nicht größer als zwei Hände, und zeigte einen Reiter in Bratenrock und Zylinder auf einem kräftigen Pony. Ein Aquarell in erdigen Farben. Es erinnerte eher an die Hochmoore Yorkshires, an die Geschichten der armen Pfarrerstöchter Brontë, als an die heiteren Sommer dieser Insel.

«Ein schönes kleines Bild, nicht?» Der Mann mit der Schürze war leise neben Leo getreten. Aus der Nähe sah er sehr jung aus. «Lady Diana hat auch bei diesem Maler gekauft.»

«Oh», sagte Leo, und die Wangen des Galeristen röteten sich. Sein Versuch in moderner Marketingstrategie fiel ihm offensichtlich schwer.

«Ich suche eigentlich etwas anderes», fuhr Leo fort. «Ich habe gehört, dass Sie Bilder von Martin Harvey haben. Die würde ich mir gerne ansehen.»

«Von Martin, ja natürlich. Obwohl, es tut mir Leid, ich hatte nur zwei. Wissen Sie, er malt sehr ...», der Mann schluckte und rieb sich das rechte Ohrläppchen, «sehr diffizil, und er ist selten mit seinen Arbeiten zufrieden. Deshalb gibt es so wenige von ihm. Die beiden Landschaften sind noch hier, aber schon verkauft.»

«Aber ich kann sie mir doch ansehen.»

«Leider nicht. Ich habe sie gerade verpackt», er sah zur Uhr über der Tür, «sie werden gleich abgeholt. Es ist nicht mehr genug Zeit, sie noch einmal auszupacken.»

Leo folgte seinem Blick. An der Wand lehnte ein in graues Packpapier gewickeltes und fest mit Hanfband und Klebestreifen verschnürtes Paket.

«Schade», sagte sie. «Ein paar Minuten zu spät. Da kann man nichts machen.»

«Woher kennen Sie Martin Harvey? Ich meine, es hat noch nie jemand direkt nach seinen Bildern gefragt. Kennen Sie andere von ihm?»

«Nein, leider nicht, ich habe nur von ihm gehört. Um ehrlich zu sein, im *Blue Dolphin* hat man von ihm erzählt. Das hörte sich so an, als würde ich seine Bilder mögen.»

«Sie waren bei Theo an der Bar.» Der Galerist lächelte. «Der mag Martin, und sicher hat er Ihnen auch erzählt, dass der ein wenig schwierig ist, unzugänglich, für Fremde und Freunde. Es hat tatsächlich keinen Zweck, zu ihm zu gehen und nach seinen Bildern zu fragen, falls Sie auf die Idee kommen sollten. Gar keinen Zweck. Wenn Sie im Frühjahr wiederkämen, dann habe ich bestimmt wieder ein paar Harveys. Aber damit Sie den Weg nicht ganz umsonst gemacht haben, kommen Sie mal mit, eines können Sie doch sehen.»

Er öffnete die Tür zu einem dämmerigen Büro hinter dem Galerieraum, machte Licht und zeigte auf die Wand über dem Schreibtisch.

«Da haben Sie wenigstens eines zum Angucken. Es ist allerdings absolut unverkäuflich», fügte er hastig hinzu. «Martin hat es mir geschenkt, ich kann es nicht hergeben. Eigentlich darf ich es Ihnen nicht mal zeigen.»

Die pinkfarbene Mary hatte auch diesmal Recht gehabt. Das Bild über dem Schreibtisch hatte nichts Heiteres, nichts von Blumen, Sommer, Segelschiffen. Es zeigte einen Streifen graublaues, fast schwarzes Meer, das sich am

Horizont in dunstigen Wolken auflöste, die in einen bleiernen Himmel übergingen. Den Vordergrund bildete ein schmaler, leicht geschwungener Streifen Sandstrand, menschenleer, nicht einmal das winzigste Boot in der obligatorischen Seitenlage war zu entdecken. Keine Möwe, keine Gischt, keine Hoffnung auf Licht und Sonne. Es war ein beunruhigendes Bild.

«Es ist gut, nicht?» Der Galerist hatte sehr leise gesprochen, er sah auf das Bild, und Leo wusste, dass er es auch nicht verkaufen würde, wenn es kein Geschenk wäre.

«Ja, ein gutes Bild. Aber es sieht nicht nach Jersey aus.»

«Oh, doch, der Maler arbeitet nur hier. Das ist eben seine Wahrnehmung. Allerdings war er völlig unzufrieden damit, das ist er ständig, dieses wollte er gerade zerstören, als ich ihn besuchte. Er hat es mir schließlich überlassen, nachdem ich ihm schwor, es niemals in den Laden zu hängen. Die meisten Kunden hier finden so etwas sowieso zu düster. Wenn er sich nur endlich einen Agenten in London suchen würde, der ihn in der richtigen Szene ins Gespräch brächte, könnte er groß rauskommen.

Aber er kriegt schon einen Anfall, wenn ich ihm das bloß vorschlage. Natürlich ist das seine Sache. Ich finde es nur so schade. In den Londoner Galerien wird für viel Schlechteres viel Geld bezahlt, nur weil das jemand in Mode schwatzt, und Martin – verzeihen Sie, ich wollte keinen Vortrag halten. Kommen Sie doch im April oder Mai nochmal zu uns, dann ist es hier sowieso am allerschönsten. Ich bin ganz sicher, bis dahin hat er wieder ein paar Bilder geliefert.»

Obwohl es ihr wirklich sehr gut gefallen hatte und der Preis erstaunlich gering war, verzichtete Leo auf das Aquarell des Malers, der auch Lady Diana beglückt hatte, und verließ die Galerie.

Martin Harvey wurde immer interessanter. Sein Gemälde an der Wand des Büros war ihr seltsam vertraut erschienen. Es hatte sie beeindruckt, obwohl sie sicher war, dass sie die kalte Einsamkeit der Seelandschaft nicht Tag für Tag vor Augen haben wollte.

Der Mann, der an der Tür höflich zur Seite trat, um sie hinauszulassen, sah haargenau aus wie Lady Amandas Neffe, aber er konnte es unmöglich sein: Der Mann lächelte freundlich, geradezu strahlend, was er auch nicht abstellte, als er Leo erkannte. Und dann – dann lud Timothy Bratton sie zu einem Kaffee ein. «Oder haben Sie keine Zeit? Ich muss nur noch für eine Minute in die Galerie, wenn Sie bitte warten wollen? Ich bin gleich wieder da.» Und schon zog er fest die Tür hinter sich ins Schloss und ließ Leo auf dem Hof stehen.

Sie starrte ihm nach, als sei er einer der Geister aus der alten Broschüre. Er hätte wenigstens warten können, ob sie Ja oder Nein sagte. Mr. Bratton war offenbar sehr daran gelegen, mit ihr Kaffee zu trinken, fragte sich nur, warum? Sehr unwahrscheinlich, dass er plötzlich für ihren umwerfenden Charme entflammt war. Durch das Fenster sah sie seinen Rücken, er sprach mit dem Galeristen, der nickte, nickte noch einmal, Timothy legte ihm die Hand auf die Schulter, und schließlich wandten sich beide dem Tisch zu. Wenn Leo sich nicht sehr irrte, sie hätte viel darum gegeben, genauer sehen zu können, zog Timothy ein Scheckbuch aus der Innentasche seines Mantels und füllte ein Formular aus, während der Galerist das große Paket in grauem Packpapier nahm und in sein Büro trug.

Timothy Bratton war also der Käufer der Harvey-Bilder. Warum kaufte er, der zu den wenigen gehörte, die der Maler in sein Haus ließ, die Bilder nicht bei ihm selbst? Warum war ihm so wichtig gewesen, dass Leo ihn nicht in die Galerie begleitete? Und warum nahm er die Bilder jetzt nicht mit? Der Galerist hatte doch gesagt, sie würden gleich abgeholt werden. Sicher hatte er einfach keine Lust, sie mit sich herumzutragen. Andererseits, sein schwarzer Volvo stand nur wenige Meter entfernt an der Straße. Der Scheck wechselte den Besitzer, und eine Sekunde bevor die beiden Männer sich umdrehten und der Tür zuwandten, war niemand mehr da, den sie am Fenster der Galerie hätten sehen können.

Als Timothy Bratton aus dem Haus trat, stand Leo in die Betrachtung einer spätherbstlich zerzausten Asternstaude vertieft im Hof.

«Es wird nun wirklich bald Winter», sagte er. Und: «Wollen wir?»

Leo nickte und ließ sich die Tür zu seinem Wagen öffnen. Er wendete im Hof vor der Galerie, fuhr schweigend die High Street hinab und bog an der Kreuzung in die Straße am Hafen ein. «Wir hätten auch zu Fuß gehen können», murmelte er, als er eine Minute später vor dem *Old Court House Inn* im letzten Haus der Straße hielt. «Von hier», fuhr er lauter fort, «haben Sie den schönsten Blick über die Bucht nach Elisabeth Castle und St. Helier hinüber.» Am Abend, wenn das alte Gemäuer angestrahlt werde, sei es natürlich noch viel schöner. Leo nickte höflich und überlegte, ob der Galerist ihm erzählt hatte, dass sie nach Bildern von Martin Harvey gefragt hatte.

Im *Old Court House Inn*, dem traditionsreichsten Restaurant der Stadt, war es kaum voller als im *Blue Dolphin*, der Kaffee kam nach zwei Minuten, und Timothy Bratton, immer noch die Sonne selbst, kam gleich zum Thema.

«Meine Tante hat mir noch einmal erzählt, warum sie Ihnen im September diese ganze Geschichte anvertraut hat. Das war keine so schlechte Idee. Aber sehen Sie, Amanda ist alt, und dieser Einbruch hat sie mehr erschreckt, als sie jemals zugeben wird. Ich weiß, dass Sie ihr keinen Kummer machen wollen, aber ich möchte Sie bitten, wirklich sehr bitten, sie nicht in ihren Phantasien über das Bild zu bestärken. Diese wunderliche Idee, es sei nicht mehr dasselbe wie vor dem Einbruch, regt sie sehr auf.

Ich kann Ihnen versichern, dass das nicht stimmt. Ich ...»

«Woher wissen Sie das so genau?»

«Ich weiß es.» Sein Lächeln wurde um einige Grade kälter und herablassender, er erschien nun wieder sehr viel vertrauter. «Wenn man gewöhnt ist, Bilder einzuschätzen, sieht man so etwas. Wenn Sie es genauer wissen wollen: Auch die perfekteste Kopie, wenn es denn eine wäre, sieht neuer aus als ein altes Original. Die Farben sind frischer, die unteren Schichten noch nicht ganz trocken, man riecht die Farben noch. Und auch das Craquelé ...»

«Was ist das?»

«Das sind die feinen Risse und Sprünge auf der Oberfläche alter Bilder. Das ist nicht wirklich zu imitieren, auch wenn so was immer wieder in den Zeitungen steht.» Er war wieder fast der alte Mr. Bratton.

«Hat Ihre Tante das Bild nicht reinigen lassen, nachdem es ihr im September geschickt wurde?»

Er nickte. «Das habe ich selbst gemacht. Trotzdem wäre es auf den ersten Blick zu erkennen, jedenfalls für mich.» Er rieb mit unterdrückter Ungeduld mit der Spitze des rechten

Mittelfingers über das alte Holz der Tischplatte. «Natürlich hätte ich das gestern auch meiner Tante erklären können, aber Sie kennen sie nicht, sie ist nicht nur liebevoll und charmant, sondern auch stur. Ich will sie nicht noch mehr aufregen. Also werde ich das Bild prüfen, werde die Werklisten von Hale prüfen, ob darin dieses Bild verzeichnet ist, alles prüfen, was möglich ist. Dann kann sie sich wieder beruhigen. Es wird jedoch nichts dabei herauskommen, das versichere ich Ihnen.»

Er schwieg, der Rest seines Lächelns war in seinen Mundwinkeln eingefroren.

«Und jetzt wollen Sie mich wieder fragen, wann ich endlich abreise.»

«Das will ich nicht, obwohl ich zugeben muss, dass ich nichts dagegen hätte. Nein, ich will Sie wirklich nur bitten, meine Tante nicht in ihren Ideen zu unterstützen. Es war nur ein ganz normaler, allerdings äußerst dilettantischer Einbruch. Mehr nicht. Auch deshalb möchte ich Sie um noch etwas bitten, nämlich keine Artikel à la ‹Geheimnisvolles Gemälde vertauscht, Fragezeichen› zu schreiben. Sie braucht jetzt Ruhe und keine Publicity. Ein Schwächeanfall ist genug, finden Sie nicht?»

«Doch, das finde ich auch. Ich hatte nie vor, über diesen Einbruch zu schreiben, so interessant ist die Geschichte außerhalb Jerseys wirklich nicht. Und wenn Sie als Experte so sicher sind, dass das Bild dasselbe ist, glaube ich es natürlich», log Leo und versuchte mal wieder ihren harmlosesten Blick. Es funktionierte nicht. Er lächelte, sagte: «Das freut mich, vielen Dank für Ihr Vertrauen», doch sein Misstrauen blieb in seinen Augen.

«Wie geht es Josette?», fragte Leo, die keine Lust mehr hatte, weitere Vorträge über seltsame Bilder und journalistische Moral zu hören. «Was sagen die Ärzte, wann sie wieder aufwachen wird?»

Ganz falsches Thema! Seine Lippen wurden trotz allen Bemühens um ein bangloses Lächeln schmal wie Messerrücken.

«Ich weiß es nicht. Hoffentlich bald. Es kann auch noch ein paar Tage dauern. Wollen Sie mit Josette sprechen? Ich glaube nicht ...»

Leo lachte laut auf. «Sie sollten Ihr Gesicht sehen, Mr. Bratton. Was glauben Sie eigentlich, wer ich bin? Jemand von der Polizei? Vom KGB oder FBI? Für eine Paparazza ist Josette ja nicht prominent genug. Ich will wirklich nur wissen, ob es ihr besser geht. Ist das so unvorstellbar? Sie müssen schreckliche Angst vor Journalisten haben. Dabei bin ich diesmal nur als Touristin hier, die ein bisschen auf Jersey wandern will.»

«Da sehen Sie, wie mächtig Sie sind.» Er lachte nun auch. Es klang eher bemüht als amüsiert.

Als sie das *Old Court House Inn* verließen, empfahl er für ihre Wanderungen die Ostküste, gerade jetzt bei diesem scharfen Nordwestwind sei es dort viel angenehmer als an den anderen Küstenabschnitten, und Mount Orgueil müsse sie sich ansehen. Unbedingt. Eine beeindruckende alte Burg und hervorragend restauriert. Und natürlich das Jersey Museum in St. Helier, ein besonders interessantes kleines Museum, preisgekrönt. «Der Norden ist im November tückisch. Da kommen plötzlich Nebelbänke auf, und ...»

«Das haben Sie mir schon gestern erklärt, Mr. Bratton, vielen Dank. Ich werde Ihren Rat gerne befolgen.» In seinem Gesicht stand deutlich, dass er ihr kein Wort glaubte. Auch gut. «Obwohl ich gehört habe», fuhr sie süß lächelnd fort, «dass der Küstenpfad so gut ausgebaut ist, dass man nur mit allergrößter Mühe vom Weg abkommen kann. Selbst als Farbenblinde.»

«Passen Sie gut auf», sagte er, der Wind wehte ihm die dunklen Haare ins Gesicht, als er sich vorbeugte, um die Autotür aufzuschließen, «erst kürzlich ist jemand bei Plémont Bay abgestürzt, ein junger Mann, der Vögel fotografieren wollte. Oder Blumen, keine Ahnung. Ich glaube, er war sogar Berufsfotograf. Aber nun muss ich los, Amanda wartet sicher schon.»

«Bestellen Sie schöne Grüße. Ich werde sie morgen Nachmittag besuchen. Falls Sie nichts dagegen haben, Mr. Bratton.»

«Sie sind nachtragend, was? Amanda wird sich freuen.»

Er stieg ein, und plötzlich klang in Leos Kopf einer seiner letzten Sätze nach, scharf und kalt. Bei Plémont Bay, ein Fotograf …

«Mr. Bratton.» Sie lief ihm nach und öffnete die Fahrertür. «Wie hieß der Mann, der abgestürzt ist? Und wo genau?»

«Wo genau? Nahe der Plémont Bay, auf der Seite von Grosnez. Da ist es verdammt steil. Also gehen Sie besser nicht hin. Bei der Burgruine gibt's auch alte Gespenster, die mögen keine Touristen …»

Leo war nicht in Stimmung für schwache Scherze. «Wer war es? Wissen Sie nicht, wie er hieß?»

Timothy zuckte mit den Achseln. «Er kam wohl aus London, aber nageln Sie mich nicht darauf fest.»

«Der Name, Mr. Bratton. Wissen Sie seinen Namen?»

Er sah sie forschend an. «Wenn es wichtig ist, fragen Sie bei der Polizei nach. Oder in der Redaktion der *Jersey Evening Post* in St. Helier, die hat alles im Archiv, was auf den Inseln passiert. Es kommt hier nicht oft vor, dass jemand auf diese Weise verunglückt. Aber warten Sie, ich glaube er hieß Abbott. Oder Abby? Eher Abby. Warum? Kennen Sie einen Fotografen, der so heißt?»

Leo schüttelt den Kopf, schlug mit einem hastig gemurmelten «Gute Fahrt, schöne Grüße an die Lady und Lizzy» die Autotür zu und ging eilig die Straße hinab. Zum ersten Mal dachte sie, dass es doch sinnvoll wäre, so ein blödes Handy zu haben.

Timothy Bratton saß in seinem Auto und beobachtete im Rückspiegel die kleiner werdende Gestalt.

«Vögel? Gilbert? Das kann ich mir nicht vorstellen. Mit Natur hatte er absolut nichts am Hut. Nein, auch nicht mit Blumen. Mit so was landet man doch keinen Knaller, und das war immer sein Ziel Nummer eins. In den letzten Tagen, bevor er auf die Insel fuhr, ist er ständig rumgeflitzt, hat die ganze Agentur nervös gemacht und von einer dicken Story gefaselt. Das tat er allerdings ständig, alle haben nur gesagt ‹Klar, Gibby, 'ne dicke Story. Schlepp sie an, und wir sehen weiter. Aber jetzt hau ab, ich hab zu tun.›» Die Stimme am anderen Ende der Leitung schluckte hörbar. «Versteh mich nicht falsch, wenn ich so über ihn rede. Ich kann es immer noch nicht glauben, er war eine totale Nervensäge, trotzdem hab ich ihn gern gehabt, eigentlich haben ihn hier alle gern gehabt. Na, du kennst, ich meine, du kanntest ihn ja. Er konnte einen tot nerven, aber er war ein netter Typ.»

«Hat er nicht *mehr* gesagt? Ich meine, um was für eine Story es sich handelte?» Es begann, laut zu blubbern, Leo klemmte den Hörer des weißen Zimmertelefons unters Kinn und versuchte, den Stecker des Wasserkochers, der in jedem englischen Hotelzimmer für Tee zu jeder Zeit sorgt, aus der Dose zu zerren.

«Keine Silbe. Er tat sehr geheimnisvoll, aber wie gesagt, das war sein Lieblingsspiel. Darauf ist bei uns niemand mehr eingegangen. Und Jersey!? Was soll da groß los sein. Die paar Junkies, die sich da im Sommer rumdrücken, hauen keinen vom Stuhl, und sonst gibt es da doch nur Touristen von der gesetzteren Art, ein paar Geldsäcke hinter hohen Hecken, 'ne Menge Kühe und Boote. Und, na ja, die Banken. Aber ich kann mir nicht vorstellen, dass Gilbert hinter einem Bankskandal her war, das war nicht sein Revier. Der wilderte lieber im Skandalrevier. Da war er das reinste Trüffelschwein. Vielleicht hat einer der alten Geldsäcke da drüben was mit Fergie. Diana ist ja nicht mehr angesagt. Aber Vögel? Völlig ausgeschlossen, wahrscheinlicher ist, dass er irgendeiner langbeinigen Meerjungfrau...»

«Die haben Fischschwänze», murmelte Leo, hängte einen Teebeutel in eine Tasse und goss das dampfende Wasser darüber.

«Wie? Ach so, also einer lang*haarigen* Meerjungfrau hinterhergestiegen, wollte 'ne Abkürzung gehen und ist, blöd wie er war, zack über die Klippen. Er soll nicht mehr gut ausgesehen haben, hat die Polizei gesagt. Verdammt», sie schniefte vernehmlich, «so ein blöder Kerl, aber verdient hat er das nicht. Er ...»

«Ganz bestimmt nicht. Sag mal, habt ihr seine letzten Filme entwickelt?»

«Du meinst den, den er in der Kamera hatte?»

«Ja. Und sicher hatte er auch noch ein paar abgeknipste in der Tasche.»

«Ich glaube, da war irgendwas. Warte mal, ich frage Patrick.»

Der Hörer knallte auf eine Tischplatte, und Cindys Schritte entfernten sich durch einen offenbar riesigen Raum.

Leo hatte Glück gehabt. Meistens lief bei der Agentur nur der Anrufbeantworter, aber diesmal war Cindy, Herrscherin über das Archiv der Londoner Fotoagentur, gleich am Apparat gewesen. Ja, hatte sie gesagt, so eine Scheiße. Der Idiot, der auf Jersey die Felsen runtergekracht sei, sei Gilbert gewesen. Irgendwelche Leute in einem Motorboot hatten ihn frühmorgens halb im Wasser am Fuß der Klippen entdeckt und die Polizei benachrichtigt. Da war er schon ein paar Stunden tot. Außer einigen anderen Knochen war auch sein Genick gebrochen.

Die Schritte kamen zurück. «Hörst du, Leo? Also, er hatte keinen Film in der Kamera, die ist aufgesprungen, als er die Felsen – jedenfalls war die leer. Nur in seiner Jacke war einer, in der Innentasche, der ist kaum nass geworden. Diese neuen Filmkassetten sind echt stabil. Patrick sagt, er hat ihn entwickelt ...»

«Und? Was war drauf?»

«Nichts Besonderes. Nur Felsen, schwarzweiß. Also wirklich nur Felsen, sagt Patrick. Die letzten drei Bilder sind total verwackelt, wie gewischt. Da muss er schon mal ins Rutschen gekommen sein, der Blödmann, warum hat er da nicht kapiert, dass er gefälligst auf den Weg zurückgehen soll? Andererseits, das kann ja gar kein Film gewesen sein, den er gerade fotografiert hatte. Es war ja noch dunkel, als er abstürzte. Den muss er schon vorher verknipst haben. Na, das ist jetzt egal. Friede seiner Asche. Ich muss los, Leo, wir haben ein Meeting, da stellen sich ein paar Leute vor, die Gilberts Platz in der Agentur haben wollen. Ciao, Leo, und geh nicht so nah an die Felsen, okay?»

Gilbert war tot. Er war die Klippen hinabgestürzt, und niemand wusste, was er dort gesucht hatte. Jedenfalls keine Vögel, sagte Cindy. Gilbert war wirklich tot. Aber das musste nicht mehr bedeuten, als dass er auf einem Nachtausflug leichtsinnig gewesen war. Vielleicht hatte er dort auf den Sonnenaufgang gewartet, warum sollte nicht auch er eine geheime romantische Ecke in seiner skandalsüchtigen Seele gehabt haben? Der Sonnenaufgang. An der Nordküste? Egal was er dort gewollt hatte, es war selbst in der Hochsaison eine der einsamsten Ecken der Insel, außer der kleinen Rennbahn und der Grosnez-Ruine war da nichts als Wind und Heide. Nicht einmal ein verstecktes Herrenhaus, in dem sich womöglich die von Cindy als Gilberts Jagdziel angenommenen Geldsäcke oder andere Prominente mit ihren heimlichen Liebschaften verstecken konnten.

Banken, hatte Cindy gesagt? Leo sprang von ihrem schwankenden Bett, öffnete ihre Reisetasche und wühlte nach der Mappe mit dem Archivmaterial über die Insel, das Anita ihr für die erste Reise im September besorgt hatte. Gut, dass sie es auch diesmal eingepackt hatte. Sie blätterte hastig den kleinen Stapel durch und fand schließlich, was sie suchte.

Es war die Kopie eines fünf Jahre alten Artikels aus einer Wirtschaftsfachzeitschrift über die britischen Kanalinseln als diskretes Steuerparadies für Großanleger. Nachdem Anfang der sechziger Jahre das auf den Inseln gültige Gesetz gegen Wucher, das die Zinssätze auf höchstens fünf Prozent festgeschrieben hatte, abgeschafft wurde, waren die braven Geschäfte mit Viehhaltung und Gartenbau zur ländlichen Kulisse und zum Kleinerwerb geschrumpft. Die dicken Geschäfte wurden nun mit Geld gemacht. Mehr als 50 Banken aus aller Welt, allein sechzehn US-amerikanische und kanadische, andere mit Stammsitz in Europa, Asien oder Australien, unterhielten florierende Filialen auf den Inseln, die über Einlagen von mehr als 35 Milliarden Pfund verfügten. Hunderte von Offshore-Investmentfonds wurden von hier aus verwaltet. Ein kleiner Kasten erläuterte den Begriff. Offshore-Finanzgeschäfte, lernte Leo, bedeuteten Investitionen, die außerhalb des jeweiligen Landes getätigt wurden und so steuerfrei blieben. So einfach sollte das sein? Die Kanalinseln, hieß es weiter, nahebei London, aber nicht der britischen Steuergesetzgebung unterworfen, boten für solche Transaktionen ideale Bedingungen.

Auch um Schwarzgeld aus den unterschiedlichsten Quellen zu waschen, aber das war nur angedeutet.

Davon hatte sie doch schon irgendwo gelesen. Sie zog den Reiseführer aus der Tasche und fand nach kurzem Blättern, was sie suchte. Gelobt seien Anita und ihre guten Beziehungen zum Reiseressort! In den achtziger Jahren, stand dort, lockerte die Londoner Regierung die Bestimmungen für die Devisenausfuhr. Jersey erlebte den zweiten Finanzboom. Ausländische Firmensitze, noch mehr Banken und Kapitalgesellschaften jonglierten mit Milliardenumsätzen. Die Gerüchte, dass auf den Inseln Schwarzgeld, auch von der Mafia, aus Millionen-Raubüberfällen oder den Schatullen diverser Diktatoren gewaschen werde, blühten. Sie konnten allerdings nie endgültig bewiesen werden.

Leo stopfte Artikel und Reiseführer ungeduldig zurück in die Mappe. Jerseys Bankgeschäfte konnten Gilbert tatsächlich kaum interessiert und gewiss nicht ausgerechnet an die einsame Nordküste geführt haben. Was hatte er dort bloß mitten in der Nacht oder doch mindestens schon vor Sonnenaufgang gemacht?

Was hatte er gesucht? Wen konnte sie fragen, mit wem darüber sprechen?

Sie griff nach dem Fax, das ihr der Portier bei ihrer Rückkehr ins Hotel mit dem Schlüssel gegeben hatte. Die Ausbeute aus dem Archiv der Hamburger Redaktion zum Stichwort Bratton, Timothy, war dünn. Nur eine kleine Meldung seines Namens im Zusammenhang mit irgendeiner aztekischen Maske, deren Echtheit angezweifelt wurde. Was hatte das mit Malerei des 18. und 19. Jahrhunderts, angeblich sein Spezialgebiet, zu tun? Wieso fiel ihr überhaupt ausgerechnet Timothy Bratton ein? Weil sie sonst niemanden auf der Insel kannte, natürlich. Außer Lady Amanda, und die war die Letzte, die sie mit seltsamen Fragen verstören wollte.

Hinter dem Fenster verlor sich über dem Meer die Dämmerung in Dunkelheit. Die Abendluft war dunstig, und die Lichter von St. Helier am anderen Ende der Bucht schimmerten matt wie durch einen Vorhang aus Seide. Nur das Flutlicht über dem Hafen, in dem die Autofähren und die Frachter anlegten, erinnerten an kalte Geschäftigkeit. Leo fröstelte. Sie stellte die Heizung höher, knipste die Deckenlampe an und schlug ihr Notizbuch auf. Ein harter Klumpen aus Ungeduld und Ärger saß fest in ihrer Brust und gab ihr das Gefühl, in einem unsichtbaren Käfig zu sitzen. Sie kannte dieses Gefühl, es holte sie immer ein, wenn etwas nicht so lief, wie sie es wollte, vor allem, wenn es nicht so schnell lief, wie sie es wollte. Wäre sie jetzt zu Hause in Hamburg gewesen, hätte sie ihre Laufschuhe angezogen und sich auf den Weg zum Alsterpark gemacht. Sie wäre dem erdrückenden Gefühl einfach davongerannt, hätte die Kraft ihrer Muskeln gespürt, den Atem, der die Lunge weit und den Kopf klar machte, den Schweiß auf dem Rücken. Die Ungeduld wäre nicht vergangen, aber kleiner geworden, nicht mehr Qual, sondern Antrieb und Energie, das Gefühl, mit einem Problem oder einem Gebäude von ungeordneten Gedanken nicht voranzukommen, wäre mit der Bewegung erträglich geworden. Und vielleicht, mit etwas Glück, hätten die immer leichter werdenden Schritte auch ihren Geist bewegt. Aber dieser fremden Dunkelheit da draußen vor dem Fenster mochte sie sich nicht aussetzen. Sie schien sie auszulachen, mit einem kalten Lachen ohne Ton. Das war keine Dunkelheit, die sie freundlich aufnehmen und einhüllen würde.

Sie schloss die Gardine und starrte auf die roten und rosafarbenen Rosen des Stoffes. Also: Was tat sie hier? Sie ließ sich von einem Phantom foppen. Einem gemeinen, glitschigen Phantom. Wenn sie zurück in Hamburg war, musste sie irgendeinen Weg finden, den alten Lukas Groothude zu besuchen, und das Bild in seinem Schlafraum noch einmal genau ansehen. Dann war da der seltsame Maler, dessen Bilder Timothy Bratton in einer Galerie in St. Aubin kaufte. Timothy Bratton. Immer wieder. Der hatte schon am Telefon versucht zu verhindern, dass sie nach Jersey kam, der hatte ...

Erst jetzt fiel ihr auf, dass sie allein heute dreimal davor gewarnt worden war, an die Nordküste zu gehen, die doch in jedem Reiseführer als besondere Attraktion für Wanderwütige gepriesen wurde. Von Theo, dem Barkeeper, von dem Galeristen, von Timothy Bratton. Und alle kannten den Maler Martin Harvey. Zweimal war der Name Plémont Bay gefallen. Und nun hatte sie erfahren, dass Gilbert beim Fotografieren an der Nordküste westlich von Plémont Bay abgestürzt war. Bestimmt nicht beim Fotografieren von irgendwelchen Seevögeln. Hatte er im September nicht sogar gesagt, er verabscheue Vögel?

Leo war keine Heldin. Sie fürchtete die Dunkelheit in der Fremde wie jeder vernünftige Mensch, sie hatte Respekt vor schroff abfallenden Klippen wie überhaupt jeder Mensch. Doch genau dorthin würde sie gehen, zu den Klippen, in der Dunkelheit. Was immer für Gespenster sich dort herumtrieben. Ihr würde nichts passieren. Sie war gewarnt.

– 9 –

Die Dunkelheit war undurchdringlich. Weit und breit kein Mond, kein Stern, keine Laterne. Auch kein Mensch? Das Wasser plätscherte seltsam hell wie ein dünner Bach, aber es war schwarz wie diese Nacht. Aus der Ferne klang metallisches Heulen auf, das musste einer dieser riesigen eckigen Kräne sein, die wie gespenstische Roboter-Spinnen über die Piers rollten, mit ihren haushohen Rädern alles niederwalzten, was im Weg stand und sich nicht schnell in Sicherheit bringen konnte. Wieder ein Heulen, nun viel näher und hohler, ein kratzendes Scheppern, als schlage Metall mit Wucht auf Metall, eine stinkende Wolke von Ruß und Diesel mischte sich in die feuchte Nachtluft, legte sich auf die Lunge und verklebte die Nase. Plötzlich war es da. Ein lärmender riesiger Schatten, schwärzer noch als die Dunkelheit, und es gab keinen Ausweg, nur eine feste Wand, der Schatten flog näher, fiel, fiel metallisch kreischend, immer schneller ...

Leo erwachte mit einem Schrei. Es war einer dieser Schreie purer Angst, die als ersticktes Gurgeln in der Kehle stecken bleiben. Ihr Atem ging schwer, sie zerrte an dem Überschlaglaken, das sich von den Wolldecken gelöst und um ihren Kopf gewickelt hatte, sprang mit einem Satz aus dem Bett und taumelte gegen das Fenster. Endlich begriff sie, dass sie in ihrem Hotelzimmer war und nur gegen die bizarren Bilder eines Albtraumes gekämpft hatte. Es schepperte immer noch, Metall auf Metall, aber das waren keine gespenstischen Hafenkräne, sondern die verbeulten Tonnen, die die Müllmänner unter dem Fenster auf der High Street in ihren Wagen leerten, die hydraulische

Presse schob aufheulend die Abfälle zusammen. Auch das Geräusch fließenden Wassers war noch zu hören, aber eben nicht die schmatzenden Töne eines im Hafenbecken gefangenen Flusses, nicht das Tosen der Brandung an den Klippen, sondern das eilige Plätschern des Regenwassers, das aus der verstopften Rinne über ihrem Fenster wie ein Bergbach an der Wand und über die äußere Fensterbank hinunter auf den Vorhof des Hotels stürzte. Erschöpft sank sie zurück aufs Bett. Um gleich wieder hochzufahren, sie riss die Fensterflügel auf, Regen fegte ihr ins Gesicht, der Himmel hing tief über der Bucht – egal wie düster dieser Morgen war, es war ein Morgen. Heller Tag. Ein Blick auf den Wecker zeigte, dass die Kellner unten im Restaurant gerade begannen, das Frühstück zu servieren.

«Verdammt!» Der Wecker hatte nicht, wie ihm befohlen worden war, um halb vier geklingelt, sondern nur die ganze Nacht still vor sich hin getickt. Es war acht Uhr. Den Einsatz an den nördlichen Klippen vor Sonnenaufgang hatte sie verpasst. «Verdammt», schrie sie noch einmal und wankte unter die Dusche.

Der Zorn hatte ihre Angst gebändigt, und

der harte Strahl des heißen Wassers löste die verkrampften Halsmuskeln, die schon eine ganze Weile auf der Flucht vor imaginären Traumschatten gegen das Kopfende des Bettes gedrückt haben mussten. Sie mochte nicht darüber nachdenken, ob der Wecker einfach nur gestreikt oder ob sie vergessen hatte, nach dem Aufziehen das Knöpfchen auf Alarm zu stellen. Es konnte ja sein, dass ihr zartbesaitetes Unterbewusstsein schlau genug gewesen war, diese nächtliche Aktion zu verhindern, aber auf solcherlei Empfindlichkeiten konnte sie jetzt keine Rücksicht nehmen.

Und nun? Die Nacht war vorbei, es war hell, mehr oder weniger, aber die Nordküste war noch da, Martin Harvey war noch da, und – vor allem – diese ungeduldige Neugier war noch da. Nicht mal ein Hurrikan konnte sie davon abhalten, sich sofort auf den Weg zu Martin Harveys Haus zu machen. Die Klippen mussten bis morgen vor Sonnenaufgang warten.

«Er lässt Sie nicht ins Haus.» Das hatte Theo, der Barkeeper gesagt, das hatte der Galerist gesagt, und ganz gewiss hätte das auch Timothy

Bratton gesagt, wenn sie mit ihm über Martin Harvey geredet hätte. Das hatte sie vorgehabt, aber dann, sie wusste nicht genau warum, auf später verschoben. Sie hatte ihn auch fragen wollen, warum er die Bilder in der Galerie und nicht direkt bei Martin kaufe. Vielleicht kaufte er sie heimlich, weil er ihren Wert weit höher einschätzte als alle anderen. Oder weil es in London einen Käufer gab, oder weil er mit Martins Bildern spekulieren wollte: Billig kaufen, warten, bis der Maler tot und berühmt war, und dann teuer wieder verkaufen. Na gut, tot war etwas hart. Martin Harvey musste etwa Mitte dreißig sein, doch womöglich plante sein guter Freund aus Kindertagen, ihn in London groß rauszubringen. Dann war es ziemlich praktisch und vor allem lukrativ, eine ganze Sammlung des neuen Stars am Kunsthimmel selbst zu besitzen. Dann sahnte Timothy Bratton ab, und Martin Harvey hatte die Ehre, ansonsten aber das Nachsehen.

Der Regen ließ nach, ein wenig, aber immerhin genug, dass sie das Auto verlassen konnte, ohne in zwei Minuten nass bis auf die Haut zu werden. Es würde fünf Minuten dauern. Dicke Pullover, Wanderstiefel, Schal und Handschuhe, alles war da. Sogar eine dünne Regenjacke. Nur der große Schirm lag in Hamburg im Trockenen. Leo war gleich nach einem kurzen Frühstück, keine Eier, kein Speck, nur Toast und Tee, die A 12 nach Norden gefahren, weiter auf der B 55 und wie der Barkeeper gesagt hatte in die schmale Straße nach Grosnez und zur Rennbahn abgebogen. Bald nach der Abbiegung gehe ein Wanderweg rechts ab Richtung Klippen, hatte Theo erklärt, da sei Martin Harveys Haus. Der Weg war breiter, als sie angenommen hatte, sogar breit genug für ein Fuhrwerk oder ein Auto. Der Tag war immer noch düster, regenschwere graue Wolken lagen tief und schwer über der Insel, als sei ihnen die Luft ausgegangen. Dichte Hecken säumten die kleine Straße und auch den Weg zu Martins Haus. Es schien verlockend, einfach mit dem Auto weiterzufahren, aber natürlich wäre das dumm. Gegen alle Prophezeiungen wollte sie in einer Stunde mit einer ganzen Reihe von Antworten und einem regenfest verpackten original Harvey-Gemälde nach St. Aubin zurückfahren. Das erforderte Taktik, und es war schlechte Taktik, eine Viertelmeile mit dem Auto über einen Wanderweg zu rumpeln und so den Menschenfeind am Ende des Weges vorzuwarnen.

Sie ließ das Auto einige Meter weiterrollen, parkte es in einer schmalen Einbuchtung am Straßenrand hinter einer ausladenden Eibe und machte sich auf den Weg. Die Hecken blieben bald zurück, kalter Wind trieb erbarmungslos den Regen vom Meer über Hochebene, zerrte an struppigen Inseln aus Gebüsch, kein Baum brach seine Kraft. Leo hatte das Gefühl, ganz allein auf dieser Insel zu sein, weit und breit kein Mensch, nicht einmal eine Katze oder eine Möwe gaben der Öde Leben. Immerhin zeigte der Weg deutliche Reifenspuren. Die mussten frisch sein, sonst hätte der Regen sie längst weggewaschen. Irgendein menschliches Wesen gab es hier also doch. Das Haus duckte sich grau in einer Mulde. Ein windschiefer Ahorn und von Brombeergerank durchwuchertes Gebüsch versteckten seine rechte Seite. Ein großer Schuppen, fast schon eine Scheune, mit grauem Eternitdach sah hinter dem Haus hervor, ein Autowrack hockte neben einem Haufen gehackter Holzscheite. Es würde Wochen dauern, bis sie trocken genug für ein Feuer waren.

Etwa fünfzig Meter vor dem Haus blieb sie

neben einem uralten Wacholder stehen. Die dünne Regenjacke hielt Kopf, Schultern und Arme halbwegs trocken, aber ihre Jeans waren durchnässt, und sie fror. Auch gut. Selbst der menschenfeindlichste Eremit konnte eine tropfnasse, bibbernde Verehrerin seiner Kunst nicht vor der Tür im Regen stehen und erfrieren lassen. Das Meer musste ganz nah sein, sie glaubte die Wellen an die Felsen schlagen zu hören, aber über der nassen Landschaft hinter dem Haus erhob sich nur eine undurchdringliche graue Fläche. Irgendwo musste der Horizont sein, die Linie, in der das Meer mit dem Himmel verschmolz. Sie war nicht zu erkennen, die windzerzauste Heide schwebte in dieser nassen Welt wie ein eigener kleiner Planet.

Das Haus aus den üblichen grauen Steinen der Insel, ganz sicher ein altes Farmhaus, sah von nahem nicht viel freundlicher aus, aber welches Haus sah bei diesem Wetter schon freundlich aus. Fehlte nur noch ein dicker viereckiger Hund mit sabberndem Maul und scharfen gelben Zähnen, aber falls es hier einen gab, verkroch er sich schlau im Trockenen. Hinter den Fenstern links und rechts der Eingangstür hingen zur Seite gebundene Gardinen, falls man stockfleckiges Sackleinen so bezeichnen wollte. Leo hätte jetzt gerne in einem gemütlichen Café bei einer Tasse heißer Schokolade gesessen, mit viel Sahne und einem Schuss Rum. Sie atmete tief und klopfte an die Tür. Dann zählte sie bis zwanzig und klopfte noch einmal stärker.

Tu's nicht, sagte die nörgelige Stimme ihrer Gedanken, das ist Hausfriedensbruch. Er hat bestimmt ein altes Gewehr, oder der Hund mit den gelben Zähnen wacht auf. Tu's nicht, sagte die Stimme noch einmal, fahr sofort zurück zum Hotel, stell dich unter die heiße Dusche. Sei vernünftig. «Und du sei still», murmelte Leo und drückte die Klinke herunter. Die Tür öffnete sich mit leichtem Scharren. Leo lauschte. Ihr Herz klopfte hüpfend, und in ihren Fingern kribbelte nicht nur die Kälte.

«Hallo», rief sie. «Hallo? Mr. Harvey?» Wurde man bestraft, wenn man eine Einbrecherin erschoss? Oder erschlug? Bestimmt. Hoffentlich wusste er das. «Mr. Harvey?» Mr. Harvey antwortete nicht.

Der Flur war düster, im Dämmerlicht erkannte Leo vier Türen. Die erste war geöffnet und führte in eine Küche. Bis auf einen elektrischen Herd musste die Einrichtung aus der Zeit der Rosenkriege stammen. Der Raum war penibel aufgeräumt, selbst die Arbeitsfläche des Küchenschrankes war leer und ohne den kleinsten Krümel, nur auf dem Tisch stand neben benutztem Frühstücksgeschirr und einer blauen Kaffeekanne mit angeschlagener Tülle ein Korb mit Äpfeln, Zwiebeln und ein paar Kartoffeln. An der Wand neben dem Fenster klebte eine Ansichtskarte von irgendeinem kleinen Hafen voller weißer Boote, und in der Spüle lag ein farbverschmiertes, aber akkurat gefaltetes Küchentuch. Wenn auch der Rest des Hauses so aussah, war Mr. Harvcy von beeindruckender Ordnungsliebe. Oder lange nicht mehr hier gewesen.

Leo ignorierte die nächste Tür und öffnete die am Ende des Flures, aus der ein intensiver Geruch nach Ölfarben und schwarzem Tabak drang. Der Raum dahinter war trotz des trüben Tages erstaunlich hell. Mauerreste und uralte Balken zeigten, dass er früher einmal aus drei kleineren bestanden hatte. Die Decke zum Dachboden war entfernt und ein gutes Drittel des sanft geschrägten Daches durch ein riesiges Glasfenster ersetzt worden. Martin Harvey mochte ärmlich und einsam bei den Klippen leben, sein Atelier hätte den Neid eines jeden Malers erregt. Wie hatte Mary im Pub gesagt? Er male nicht viel? Das war ein Irrtum. An den Wänden lehnten mindestens zwanzig Leinwände. Auf einem Gestell in einer hinteren Ecke standen noch einmal vier oder fünf, offensichtlich um ungestört zu trocknen. Eine Speziallampe für künstliches Tageslicht, die Ränder farbverschmiert, ragte zwischen zwei Staffeleien hervor, die rechte leer, auf der Linken eine verhängte Leinwand.

Bevor Leo das Tuch heben und darunter sehen konnte, hörte sie Stimmen. Durch das kleine Fenster zum Hof sah sie zwei Männer aus der Scheune treten. Einer trug einen langen schwarzen Mantel und einen Hut, durch die regennasse Scheibe sah sie ihn nur undeutlich, sie entdeckte jetzt auch ein ziemlich teuer aussehendes schwarzes Auto im Hof. Der Mann im Mantel beugte sich zu dem anderen und redete hastig auf ihn ein, er sah nicht freundlich aus, und Leo hoffte, er würde gleich in diese Karosse steigen und davonfahren. Kein gutes Vorzeichen, der Maler – wer sonst sollte der andere, der Mann mit dem langen im Nacken zusammengebundenen blonden Haar und der farbverschmierten Jacke aus blauem Tuch sonst sein? – würde schlechte Laune haben, wenn er ins Haus kam, und noch schlechtere, wenn er auf eine ungebetene Besucherin traf. Aber es war zu spät davonzuschleichen. Die Männer rannten mit großen Schritten durch den Regen auf das Haus zu, jetzt wurde die Tür aufgezogen, die Stimmen klangen hohl durch den Flur, Füße trampelten den Dreck von den Schuhen, die Schritte kamen näher, und die Tür zum Atelier wurde aufgestoßen.

Die beiden Männer waren viel zu sehr mit ihrem Gespräch, genauer gesagt mit ihrem Streit beschäftigt, um zu bemerken, dass die Tür am anderen Ende der Galerie sich noch einen Wimpernschlag lang bewegte. Und nicht ganz schloss, es war eine schwere Tür, Leo war sicher, sie würden das Einrasten hören. Sie betete, was sie schon lange nicht mehr getan hatte, dass die nur angelehnte Tür den beiden nicht auffiel. Dann betete sie noch einmal, nämlich dass ihre schmutzigen Schuhe nicht mehr Spuren auf dem alten Holzboden hinterlassen hatten, als schon vorher da gewesen waren.

«Das könnt ihr nicht tun», hörte sie eine

Stimme. «Das wäre doch auch verrückt, ihn habt ...»

«Wir können alles, mein Freund», sagte eine zweite, hellere Stimme, und obwohl Leo die beiden Männer nicht sah, wusste sie, welche Stimme zu wem gehörte. Die zweite war die des Mannes mit dem eleganten Mantel. «Alles. Und wenn du klug bist, machst du keinen Ärger. Tu doch nicht so, als wär das jetzt eine Überraschung. Vor ein paar Wochen schon habe ich dir gesagt, du sollst dich mit den letzten beiden Aufträgen beeilen, weil es sein kann, dass es hier zu heiß wird. Du weißt doch selbst am besten, was passiert ist.»

«Aber ich kann woanders hingehen, in die Normandie rüber, ich kann da weitermachen. Bitte, Rivers, nimm mir das nicht weg, was soll ich dann tun? Wenn ich nicht mehr malen kann ...»

«Wer sagt denn so was? Du kannst malen, so viel du willst, nur ein bisschen mehr, was dir selber einfällt. Ist es nicht öde, immer die Bilder toter Männer abzupinseln? Vergiss es, Martin. Nun reg dich endlich ab.» Die Stimme wechselte zu einem Ton, mit dem entnervte Väter trotzige Kinder belügen. «Vielleicht ist deine

Idee gar nicht schlecht. Ich überleg's mir. Das geht natürlich nicht so schnell, erst mal müssen sich die Schnüffler beruhigen. Also verhalt dich still, und warte ab, kann gut sein, dass ich in ein oder zwei Jahren vor der Tür stehe und sage: Pack deine Tuben und Pinsel zusammen, es geht weiter. In der Normandie, warum nicht? Oder Südfrankreich, gute Idee, irgendwo in den Bergen hinter Marseille, da ist wenigstens nicht so ein Scheißwetter. Trotzdem, Harvey, jetzt ist erst mal Schluss.»

«Aber warum? Ich male euch die Bilder seit mehr als zehn Jahren, viele hab ich hier gelagert, bis sie verkauft werden konnten, Jahre haben die hier oft gestanden, und es war immer sicher, ist es auch jetzt noch, ganz bestimmt. Hier merkt keiner was, du weißt doch, dass ich für mich lebe, schon immer. Ihr habt Geld gescheffelt, und ich hab gemalt. Mehr will ich doch gar nicht. Es gab absolut keinen Ärger, oder kam etwa jemals ein Bild zurück? Ich bin zuverlässig und pünktlich, ihr ...»

«Klar bist du das, Martin, aber wie kommst du auf die seltsame Idee, dass es darum geht, was *du* willst? Mach dir keine Illusionen, mein Freund, deine Hütte ist ein idealer Standort, und du bist ein Erster-Klasse-Kopist, aber es gibt auch andere. Unterschätze den Nachwuchs nicht.» Das Geräusch von zwei Schritten erklang, es raschelte, als würde das Tuch von der Staffelei gezogen, und die Stimme fuhr fort: «Na immerhin. Der Corot ist fertig. Sieht gut aus, mal sehn, was unser Experte dazu sagt. Es wäre ziemlich lästig, wenn du wieder nachbessern müsstest, das geht jetzt natürlich nicht mehr. Wo ist das Original? Okay, nebenan. Wir können gleich mal die Liste abhaken, ich muss melden, dass hier nichts fehlt und was heute Nacht aufs Boot verladen wird. Das muss alles Zackzack gehen.»

«Natürlich fehlt nichts, was glaubst du denn? Dass ich in die nächste Galerie gehe und sage: ‹Guten Tag, ich habe hier zufällig einen Friedrich und eines von Monets Küstenstücken, wollen Sie die haben? Ich könnte Ihnen auch seinen vor Jahren verschwundenen Sonnenaufgang beschaffen, Sie müssen es nur sagen.› Glaubst du das?» Die Stimme des Malers bebte vor hilflosem Zorn, und ein dumpfer Ton verriet den Schlag einer Faust gegen die Wand.

«Na na, Martin. Buchführung muss sein, das weißt du. Der letzte Friedrich ist wirklich gut geworden, auch wenn drei Anläufe ganz schön viel sind. Na ja, ich bin auch nicht immer in Höchstform. Aber schade, dass du nicht gut genug für den Turner warst. Wirklich schade, das Original alleine hat auch ganz gut was gebracht, aber ...»

«Wenn ihr mir das Original länger hier gelassen hättet, hätte ich auch den Turner geschafft. Was glaubst du eigentlich, was das ist? Das ist ein geniales Kunstwerk, nicht irgend so ein Graphikscheiß, den jeder nachkratzen kann.»

«Reg dich ab!» Die Stimme klang nun scharf. «Meinetwegen ein geniales Kunstwerk. Jedenfalls hängt es jetzt hinter einer genialen Tresortür zur ganz und gar privaten Erbauung. Wir und die Kunstwelt hätten viel mehr davon, wenn es noch eine geniale Kopie gäbe, oder nicht?»

«Eure Gier ist ekelhaft. Ihr lasst Bilder stehlen und kopieren und verkauft sie zweimal als Original an verrückte, egomanische Milliardäre ...»

«Das ist stark, Harvey, wirklich stark. Wer hat hier jahrelang wie ein Verrückter vor all den genialen Kunstwerken, wie du so hübsch sagst, gehockt und sie Strich für Strich abgemalt? Du hast hier gesessen und dir eingebildet, selber einer von denen zu sein, für die die Leute Koffer voll Dollars hinlegen. Wer ist hier verrückt? Leg den Prügel hin, Martin! Atme tief durch, und trink meinetwegen einen Schnaps, aber gegen das hier», es klickte metallisch, «kommst du nicht an. Okay? So ist es brav. Mensch, alter Junge, ich will dir doch nichts, ich versteh ja, dass das hart für dich ist. Manche sind auf Koks, und du bist auf Pinselgenies. Ist okay, wirklich, aber jetzt ist eben Pause.»

«Du hast Jules verschwinden lassen.» Die Stimme des Malers war nur ein atemloses raues Flüstern. «Du hast ihn umgebracht, er ist gar nicht in Spanien, er hätte es mir gesagt. Er hätte mir geschrieben.»

«Ach, der Alte. Vergiss es, Martin.»

«Was soll ich noch alles vergessen?!»

«Alles. Am besten alles. Hörst du? Den Alten, nur damit du Ruhe gibst, haben wir nicht *umgebracht*, das ist nicht unser Stil, viel zu viel Dreck und Aufsehen. Obwohl, wenn es eng wird, wie in diesen Zeiten, weiß man nie, zu welchen Mitteln man greifen muss. Der Alte war auf seine späten Tage seltsam geworden. Der war eine wandelnde Bombe, das sag ich dir.

Der hatte so 'ne fatale Neigung zu beichten, das lag wohl an seinem Alter, so kurz bevor er diese schöne Welt verließ. Und glaub mir, der wollte nicht beim Priester reden. Ja, das ist eine traurige Geschichte, aber so ist das Leben. Traurig. Reg dich nicht gleich wieder auf! Der alte Jules hatte mal wieder einen Herzanfall, wir mussten nur ein bisschen nachhelfen, damit er seine Tabletten oder was er sonst eingeworfen hat, wenn's akut wurde, nicht in der Tasche hat. Dann hat der Fahrer ihn auf eine schöne Bank gesetzt, da konnte er dem Mond oder dem lieben Gott beichten. Es war eine lauschige Nacht. Ist doch kein schlechtes Ende nach einem so langen Leben für die Kunst. Oder? Hättet ihr euch bloß nicht auf diese schwachsinnige Aktion mit dem Ami-Bild eingelassen. Man kann euch keine Minute allein lassen, aber ich brauche auch mal Urlaub. Was denkst du, was meine Kinder sagen, wenn ich nicht wie jeder ordentliche Daddy ab und zu mit denen in die Ferien fahre? Nun starr mich nicht so an. Diese sentimentale Sache mit dem Bild der alten Lady hat das Ganze erst richtig brenzlig gemacht, und dann bist du zu blöde, einen richtigen Bruch zu inszenieren. Mal ganz abgesehen davon, dass du schon zu blöde warst zu warten, bis tatsächlich keiner mehr im Haus ist. Soll ich auch noch diese Drecksarbeit selber machen? Und jetzt Schluss der Debatte. Warum rede ich hier überhaupt? Du tust, was wir sagen, und damit Ende. Du bist der Erste, der im Knast landet, glaub mir, da kannst du Tüten kleben anstatt Bilder malen, und deine geliebten Genies darfst du dir da nicht mal in Büchern angucken. Nun steh nicht rum wie ein Stock, an die Arbeit.»

Schritte kamen näher, die Tür wurde geöffnet, und ein schmaler Streifen Licht fiel aus dem Atelier in den nur spärlich beleuchteten Raum. Martin Harveys Besucher hatte seinen Mantel inzwischen ausgezogen, aber der Anzug, den er darunter trug, war genauso schwarz. Er trat in den Raum und hielt Martin, der ihm folgen wollte, mit einer Bewegung seiner linken Hand zurück. Mit der rechten zog er wieder eine handliche kleine Pistole.

«Was ist los?» Martin versuchte, über die Schulter des anderen in den Raum zu sehen.

Der legte den Finger auf die Lippen und ging langsam an den drei Regalreihen vorbei und sah in die Zwischenräume. «Ich habe was gehört», sagte er schließlich und steckte, immer noch lauschend, die Pistole in seine Tasche.

«Was denn? Hier ist nicht mal 'ne Maus, ich lass doch die Bilder nicht anfressen. Wie sollte jemand reingekommen sein?»

Der andere antwortete nicht. Er horchte in die Stille, und seine Augen suchten noch einmal den Raum ab, was unnötig war, denn außer den Regalen und einem alten Tisch war der zum Lager umgebaute Ziegenstall fast leer. «War die Tür vorhin nicht offen?» Er zeigte mit dem Kinn zu einer Falltür im Boden nahe der hinteren Wand. Davor lag unordentlich zusammengeschoben ein alter Sisalteppich, von verblichenem Burgunderrot und an den Rändern ausgefranst, der sonst die Falltür bedeckte.

«Glaub ich nicht», sagte Martin, «sonst wäre sie auch jetzt offen, die fällt nicht einfach zu. Ich hab sie vorhin bestimmt gleich wieder zugemacht, ganz automatisch, das tue ich immer. Sonst kommt zu viel Feuchtigkeit rein, und die schadet den Farben. Also los, lass uns anfangen.»

Der andere beachtete ihn nicht. Er kniete neben der Falltür nieder, griff nach dem eingelegten Eisenring, mit dem durch eine einfache

Drehung das Schloss versperrt werden konnte, und zog. Die Tür war aus Metall und schwer, aber er öffnete sie, als sei sie aus Sperrholz. Er beugte sich vor und blickte mit zusammengekniffenen Augen in die schwarze Dunkelheit unter der Tür. «Gib mir mal die Taschenlampe.» Er steckte fordernd die Hand aus. Martin holte die Lampe aus dem Atelier, und der andere leuchtete in die Öffnung.

«So ein Unsinn», sagte Martin. «Wenn du tatsächlich was gehört hast, kann es nur im Hof gewesen sein, da fällt bei diesem Wetter öfter was um. Jetzt mach die blöde Klappe zu, und lass uns anfangen. Die Bilder müssen alle gut verpackt werden, wir haben nicht viel Zeit.»

Der andere erhob sich, klopfte Staub und Holzspäne von seinen makellosen Bügelfalten und ließ die Tür mit einem lauten Knall zufallen. Dann bückte er sich und drehte an dem Eisenring, der setzte einen ausgeklügelten Mechanismus in Bewegung, und das Schloss der Tür, eine Spezialanfertigung, die harmlos aussah, aber, von den Tresoren der Banken vielleicht abgesehen, die einbruchsicherste auf der ganzen Insel war, rastete ein.

Er musste gehört haben, wie ihr Herz klopfte. Leo war ganz sicher. Als die Klappe aufging, hatte es gehämmert wie ein altrömischer Sklave in den Marmorsteinbrüchen von Carrara. Dass die Tür mit dröhnendem Schlag zufiel und die Erschütterung kleine Steinbrocken auf ihren Kopf fallen ließ, machte es nicht besser. Der Strahl der Taschenlampe war einen halben Zentimeter an ihren Schuhen vorbeigeglitten, ein Schutzengel musste dafür gesorgt haben, dass er sie nicht entdecken konnte. Sie löste sich vorsichtig aus der schmalen Nische und lauschte.

Es hatte nur einen Fluchtweg aus dem Lager des Ateliers gegeben: Durch die Falltür, die an der hinteren Wand des Raumes offen stand. Sie hatte gedacht, dass die in einen Keller führe und sie von dort durch ein Fenster entwischen könne. Das war ein Irrtum gewesen. Unter der Tür führten feuchte Stufen steil abwärts ins Schwarze, sie glitt dennoch blitzschnell hinunter und konnte gerade noch den Kopf einziehen, bevor sich die Metalltür bleischwer über ihr schloss. Es war stockdunkel, ihre Hände tasteten grob gehauene Wände aus rauem Fels und, gerade als ein Geräusch über ihrem Kopf das Öffnen der Falltür verriet, eine Nische. Die war ihre Rettung gewesen.

Der Fremde mit dem teuren Auto hatte gehört, wie die Falltür zuklappte, aber er hatte sie nicht entdeckt. Und nun? Wo war sie? Sie fühlte sich weniger entkommen als in einer Falle. Einer eiskalten, nassen Falle. Von oben drang kein Geräusch durch die Tür. Also würden die beiden Männer auch sie nicht hören. Hoffentlich. Erst mal brauchte sie Licht. Sie setzte sich auf die Stufen und tastete in den Taschen ihrer Jacke nach Streichhölzern. (Wie hatte sie jemals so leichtsinnig sein können und aufhören wollen zu rauchen?) Ein Feuerzeug wäre besser gewesen, aber nun war nicht der rechte Moment, wählerisch zu sein. Sie fand die Schachtel, zum Glück in der Innentasche und darum halbwegs trocken. Ihre Finger zitterten, sie glaubte nicht, dass das an der Kälte lag.

Nachdem das dritte Streichholz abgebrannt war, wusste sie zwar immer noch nicht, wo sie war, aber sie wusste, wie es um sie herum aussah. Sie hockte auf den Stufen eines Treppenganges, der durch grob behauenen Felsen abwärts führte, zehn oder fünfzehn Meter weiter machte der Gang einen Bogen, von ihrem Platz auf den oberen Stufen konnte sie nicht erkennen, was sie dahinter erwartete.

Sie musste nachdenken. Keine Panikreaktionen. Nachdenken. Und mit dem Licht sparsam sein. Die Streichholzschachtel war ziemlich voll, aber wer wusste, wie viele sie brauchen würde? «Reiß dich zusammen», flüsterte sie, «hier ist niemand, also musst du auch nicht so bibbern. Hier ist es nur dunkel, keine Skorpione, keine tropischen Giftschlangen, nur Eiseskälte, Dunkelheit und kein Mensch weit und breit, also auch kein böser Mensch.» Die Bilanz war nicht schlecht. Sie musste nur noch den Weg aus diesem Verlies finden, bevor die Männer dort oben begannen, die Bilder fortzubringen, denn natürlich war dieser Gang nicht nur ein alter Tunnel für irgendwelche Schmuggler in längst vergangener Zeit. Dieser Gang führte zu einer Stelle, an der ein Boot unauffällig festmachen konnte. Das Boot, von dem der fremde Mann gesagt hatte, dass es heute Nacht kommen würde, die Bilder abzuholen.

Bis dahin war noch viel Zeit. Auf alle Fälle genug, vorher zu verschwinden. Und wenn es keinen Ausgang gab? Wenn der Gang zugemauert war? Wenn die Männer die Bilder auf einem anderen Weg fortbrachten? Wenn die Tür über ihrem Kopf verschlossen blieb? Hastig riss sie drei Streichhölzer gleichzeitig an, ihr Herzschlag beruhigte sich, der kalte Schweiß auf ihrem Rücken trocknete. «Keine Panik, Leo», flüsterte sie, «du bist noch nicht dran.»

Keine Panik. Ihre Zähne schlugen klappernd aufeinander. Sie wäre gerne James Bond gewesen.

Immerhin verstand sie nun einiges von dem, was in den letzten Wochen so rätselhaft erschienen war. Martin Harvey hatte tatsächlich Lady Amandas Bild geklaut und gegen eine Kopie ausgetauscht. Das schien zwar immer noch unsinnig, sonst wurden Gemälde, und auch um eine oder zwei Millionen Dollar kostbarere, ohne solchen kapriziösen Aufwand einfach nur geklaut. Aber darüber konnte sie nachdenken, wenn sie aus diesem Loch heraus war. Martin Harvey, von dem Mary im Pub gesagt hatte, er male nicht besonders viel, hatte tatsächlich gemalt wie der Teufel. C. D. Friedrichs, Monets, Romantiker und Impressionisten, mindestens einen Hale und wer weiß was noch für Gemälde. 19. Jahrhundert? Wer galt als Spezialist für Malerei des 18. und 19. Jahrhunderts? Hatte der miese Kerl da oben nicht von «unserem Spezialisten» gesprochen? Hatte Timothy Bratton deshalb verhindern wollen, dass sie an der Nordküste herumwanderte? Weil er wusste, was dort seit so vielen Jahren vor sich ging? Oder der Galerist? Hatten nicht alle in den letzten Tagen gesagt: Geh nicht zu Martin Harvey, der lässt keinen rein? Er mochte ja ein Eigenbrötler aus Überzeugung sein, aber für ihn und seine Auftraggeber war das außerordentlich praktisch. Niemand besuchte ihn, er musste keine Sorge haben, dass jemand seine Fälscherwerkstatt entdeckte. Niemand besuchte ihn? Außer Timothy Bratton, hatten die Leute im Pub gesagt.

Leo hatte nie besonders darauf geachtet, aber nun erinnerte sie sich, dass immer wieder einmal in den Zeitungen stand, dass wertvolle Gemälde gestohlen und nie wieder aufgetaucht waren. Andere waren plötzlich wieder da, aber nur selten wurden die Diebe geschnappt, meistens kauften die Versicherungen die Gemälde zurück, die Museen und Galerien hatten für so etwas oft kein Geld. Allerdings oft auch keines für die sündhaft teuren Versicherungsprämien, so blieben viele Bilder unversichert und verschwanden für immer. Zum Beispiel hinter den Mauern des Hauses eines Privatsammlers. Oder sie wurden von Dieben ohne Auftraggeber zerstört, wenn das Risiko, geschnappt zu werden, zu groß wurde. Gerade berühmte Gemälde konnten aus diesem Grund unverkäuflich sein.

Der Raum, aus dem Leo durch die Falltür geflüchtet war, war voller Bilder gewesen, ordentlich aufgereiht in zwei tiefen, Regalen ähnlichen Holzgestellen, die meisten mit Tüchern verhangen. Dort warteten Gemälde auf ihren Verkauf, die, wenn sie denn Originale gewesen wären (wahrscheinlich waren das zumindest einige von ihnen), alle zusammen Millionen wert waren.

In einem anderen Regal und an einer Wand lehnten Rahmen, die meisten alt und kostbar, aber auch schlichtere, solche wie der, der Lady Amandas Bild von der Dame mit dem gelben Gürtel hielt. Einige der Gemälde waren nicht verhängt, und Leo wusste jetzt, warum ihr Martin Harveys Bild im Büro der Galerie in St. Aubin so vertraut erschienen war. Es hatte vor vielen Jahren in einem dieser Geburtstags-Kunstkalender den Monat November vertreten und ihr so gut gefallen, dass sie es am Ende des Monats mit Stecknadeln an die Wand gepinnt hatte. Es war berühmt und hieß ‹Der Mönch am Meer›. Sie wusste nicht genau, wer es gemalt hatte, wahrscheinlich Caspar David Friedrich. Jedenfalls sah es danach aus. Weit, voll poetischer Melancholie und viel Himmel. Ein Bild von der Unendlichkeit und Übermacht der Natur. Für die Menschen im 19. Jahrhundert musste es von tiefer Religiosität gewesen sein. Aber irgendetwas stimmte mit diesem Bild nicht. Leo hatte das Gemälde später, als der Druck längst von der Wand ihres Zimmers verschwunden war, im Charlottenburger Schloss in Berlin gesehen. Es war ein riesiges Bild, daran erinnerte sie sich nun ganz genau, mindestens doppelt so groß als dieses hier. Dieses musste also eine kleinere Kopie sein. Wo hatte Harvey, der diese Insel angeblich niemals verließ, diese Kopie gemalt? Hatte er sie überhaupt selbst gemalt? Das Bild im Büro der Galerie in St. Aubin jedenfalls musste einer seiner drei Versuche sein, über die die Männer gerade gesprochen hatten. War diese Version des Originals seine Vorlage gewesen? Auf alle Fälle hatte Harvey, wie es seinem Stil entsprach, alles Menschliche daraus getilgt, seine Version zeigte nur einen drohenden Himmel, das fast schwarze Meer, den Strand. Kein menschliches Wesen, auch kein Tier. Als habe die Apokalypse schon stattgefunden. Vor allem aber fehlte dieser magische Hauch von Licht und Violett hinter dem Grau der dunstigen Wolken. Die Verheißung von Hoffnung und Gnade. Das Bild an der Bürowand war nicht wirklich nur eine Kopie eines großen Meisters der Romantik, es hatte eine eigene Sprache und Ausdruckskraft. Es war ein echter Harvey.

Zwischen den Regalen lagen Haufen von Verpackungsmaterial auf dem Boden. Der Mann im Mantel hatte gesagt: ‹… wenn heute Nacht das Boot kommt.› Sie hätte gerne unter die Tücher gesehen, aber je länger sie den Männern zuhörte, umso weniger hatte sie gewagt, sich zu bewegen. Sie würden sie kaum einfach aus dem Haus spazieren lassen, wenn sie sie entdeckten. Dann näherten sich die Schritte, und sie hatte durch die Falltür flüchten müssen.

Und jetzt musste sie dringend hier raus. So schnell wie möglich. «Avanti», sagte sie und erschrak vor dem dumpfen Hall ihrer Stimme.

Sie zündete noch ein Streichholz an, ihre Hände zitterten kaum weniger, und konzentrierte sich auf das, was sie vor sich sah. Nur noch alle fünfzehn Schritte würde sie von nun an eines anzünden. Obwohl das Haus nicht weit von den Klippen stand, konnte der Weg sich weit durch diese tückische Unterwelt winden, bevor er sie, wahrscheinlich an den Klippen unterhalb der Heide, wieder ans Tageslicht führte. Das schimmerte irgendwo, sie spürte es mehr, als dass sie es wirklich sah. Aber jedes Mal, wenn sich ihre Augen nach dem kurzen Streichholzlicht an die Dunkelheit gewöhnten, schien die nicht ganz absolut zu sein. Wahrscheinlich hatte dieser Gang so viele Windungen, dass sich das Licht von der Öffnung am anderen Ende immer wieder brach und in den schwarzen Felsen versickerte. Fünfzehn Schritte, so weit konnte sie sich den Weg einprägen und im Dunkeln vorantasten. Langsam, behutsam, immer eine Hand an der Felswand.

Sie fiel, als sie zum zweiten Mal beim fünfzehnten Schritt ankam. Der Schmerz nahm ihr den Atem, sie spürte ein dünnes warmes Rinnsal von ihrer Schläfe zum Kinn herabkriechen, und ihre Hände waren leer. Wo war die Streichholzschachtel? Sie begann hastig, nach ihr zu tasten – und begriff, dass sie in knöcheltiefem Wasser lag. Sie konnte nicht sehr tief gefallen sein, dann hätte sie sich das Genick gebrochen, wie Gilbert, aber wohin ihre Hände auch tasteten, da war nur Wasser oder nasser Stein. Sie rappelte sich auf, ignorierte wütend den stechenden Schmerz in ihrer rechten Schulter und in dem Knöchel, doch so sehr sie sich auch reckte, der obere Rand der Felsengrube war unerreichbar. Nur weiter unten fanden ihre Hände schließlich eine Öffnung, die vom Boden bis zu ihren Knien reichte. Durch diese Öffnung drang Wasser ein, langsam, aber unaufhaltsam. ‹Gehen Sie da nicht runter›, hatte Gilbert, der nun tot war, gesagt, als sie ihn bei Plémont Bay traf, ‹die Bucht verschwindet bei hoher Flut völlig. Die haben hier die höchste Tide der Welt.› Jetzt wusste sie, wohin dieser Gang führte. Zur Plémont Bay, bei Niedrigwasser eine der schönsten aller Buchten der Insel. Sie musste nicht erst überlegen, um zu begreifen, dass die Flut auflief. Sie spürte es an ihren Beinen. Das schmatzende Glucksen des eisigen Wassers dröhnte plötzlich in ihren Ohren. Nicht nur die Bucht würde unter dem Wasser versinken, auch die Höhlen, die sich zu der Bucht öffneten, würden sich mit Wasser füllen. Es war nur eine Frage der Zeit.

In diesem Moment begann Leo zu schreien. Sie glaubte nicht wirklich, dass irgendjemand, nicht einmal der Fremde mit der Pistole, sie hören konnte.

– 10 –

Lady Amanda hatte gut geschlafen, zum ersten Mal, seit sie nach Hause gekommen war und Josette vor dem Kamin in der Küche gefunden hatte. Auch wenn Josette noch immer nicht aus dem, was die Ärzte komatösen Zustand nannten, erwacht war, die schlimmste Zeit der Sorge war vorbei. Der Einbrecher hatte nicht sehr hart zugeschlagen, die Verletzung ihres Schädels war eine Folge des Sturzes, bei dem sie mit dem Kopf auf den Sockel des Küchenkamins aufgeschlagen war. Es gebe keine Blutungen in das Schädelinnere, sagten die Ärzte, es sei eine Frage der Zeit, bis sie wieder munter werde.

Noch etwas anderes hatte Lady Amanda

besser schlafen lassen. Sie war nun nicht mehr allein mit ihrem Verdacht, mit der «Dame mit dem gelben Gürtel» stimme etwas nicht. Das empfand sie als außerordentlich wohltuend, vor allem, weil sie nun nicht mehr befürchtete, das Alter beginne, ihr Streiche zu spielen. Natürlich liebte und respektierte Timothy sie, daran gab es keine Zweifel. Doch dieser Anflug von Nachsicht und Skepsis in seinen Augen, dieser Blick, den Erwachsene auch aufgeregten Kindern zeigen, wenn die Erlebnisse aus ihrer Phantasiewelt erzählen, verdross sie und schaffte eine ungewohnte Distanz.

Noch ein paar kleine Kontrolluntersuchungen, nur zur Sicherheit, hatte Dr. Hillary bei der Visite nach dem Frühstück gesagt. Doch dann, so gegen sechzehn Uhr, sei nichts gegen ihre Entlassung einzuwenden, sofern Mr. Bratton noch einige Tage bleibe und sich um sie kümmere. Sie hatte gleich auf Thornbould Manor angerufen, aber niemand hatte den Hörer abgenommen.

Gerade als sie begann, ihre Reisetasche zu packen, stürzte eine aufgeregte Schwester in ihr Zimmer.

«Schnell, Lady Amanda», rief sie «Ihre Josette ist aufgewacht. Sie ist noch ganz schwach und schläfrig, aber sie sagt immerzu Ihren Namen, und Dr. Hillary sagt, Sie sollen gleich kommen, sonst gibt sie doch keine Ruhe, und das ist schlecht für sie.»

Josette war seit jeher eine stämmige pausbäckige Person. Nun lag sie mit schmalem Gesicht in den weißen Laken, einen Verband um den Kopf, Schläuche in den Armvenen, umgeben von piepsenden Apparaturen.

Jemand schob einen Stuhl neben das Bett, Lady Amanda setzte sich und griff nach der Hand der Kranken.

«Josette», flüsterte sie, «meine Liebe, bist du endlich aufgewacht? Sieh mich doch an, bitte.»

Josette reagierte nicht, Lady Amanda sah den Arzt Hilfe suchend an, und er lächelte ihr aufmunternd zu.

«Amanda?» Josette öffnete müde die Augen, versuchte ein Lächeln, und ihre trockenen Finger drückten Lady Amandas Hand. Die beiden alten Frauen hatten mehr als ihr halbes Leben miteinander verbracht, und beiden fiel nicht auf, dass Josette in die vertrauliche Anrede ihrer Jugend zurückgefallen war. Seit Jahren hatte sie nur noch Lady Amanda gesagt und strikt darauf geachtet, die Grenzen zwischen Hausherrin und Wirtschafterin niemals zu verwischen.

«Du musst dich jetzt ausruhen, Josette. Es geht allen gut. Die Dahlien- und Gladiolenknollen habe ich schon ausgegraben, Lizzy hat mir fleißig geholfen, die sind schon im Keller. Gib dir Mühe, meine Gute, was soll ich ohne dich anfangen?» Lady Amanda plapperte wie ein Mädchen, das vor lauter Sorge nicht wusste, was sie sagen sollte. «Ach, Josette, was hast du mir für einen Schrecken eingejagt, wer hat das nur getan? Hast du jemanden gesehen? Wer hat ...»

«Was ist denn passiert?» Josettes Hand wanderte langsam und schwer zu dem Verband an ihrem Kopf. «Bin ich vom Rad gefallen?»

«Nein, Josette, du ...»

Der Arzt legte Lady Amanda warnend die Hand auf die Schulter und schüttelte den Kopf. «Ja», sagte er, «Sie sind vom Rad gefallen, kein Grund zur Sorge, in ein paar Tagen sind Sie wieder munter. Sie müssen nur noch ein bisschen schlafen. Lady Amanda geht es gut.»

«Natürlich geht es mir gut, und Lizzy auch. Jetzt schlaf dich aus, Josette, dann geht es dir auch bald wieder gut.»

Damit begann Josette umgehend. Sie schloss die Augen, schnaufte, und ihre Hand rutschte schlaff auf die Bettdecke zurück.

Lady Amanda sah Dr. Hillary angstvoll an. «Was ist jetzt? Habe ich sie zu sehr angestrengt?»

«Ganz im Gegenteil, Lady Amanda. Sie ist einfach eingeschlafen, das Beste, was sie tun kann. Sie weiß jetzt, dass Sie wohlauf sind, diese Frage hat sie offenbar beunruhigt. Nun braucht sie vor allem Ruhe. Deshalb hielt ich es auch für besser, ihr noch nichts von dem Überfall zu erzählen. Wenn sie wieder ganz wach ist, wird sie sich wahrscheinlich daran erinnern, dass sie ihr Rad in den Schuppen stellte und das Haus durch die Küchentür betrat, aber nicht an den Überfall selbst. Unser Gedächtnis ist milde, es erspart uns die schlimmste Erinnerung an erlittene Schmerzen. Man nennt das retrograde Amnesie, ein Teil der Erinnerung mag zurückkommen, aber kaum die an den Moment oder an die schrecklichen Minuten direkt vor und während des Unfalls oder, wie hier, auch des Überfalls selbst. Das ist eine wunderbare Einrichtung der Natur, ein verletzter Mensch braucht all seine Kraft, um wieder gesund zu werden. In der akuten Phase ist keine übrig, auch noch den erlebten Schrecken zu bekämpfen. Machen Sie sich keine Gedanken, zu Weihnachten wird sie Ihnen wieder einen wunderbaren Plumpudding zubereiten.»

Das beruhigte Lady Amanda kaum. Weniger weil sie selbst Weihnachten Plumpudding verabscheute, sondern weil Josette immer noch aussah, als werde sie nie wieder die Alte sein. Und weil sie gehofft hatte, Josette werde sagen können, wer sie überfallen hatte. Wer – wenn es denn tatsächlich so war – das Bild ausgetauscht hatte.

Die Schwester, nun wieder ganz ruhig und von professioneller Fürsorglichkeit, brachte sie zurück in ihr Zimmer und eilte davon, um frischen Tee zu holen. Lady Amanda griff zum Telefon und wählte die Nummer von Thornbould Manor. Timothy war immer noch nicht da.

Leo wusste nicht, wie lange sie schon in der eisigen Dunkelheit stand. Eine halbe Stunde? Drei Stunden? Vier? Sie wusste auch nicht, ob das Wasser noch stieg, mal schien es so, mal nicht, und manchmal, wenn die Hoffnung ganz groß wurde, glaubte sie sogar, dass es sank.

Ihre Beine mutierten mehr und mehr zu Stalagmiten und gaben keine zuverlässigen Signale mehr. Niemals zuvor hatte sie so gefroren. In ihrem Kopf stritten zwei gegnerische Parteien. Eine müde, gleichgültige, die sich einfach fallen lassen wollte, die keine Kraft mehr hatte, gegen Kälte und Dunkelheit zu kämpfen. Und eine wütende, die ihre tauben Beine immer wieder zwang, in dem engen Kreis entlang der Felsenwände durch das Wasser zu stampfen. Beweg dich, befahl sie, wenn du aufhörst, dich zu bewegen, ist es vorbei. Das Wasser ist zu hoch, du darfst dich nicht fallen lassen, sonst ersäufst du wie eine Ratte. Beweg dich, sofort, beweg dich. Ab und zu forderte sie: Schreie! Schrei, so laut du kannst. Aber das konnte sie nicht mehr. Ihre Stimme war nur noch ein heiseres Krächzen. Noch einmal! Konzentriere dich, vergiss das Dröhnen in deinem Kopf, atme tief und sammle Kraft. Und dann schreie. Schreie!

Diesmal ging es. Sie schrie. Es war kein gellender Ton, der durch Wände und Türen drang, aber doch ein Schrei. Und als habe er die Felsen bewegt, ein Fenster geöffnet oder den Himmel, antwortete ein Licht. Nur sekundenlang flackerte es matt auf der nassen Felswand. Ein

Trugbild, was sollte es sonst gewesen sein? Da, wieder ein Schimmer, und wieder hörte Leo sich schreien, hörte sich zu und staunte über die verloren geglaubte Kraft ihrer Stimme. Es waren keine Worte, die aus ihrem Mund kamen, es war einfach ein langer, heiserer Schrei.

Die Antwort kam umgehend: «Hallo? Ist da jemand?»

«Hier», krächzte Leo, «hier, in der Grube. Vorsicht, an der Biegung ist ein tiefes Loch.»

Das Licht wurde heller, es war ein kleines Licht, doch es erschien ihr wie die Sonne auf ihrem höchsten Stand. Sie starrte hinauf zum Rand der Grube, der Strahl einer Lampe traf und blendete sie, dann erkannte sie ein Gesicht. Timothy Brattons Gesicht, gespenstisch beleuchtet von der Lampe vor seiner Brust. Sie hatte es gewusst. Er war gekommen, um den gefälschten Corot zu prüfen, er war der Experte, von dem der Mann im Atelier gesprochen hatte. Aber das war jetzt egal. Wenn er der Teufel persönlich wäre, die Hauptsache, er zog sie aus diesem Loch. Ein zweites Gesicht beugte sich über den Felsrand, von einer zweiten, helleren Lampe beleuchtet. Ein Gesicht unter einer Mütze, das Bild verschwamm vor ihren Augen, sie schwankte, die Wand gab ihr Halt, und sie sah wieder hinauf zu den Lichtern, zu dem Gesicht unter der Mütze. Über dem dunklen Schirm glitzerte es silbrig. Da war ein Wappen. Oder ein Emblem? Der Mann mit der Mütze war ein Polizist.

«Schnell», rief eine Stimme, die nach Timothy Bratton geklungen hatte, wäre sie nicht so besorgt gewesen, «ein Tau. Ich muss da runter, Paul. Oben hab ich eines gesehen, im Atelier. Und schick den Sergeant in die Scheune, da ist bestimmt eine Leiter.» Dann rief die Stimme zu ihr hinunter: «Nur eine Minute, Leo, wir sind glcich da. Obwohl wir Sie noch eine Weile da unten schmoren lassen sollten. Ich habe Ihnen doch gesagt, verdammt nochmal, Sie sollen nicht an die Nordküste gehen!»

«Von schmoren kann keine Rede sein», nuschelte Leo mit tauben Lippen und kämpfte gegen ein hysterisches Kichern, «und wenn ich immer täte, was man mir sagt ...» Der Rest des Satzes ging verloren. Er war auch ganz überflüssig.

Dann ging alles sehr schnell. Ein Seilende klatschte ins Wasser, eine Gestalt, die sich als Timothy Bratton entpuppte, folgte, noch eine zweite, und eine Minute später zogen und schoben kräftige Hände das zitternde nasse Bündel aus der Felsengrube.

Leo schlürfte genüsslich den kochend heißen Tee, alles Kochendheiße war seit gestern ihre Leidenschaft, und lehnte sich müde zurück in die Kissen. Im Klinikhof vor dem Fenster ihres Zimmers stand eine Platane, breit wie ein Haus, und sie beobachtete, wie der Wind an den letzten Blättern zerrte. Die Platane leistete Widerstand. Leo lächelte. Sie war benommen, nicht nur von dem leichten Fieber, das das Kältebad ihr beschert hatte, auch von den Medikamenten, die die Ärzte ihr gegeben hatten, damit sie die Nacht entspannt und ohne Albträume überstand. Sie hatten ihr gesagt, sie werde bis zum nächsten Morgen schlafen, aber trotzdem bereitwillig geschworen, niemand, auch nicht die besorgteste Nachtschwester, werde die kleine Lampe neben dem Bett löschen.

Sie versuchte vorsichtig, ihren rechten Knöchel zu bewegen. Keine Chance, der Verband war viel zu fest. Der Fuß war zwar nicht gebrochen, aber schwer verstaucht und die Sehne so gezerrt, dass sie ihre Laufschuhe für die nächsten Wochen im Schrank lassen musste. Aber gut gekühlt habe sie ihn ja, den Knöchel, hatte der Arzt fröhlich hinzugefügt, das sei immer das beste Mittel gegen die Schwellung. Er war sehr erschrocken, als Leo zu weinen begann. Sie weinte und weinte, nicht um den Knöchel, sondern endlich gegen die Angst, die Kälte, die entsetzliche Dunkelheit, die noch in jeder Faser ihres Körpers zu stecken schienen, die sie überflutete, sobald sie die Augen schloss, die sie zittern machte und das Geräusch des schmatzenden Wassers zurückbrachte. Wie die entsetzliche Einsamkeit, den Geschmack des Todes in der nassen nachtschwarzen Felsengrube.

Sie hatten sie aus dem Loch gezogen, die Stufen hinaufgeschleppt und in alle Decken gewickelt, die in Martin Harveys Haus aufzutreiben gewesen waren. Ein paar Männer und Frauen, nur vier oder fünf, in Polizeiuniform oder in dicken schwarzen Jacken bewegten sich ruhig und konzentriert in den Räumen des kleinen Hauses. Weder Martin noch sein Besucher waren zu sehen, und es schien ganz so, als gehöre Timothy Bratton nicht zu den Fälschern, sondern zu den Polizisten. Leo nahm alles wie durch einen Vorhang wahr, mit dem Klatschen des Taus auf das Wasser der Grube hatte sie alle Kraft verlassen. Trotzdem schwirrten tausend Fragen durch ihren Kopf, doch sie war viel zu müde, um halbwegs verständliche Sätze zu formulieren, von logischen, zielgerichteten Fragen ganz zu schweigen. Wahrscheinlich hätte ihr auch niemand geantwortet. Eine freundliche junge Polizistin flößte ihr etwas ein, das zwar nicht nach dem edelsten Calvados, aber eindeutig nach Schnaps schmeckte, und versuchte geduldig herauszubekommen, wie und warum Leo in dieses Loch geraten war und was sie zuvor beobachtet hatte. Dann wurde sie wieder herumgeschleppt, Autotüren klappten, eine Nadel schob sich in ihre Armvene, und das Nächste, das sie mit halbwegs klarem Verstand sah, war Mont Orgueil Castle, im violetten Sonnenuntergang trutzig aufragend über dem kleinen Hafen von Gorey. Das Bild hing an der Wand über ihrem Krankenhausbett. Ein schrecklich kunterbuntes Bild, genau wie das in der Galerie in St. Aubin, aber jetzt erschien es ihr als das schönste, das sie je gesehen hatte.

Das war gestern Nachmittag gewesen. Nun schien draußen eine milde Herbstsonne, als habe es nie Regen- oder Nebeltage und Felshöhlen gegeben.

«Guten Morgen. Darf ich reinkommen?» Ein wagenradgroßer Strauß von Astern und rotem Ahornlaub stand in der Tür. Die Beine darunter und die Stimme gehörten Timothy Bratton. Er legte die Blumen auf den Tisch, stellte sich an das Fußende des Bettes und betrachtet Leo kritisch.

«Mit ein bisschen gutem Willen sehen Sie in zwei oder drei Tagen wieder wie ein normaler Mensch aus. Falls Sie es schaffen sollten, auf die Ärzte zu hören.»

«Vielen Dank, sehr freundlich. Und wie sehe ich jetzt aus?»

«Wie ein Pfadfinder nach einer Rauferei.» Er grinste, zog einen Stuhl ans Bett und setzte sich. «Tatsächlich sehen Sie krank aus. Und ziemlich lädiert. Tut der Kopf noch weh?»

«Nicht sehr.» Sie tastete mit den Fingerspitzen nach dem dicken Pflaster an ihrer Schläfe. «Ich muss mich bei Ihnen bedanken. Wenn Sie nicht gekommen wären, wäre ich da unten verrottet. Oder ertrunken.»

«Ertrunken kaum. Als wir kamen, lief das Wasser schon wieder ab. Wahrscheinlich wären

Sie erfroren. Aber in ein paar Tagen sind Sie wieder okay. Der Arzt sagt, Sie seien zäh. Nur mit dem Fuß wird es einige Zeit dauern.» Er nahm ihre Hand und hielt sie auf die gleiche Weise fest, wie er die Hand seiner Tante gehalten hatte. Warm, besorgt und ein bisschen ungeduldig. «Wie konnten Sie nur so wahnsinnig sein, in dieses Haus zu gehen?»

«Wieso wahnsinnig? Ich habe einfach einem Maler, von dem ich gehört hatte, einen Besuch gemacht. Ich wollte ein Bild von ihm kaufen. Touristen tun so was. Wir brauchen Souvenirs. Sie haben immer nur von den Gefahren des Wanderwegs geredet. Der ist sicher wie ein Himmelbett. Ihre unsinnigen Warnungen haben mich erst richtig neugierig gemacht.»

«Ich konnte Ihnen nicht mehr sagen. Ich fand Ihr Interesse an dieser Geschichte auch ein wenig seltsam.»

«Wieso seltsam? Ich wollte nur herausbekommen, was hinter dieser ganzen wirren Bildergeschichte steckt. Das will ich immer noch, ich finde das ganz normal. Zuerst möchte ich wissen, welche allerdings seltsame Rolle Sie in dieser Räuberpistole haben. Und warum Sie mir nicht einfach gesagt haben, was dort tatsächlich so gefährlich war. Wenn meine Fragen Sie vorher schon genervt haben, jetzt habe ich noch viel mehr.» Sie entzog ihm ihre Hand, und er lehnte sich aufseufzend zurück.

«Das habe ich befürchtet. Amanda sagt, ich solle Ihnen einfach vertrauen. Eigentlich darf ich das nicht, aber mir bleibt nichts anderes übrig. Zeitweilig hatte ich sogar den Verdacht, dass Sie auf irgendeine Weise mit dieser Bande in Verbindung stehen. Um es vorsichtig auszudrücken. Aber es sieht so aus, als wären Sie einfach nur eine Spur zu neugierig. Amanda lässt Sie übrigens grüßen, sie wird heute nach Hause entlassen, aber vorher will sie Sie unbedingt noch besuchen. Wenn es Ihnen recht ist.» Ohne eine Antwort abzuwarten, fuhr er fort: «Sie platzen vor Neugier, ich sehe es Ihnen an, und natürlich sollen Sie erfahren, was gestern passiert ist. Sonst stolpern Sie womöglich gleich in die nächste Felsengrube. Aber vorher muss ich Sie um etwas bitten, das sich kaum mit Ihrer Berufsehre verträgt ...»

«Ich soll das, was ich erlebt habe, für mich behalten.»

Er nickte. «Wenigstens noch eine Weile. Sehen Sie mich nicht an, als wollte ich die Pressefreiheit abschaffen. Hören Sie mir zu, dann werden Sie meine Bitte verstehen.»

Die Fälscherwerkstatt in dem alten Farmhaus in der Heide bei Grosnez war fast zehn Jahre unentdeckt geblieben. Dass es sie irgendwo gab, geben musste, wussten die Spezialisten von Scottland Yard und Interpol schon lange. Sie hatten sie zunächst in Frankreich oder Südengland vermutet, für kurze Zeit auch in Portugal, und zwei Jahre zuvor eine in der Nähe von Bordeaux ausgehoben. Aber die war auf Graphiken surrealistischer Maler wie Salvador Dalí spezialisiert gewesen. Die Auflösung der Werkstatt und die Verhaftung der Fälscher war ein Erfolg, aber zugleich eine Enttäuschung. Besonders von Dalí und Miró, als Original oder Massendruck längst so beliebt wie die röhrenden Hirsche und dekolletierten Zigeunerinnen in den fünfziger Jahren, kursierten sowieso mehr Fälschungen als Originale auf den Kunstmärkten der Welt. Das regte niemanden mehr wirklich auf. Es musste noch eine andere Werkstatt geben, in der große Meister des 19. Jahrhunderts gefälscht wurden. Gemälde, die auf dem Kunstmarkt die höchsten Preise lieferten. Koffer voller Dollars. In großen Scheinen.

«Woher wusste die Polizei das?»

Timothy sah sie an, abwesend, als denke er nach. «Selbst wenn ich es genau wüsste, dürfte ich es nicht erklären», sagte er schließlich. «Das ist Sache der Polizei und ihrer Spezialabteilungen. Aber so viel kann ich Ihnen sagen: Zuerst ging es nur um die Jagd auf Kunstdiebe. Kunstdiebstahl ist inzwischen ein florierender Wirtschaftszweig. Es gibt Behauptungen, dass mit gestohlener Kunst nach dem illegalen Drogen- und Waffenhandel die höchsten Gewinne gemacht werden. Das ist sicher übertrieben, aber es zeigt die Ausmaße. Auf alle Fälle blühen diese Geschäfte. Seit in den letzten beiden Jahrzehnten, besonders in den achtziger Jahren, so aberwitzige Preise auf dem Kunstmarkt erzielt werden, kann man getrost von einem Boom sprechen. Es gibt wilde Schätzungen von der Höhe der illegalen Umsätze, nach einigen Quellen gehen sie jährlich über die Zweimilliardengrenze, aber das ist, verzeihen Sie, wohl nur Pressegewitter. Doch auch Interpol schätzt sie immerhin auf mehrere hundert Millionen.»

«Moment. Ich verstehe, dass es um ungeheuer lukrative Geschäfte geht. Kriminalität fällt nicht in mein Ressort, aber ich kann mir nicht vorstellen, dass dieses kleine Haus an den Klippen ein Umschlagplatz für Millionenwerte war. Und außerdem: Martin war doch ein Maler, ein Fälscher meinetwegen. Ich habe gehört, wie der andere Mann gesagt hat, er sei es gewesen, der bei Lady Amanda eingebrochen sei. Er war wütend, weil Martin das nicht gerade professionell angestellt hat. Hat er denn auch Bilder gestohlen? Oder mit ihnen gehandelt?»

«Ganz bestimmt hatte er nichts mit den Diebstählen und erst recht nichts mit dem Handel zu tun. Dann wäre die Sache garantiert schon beim ersten Deal aufgeflogen. Martin gehört zu den Menschen, die es nicht einmal schaffen, ihre Wochenendeinkäufe zu erledigen, ohne die Hälfte zu vergessen. Er lebt nur in seiner Malerei. Deshalb ist er auch nur ein kleines Rad in dieser Organisation, deshalb sollen Sie auch den Mund halten, bis – na ja, bis Sie wieder von der Polizei hören.»

«Ziemlich kryptisch, finden Sie nicht? Wenn ich richtig verstanden habe, was Martin Harvey und sein Besucher geredet haben, hat Martin die gestohlenen Bilder kopiert, und die – wer auch immer – haben sie zweimal verkauft, das Original und die Kopie. Jedenfalls bei einigen der Bilder. Wie konnte das so lange gut gehen? Wenn ich ein so teures Bild kaufen würde, würde ich doch eine Expertise verlangen. Haben sie die auch gefälscht?»

Timothy zuckte mit den Achseln. «Das wird man noch herausfinden. Bisher haben wir nur Martin, wir wissen, dass er in Thornbould Manor eingebrochen ist und Amandas Bild gegen eine Kopie ausgetauscht hat. Bisher schweigt er beharrlich. Eigentlich ...», Timothy zögerte, dann fuhr er fort: «Eigentlich muss Martin froh sein, dass er jetzt sicher im Gefängnis sitzt. Mit seinem verpatzten Einbruch in Thornbould Manor hat er die Organisation enorm gefährdet. Sie müssen annehmen, dass Josette ihn erkannt hat. Jedenfalls kann ich mir nicht vorstellen, dass eine solche Organisation es zulässt, dass da einer, der so viel wissen muss wie Martin, unbehelligt herumsitzt, bis er verhaftet wird und anfängt, Geschäftsgeheimnisse auszuplaudern.»

«Sie glauben, die wollten ihn umbringen!?»

«Dazu ist er eigentlich zu wertvoll. Er kopiert verteufelt gut, es ist wirklich unglaublich. Aber wer weiß schon, was die mit ihm vorhatten. Vielleicht wollten sie ihn nur irgendwo anders hinbringen. Was für ihn nicht viel besser gewesen wäre. Es dauert lange, bis man so ein Unternehmen aufgebaut hat. Und was so lange funktioniert, muss perfekt organisiert sein und die allerbesten Verbindungen haben. Wenn jemand einen Monet stiehlt und einfach einem beliebigen Händler oder Museum anbietet, kann er auch gleich zur Polizei gehen. Wenn ein bedeutendes Kunstwerk verschwindet, egal ob Gemälde, eine Bronze oder eine antike Maske, wird das schnell bekannt. Seriöse Händler kaufen so etwas nicht, sondern benachrichtigen die Polizei. So was kommt immer wieder vor. Wenn diese Art Handel klappen soll, gehört dazu ein dicht geknüpftes Netz von Dieben, Hehlern und Kunden – das ist nicht anders als beim illegalen Handel mit Drogen oder Waffen –, in unserem Fall auch ein guter Fälscher oder Kopist. Wie in jeder Branche gibt es auch auf dem Kunstmarkt schwarze Schafe, einen florierenden grauen Markt. Echte Profis stehlen Bilder nicht nach dem Zufallsprinzip, sondern auf Bestellung. Es gibt erstaunlich viele Menschen mit sehr viel Geld, die ohne viel zu fragen sechsstellige Summen auf den Tisch legen, wenn sie dafür einen großen Meister in ihr Wohnzimmer bekommen.»

«Für ihr Wohnzimmer? Ich denke, die verstecken den vor neugierigen Augen in einer Tresorkammer und weiden sich heimlich und ganz allein an ihren Schätzen.»

«Die gibt es auch, wahrscheinlich sogar eine ganze Menge. Das weiß natürlich niemand genau. Aber es gibt auch Sammler, die Gemälde oder andere illegal erworbene Kunstwerke einfach hinhängen oder – stellen und behaupten, es handele sich um eine exzellente Kopie. Vielleicht macht es denen Spaß, ein kriminelles Geheimnis zu haben, vielleicht empfinden sie das als Thrill, ich habe keine Ahnung. Auf alle Fälle hat Martin die gestohlenen Originale bekommen, er hat sie kopiert, und dann wurden Original und Kopie verkauft, wir nehmen an, meistens beide als Original. Es ist legal, Kopien anzufertigen, aber die müssen eine deutlich andere Größe als das Original haben und natürlich die Signatur des Kopisten. Ich will Ihnen ein Beispiel für die Dummheit mancher Sammler erzählen. 1911 hat einer der Wächter des Louvre die Mona Lisa gestohlen. Eigentlich ein völlig unverkäufliches Gemälde. Er hat es einfach, an einem Tag, an dem der Louvre wegen irgendwelcher Reparaturarbeiten geschlossen war, von der Wand genommen, unter seinem Kittel gesteckt und aus dem Gebäude getragen. Er versteckte es zwei Jahre, dann bot er es den Uffizien in Florenz für bescheidene 100 000 Dollar an und wurde natürlich sofort geschnappt. Inzwischen allerdings waren sechs Kopien angefertigt worden, sie müssen wahre Meisterstücke der Kopierkunst gewesen sein, und an reiche Sammler in den USA verkauft. Für ärmliche 300 000 Dollar das Stück.»

«Und jeder war überzeugt, die einzig wahre Mona Lisa zu besitzen?»

«Genau. Sie glaubten alle, dass sie nun stolzer Besitzer des berühmtesten Gemäldes der Welt seien und waren nur zu gerne bereit, sich zum Stillschweigen zu verpflichten. Mit den Bildern, die Martin kopiert hat, wird es ganz ähnlich gelaufen sein. Und mit vielen anderen gestohlenen Gemälden auch.»

Leo schwirrte der Kopf. Von der Fülle der Informationen und der vielen neuen Fragen, die aus ihnen entstanden. Sie dachte an den Mönch am Meer und an Martin Harveys einsame Version des Gemäldes in der Galerie in St. Aubins.

«Und Sie sind der Sache auf die Spur gekommen, weil Martin Harvey Ihr Freund ist?»

«Nein, so einfach geht das nicht. Außerdem: Martin und ich waren wohl in unserer Kindheit Freunde. Als er sich später nach dem Desaster an der Londoner Kunstakademie – fragen Sie nicht, was da passiert ist, ich weiß es nicht – hierher zurückzog, haben wir uns kaum noch gesehen. Er ist keiner, der Freundschaft zulässt. Ich habe bei ihm immer nur seine eigenen Arbeiten gesehen. Erst in den letzten Jahren habe ich ab und zu einige gekauft, um ihn zu unterstützen. Ich konnte ja nicht ahnen, dass sein Konto auf einer Bank in Luxemburg immer dicker wurde. Er hat mit der Fälscherei viel Geld verdient, aber nur wenig davon verbraucht, er war ein karges Leben gewohnt, ein anderes wollte oder brauchte er nicht. Er wollte nur malen, und zwar die Bilder der großen Meister, die er so bewunderte. Er wusste, dass er nie so gut sein würde wie sie, und weil ihm weniger nicht reichte, hat er sie lieber kopiert als sich mit seinen eigenen Fähigkeiten zu arrangieren. Dabei sind seine eigenen Arbeiten gar nicht schlecht.»

«Aber wie ist er an diese Leute geraten? Er war doch nur der Fälscher. Es muss eine perfekte Organisation dahinter stecken, wenn es denen gelungen ist, über all die Jahre dieses Geschäft zu betreiben. Die haben gestohlen, gefälscht und verkauft. Das hört sich nach einem internationalen Großunternehmen an. Habe ich etwas Falsches gesagt, Sie gucken wieder so grimmig?»

«Im Gegenteil, das ist genau richtig. Und eben deshalb müssen Sie über die Polizeiaktion und Ihre Erlebnisse in Martins Haus vorerst schweigen. Natürlich wird etwas in den Zeitungen stehen. Dies ist eine kleine Insel, und es hat sich blitzschnell herumgesprochen, dass Martin verhaftet worden ist. Bisher ist es gelungen, Ihren Auftritt in dem Spiel zu verheimlichen. Ich hoffe also, dass Ihre Kollegen nicht bei Ihnen um Interviews Schlange stehen werden. Sie sehen sehr müde aus, Leo, ich will es jetzt kurz machen. Also: Wir haben die Fälscherwerkstatt, das ist großartig, wir haben den Fälscher. Aber wir haben nicht die Zentrale der Organisation. Martin behauptet, dass er darüber nichts weiß. Er habe immer nur mit einem Mann Kontakt gehabt. Mit den Leuten auf dem Schiff, das in dunklen Nächten vor Plémont Bay festmachte und die meisten Bilder gebracht und geholt hat, sagt er, hat er nie geredet. Ich fürchte, dass das stimmt, aber sicher wird seine Erinnerung gehaltvoller, wenn sich die Polizei ein bisschen ausführlicher mit ihm befasst.»

«Er meint den Mann, der gestern bei ihm war?»

Timothy nickte. «Ja, der ist leider verschwunden, wahrscheinlich kurz bevor wir kamen.»

«Aber Martin Harvey weiß doch, wie er heißt und wo er herkommt. Und von einer Insel kann man doch nicht einfach verschwinden.»

«Das kommt darauf an.»

«Worauf?»

«Auf die Umstände, auf die Organisation. Wir gehen davon aus, dass irgendwo ein Boot auf ihn gewartet hat und er längst nach Frankreich verschwunden ist. Es ist nur ein Katzensprung bis zum Kontinent.»

«Warum haben Sie diesen Einsatz nicht nachts gemacht? Oder wussten Sie noch nicht, dass die Bilder mit einem Boot transportiert und geschmuggelt werden?»

«Wir wussten eine ganze Menge, das heißt, die Polizei wusste eine ganze Menge. Ich spiele dabei keine große Rolle. Ich habe in den letzten Jahren ab und zu als Gutachter für Interpol gearbeitet und jetzt nur geholfen, ein paar weitere Fäden auf Jersey zusammenzufügen. Aber vergessen wir mal meine Rolle. Sie haben nun sicher verstanden, dass die gestrige Aktion nicht das Endspiel war, sondern ein Halbfinale. Wenn wir Pech haben nur ein Viertelfinale. Ich will damit sagen: Wenn Sie jetzt eine Menge Staub aufwirbeln, wird alles noch schwieriger.»

«Dann verpatze ich das Endspiel. Kann es sein, Mr. Bratton, dass Sie mir trotz der vielen Worte nur die Hälfte der Geschichte erzählt haben?»

«Es wäre mir lieber, wenn Sie erheblich dümmer wären.»

«Mir nicht», sagte Leo.

Er war fast an der Tür, als ihr noch etwas einfiel. «Der Fotograf», sagte sie, «der, von dem sie erzählt haben, er sei bei Plémont Bay abgestürzt, hatte im September für meinen Artikel Lady Amandas Bild fotografiert. Ich glaube nicht, dass er zufällig dort war.»

Damals im September habe sie einen kurzen Ausflug an die Plémont Bay gemacht, und er sei wie aus dem Nichts am Rande der Bucht aufgetaucht, offensichtlich in Eile und bemüht, seine Aufregung nicht zu zeigen. Sein Auto habe nicht auf dem Parkplatz gestanden, sie wisse nicht, wie er dorthin gekommen sei und was er dort getan habe. Nach einem gemütlichen Spaziergang habe es jedenfalls nicht ausgesehen.

«Hatte er mit diesen Leuten zu tun? Oder war er denen auf der Spur?»

«Das weiß ich nicht. Es ist möglich, dass er irgendwie herausbekommen hat, dass ab und zu ein Boot in der Plémont Bay ankert. Vielleicht hat er mal eine Nachtwanderung gemacht und etwas gesehen. Das ist nicht sehr wahrscheinlich, aber möglich. Die absurdesten Zufälle sind möglich.»

«Vielleicht ist er auch in den Höhlen dort unten herumgekrochen und hat den Verbindungsgang entdeckt.»

Timothy nickte. «Vielleicht. Mag sein, dass er dort in der Nacht eine Übergabe fotografieren wollte. Anstatt zur Polizei zu gehen, wollte er erst mal seine tollen Fotos schießen. Oder er wollte mit denen ins Geschäft kommen. Anfängern bekommt so was meistens schlecht.»

«Sie glauben, jemand hat ihn hinuntergestoßen?»

«Ich glaube eher, er ist zu weit in die Klippen

geklettert, ins Rutschen gekommen und abgestürzt. Im Übrigen: Nach Plémont Bay fahren auch Busse.»

«Aber wo waren seine Filme? Ich habe bei seiner Agentur in London angerufen, die sagen, er hatte nur einen Film bei sich, in der Innentasche seiner Jacke. Kein Fotograf dieser Welt geht mit nur einem Film los. Außerdem war der schon abgeknipst, und zwar bei Tag.»

«Das Meer schwemmt vieles fort», sagte Timothy, hob die Hand zum Abschied und schloss leise die Tür hinter sich.

– 11 –

Leo blieb drei Tage in der Klinik in St. Helier. Es waren freundliche Tage. Die Sonne schien wieder spätsommerlich warm durch das Fenster, als wolle sie Leo für die überstandenen Schrecken entschädigen. Auch die beiden Polizistinnen, die sie gründlich befragten, bis sie überzeugt waren, dass Leo tatsächlich nichts mit der gesuchten Organisation zu tun hatte, waren freundlich. Lady Amanda sowieso, und selbst Timothy Bratton fiel ganze zwei Tage weder in sein altes Misstrauen und noch in seine oberlehrerhafte Strenge zurück. Nur am Morgen ihres Rückflugs besann er sich auf seine alten Qualitäten. Am liebsten schien ihm zu sein, wenn Leo nach Polynesien oder in eine ähnlich entfernte Region verschwände. Sie fand Hamburg weit genug, aber er beharrte darauf, dass langer Urlaub nach einem solchen Abenteuer nötig und am besten in südlichen Gefilden zu absolvieren sei. Worauf Leo ihm erklärte, dass sie ihren Urlaub niemals absolviere, sondern vertrödele und genieße, jedenfalls meistens. Außerdem sei keine Zeit für Ferien, nun beginne ihre Hochsaison. In den Wochen vor Weihnachten seien Tränengeschichten sehr gefragt. Das verstand er nicht, aber sie erklärte es ihm auch nicht. Schließlich verriet er ihr auch nichts über den Stand der Ermittlungen. Dass er darüber nichts wisse, glaubte sie ihm keine Sekunde. Leider schien es ihm nicht viel auszumachen. Timothy Bratton war nicht halb so neugierig wie Leo Peheim. Er hatte nicht mal nach ihrer Adresse und Telefonnummer gefragt.

Die Grünlilie auf ihrem Schreibtisch war nun

ganz und gar vertrocknet (allerdings war sie schon geraume Zeit vor der Reise nach Jersey schwer vernachlässigt worden), aber sonst sah Leos Wohnung, sah ganz Hamburg aus wie immer. Ein wunderbar tröstliches Gefühl. Das empfand wahrscheinlich jeder, der in einer dunklen Höhle ohne Ausweg auf die Flut gewartet hatte und es doch wieder nach Hause schaffte. Ausnahmsweise hatte sie kein Verlangen, diese These genauer zu überprüfen. Nur eines quälte sie seit ihrer Rückkehr. Timothy Bratton hatte ihr vor ihrem Abflug – er hatte sie persönlich zum Flughafen gebracht und gewartet, bis sie tatsächlich durch die Sperre verschwand – noch zweimal – ein erstaunlich misstrauischer Mensch – das Versprechen abgenommen, niemandem von der wahren Ursache ihres lädierten Knöchels und der verpflasterten Schläfe zu erzählen – die geprellte Schulter fand er nicht der Erwähnung wert – und nicht auf eigene Faust weiterzurecherchieren. Jedenfalls vorerst. Sie hatte ihm das Versprechen gegeben (auch zweimal), ohne Bedenken. Hatte er ihr nicht mit den ehrlichsten Augen versprochen, Lady Amandas Bild genau prüfen zu wollen? Um später lapidar mitzuteilen, dass er es schon auf den ersten Blick als Kopie erkannt hatte. Man habe es riechen können, so frisch seien die Farben noch gewesen. Das also war der leichte Geruch in Lady Amandas Salon, den Leo neben all den Düften nach Zimt und Orangen wahrgenommen hatte. Es dauerte sehr lange, bevor ein Ölgemälde bis in die unterste Schicht getrocknet sei, hatte er sie belehrt, unter Umständen Jahre. Er hatte also redlich, doch ziemlich ungeschickt versucht, sie und Lady Amanda von den ungelösten Fragen um das Bild abzulenken, seine Tante aus Sorge um ihr Wohlergehen, und sie, Leo, aus purem Misstrauen.

Leo war selten so klar geworden, warum sie ihren Beruf liebte, wie in diesen ersten Tagen nach ihrer Rückkehr. Es war nicht nur wegen des Aufspürens, sondern auch wegen des Erzählens von Geschichten. Wo blieb das Vergnügen, wenn sie nicht weitererzählen durfte, was sie erlebt und herausgefunden hatte? Nicht, dass sie wirklich geschwätzig gewesen wäre, aber doch außerordentlich mitteilsam, was in ihrem Privatleben allerdings weniger gut ankam.

Leo ertrug mit Würde das Mitleid oder den

Spott – je nachdem – der Kollegen und Freunde über ihren vermeintlichen Stolperer auf ein paar Steinbrocken am Leuchtturm von Corbière, bei dem sie sich den Fuß verstaucht und die Stirn aufgeschlagen hatte. Sie bemühte sich, auch einzuhalten, was sie auf dem Rückflug von Jersey – der Wind rüttelte die kleine Maschine über dem Kanal wie eine Tüte Popcorn – ihrem Schutzengel angekündigt hatte, falls sie heil in Hamburg landen würde: Sie wollte wie jeder vernünftige Mensch ihrer Arbeit nachgehen, nicht vor dem vierten, na gut, vor dem zweiten Advent Weihnachtskekse kaufen und vor allem, ganz bestimmt, diese bohrenden ungelösten Fragen in Sachen illegaler Kunsthandel und Fälscherei in die hinterste Schublade ihres Gehirns verbannen.

Am zweiten Tag gab sie auf, bat ihren Schutzengel um Absolution und schlug ihr Jersey-Notizbuch auf. Es sah hundert Jahre alt aus, kein Wunder nach der vielen Mühe, die es gekostet hatte, das aufgeweichte Papier zu trocknen. Die meisten der Notizen waren nur noch blasse Schatten.

Nach einer Stunde brannten Leos Augen, und sie war nicht viel klüger als vorher. Irgendwo fehlte das Verbindungsstück in diesem Puzzle, sie musste es nur finden, dann würde es vorangehen. Also, nochmal von vorne. Wo hatte alles angefangen? Natürlich mit dem Bild, das nach dreiunddreißig Jahren wieder bei Lady Amanda auftauchte. Sie hatte die Lady besucht und einen Artikel über diese wunderbar rührselige Geschichte geschrieben. Dann die Party bei den Groothudes. Jetzt wurde es interessant. Das Bild des alten Lukas in der Nähe eines Bettes. An einem Platz, den man mit etwas besonders Wertvollem schmückt. An dem Platz, den man beim Aufwachen am Morgen als Ersten sieht. Wertvoll. In Dollar? Nicht unbedingt. Natürlich nicht. Wertvoll für die Seele, unter Umständen *nur* für die Seele. Ein mittelmäßiger Impressionist, hatte Lukas der Jüngere gesagt. Das mochte sein. Na und? Lady Amanda liebte ihren Hale auch über alles, obwohl es bessere und wertvollere Gemälde gab, sogar in ihrem eigenen Haus.

Lukas Groothude der Ältere. Lady Amanda sagte der Name nichts. Leo hätte trotzdem schrecklich gerne den alten Lukas nach Lady Amanda gefragt. Vor allem musste sie wissen, ob auch das Bild des alten Lukas Hales Dame mit dem gelben Gürtel war oder ob sie sich tatsächlich irrte.

Die Dame mit dem gelben Gürtel. Martin Harvey hatte eine Kopie des Gemäldes gemacht. Die hing jetzt in Lady Amandas Salon. Hatte er zwei gemacht? *Wie* hatte er die Kopie überhaupt gemacht? Nach welcher Vorlage? Brauchte er dazu nicht das Original? Wie sonst konnte ein Gemälde so perfekt gefälscht werden? Wie sonst? Martin musste das Original gehabt haben. Aber das war unmöglich. Nein, war es nicht. Lady Amanda hatte das Bild erst im August zurückbekommen. Martin musste es schon vorher gehabt haben. Von wem? Und warum hatte Lady Amanda dann nicht gleich die Kopie zurückbekommen? Warum erst später dieser risikoreiche Tausch? Die Mona-Lisa-Sechslinge fielen ihr ein. Wenn Martin das Bild vor dem August gefälscht hatte, warum nicht gleich mehrmals? Es war doch möglich, dass der alte Lukas Groothude einer dieser verrückten Sammler war, der bei dubiosen Händlern vermeintliche Originale kaufte. Das würde auch erklären, warum sein Sohn verhinderte, dass der Alte Besucher empfing und seine Bilder vorzeigte wie ein Kind seine Schultüte.

Hatte er deshalb erzählt, die meisten der Gemälde seien Kopien? Es konnte ziemlich peinlich für ihn werden, wenn sich herumsprach, dass der Senior der Firma Groothude & Kleiber Stammkunde illegaler Kunsthändler war. Selbst wenn der sich dabei in allerbester Gesellschaft befand.

Und wenn der alte Groothude das Original hatte? War das möglich? Als sie die Dame mit dem gelben Gürtel in der Groothudeschen Villa sah, hing das Bild, und zwar das Original, in Lady Amandas Salon. Jedenfalls das, das sie zurückgeschickt bekommen hatte. Oder war das gar nicht das Original? Sie war nicht sicher, ob der Rahmen auch damals, als sie und Joffrey das Bild kauften, diese kleine Unebenheit gehabt hatte. Das war mehr als fünfzig Jahre her, wer konnte sich nach so langer Zeit an eine kleine Unebenheit erinnern oder sie auch nur als dieselbe wieder erkennen? Es konnte eine andere sein, eine ähnliche.

Leo wurde schwindelig, sie wankte in die Küche und griff nach der Grappaflasche. Sie war leer.

Also weiter. Das Original. Wo war es? Danach hatte sie Timothy Bratton nicht gefragt, auch Lady Amanda hatte das Bild nicht mehr erwähnt. Aber wenn er bestätigte, dass nach dem Einbruch in Thornbould Manor nur noch eine Kopie an der Wand hing, bedeutete das auch, dass er, der Experte, das andere Bild als das Original ansah. Er hatte es nach der Rückkehr im August gereinigt, er hätte erkannt, wenn auch das eine Fälschung gewesen wäre. Oder nicht? Sie musste wirklich heftig auf den Kopf gefallen sein in dieser verdammten Felsengruft, dass sie so wenige Fragen gestellt hatte, bevor sie das Versprechen gab, sich nicht mehr um die Bilderfrage zu kümmern.

Sie nahm den Telefonhörer auf und ließ ihn gleich wieder auf die Gabel fallen. Er musste ja nicht schon jetzt merken, dass sie ihre Versprechen nicht so ernst gemeint hatte.

Auf alle Fälle hing in Lady Amandas Salon nun eine Kopie, das hatte Timothy zugegeben. Warum war das Original gegen eine Kopie ausgetauscht worden? Wo war das Original?

Leo löffelte gerade die zweite Dose mit eingelegten Aprikosenhälften und stellte sich vor, wie sich die kleinen gummiartigen Früchte in ihrem Magen mit der Nougatschokolade und den Gewürzgurken vermischten, und stand kurz vor einem akuten Anfall von Übelkeit, als das Telefon klingelte.

Lady Amandas Stimme klang warm und heiter. «Leo, meine Liebe, es lastet so schwer auf meiner Seele, dass Sie durch mein Bild in all diese Schrecken geraten sind. Geht es Ihnen wirklich wieder gut?»

«Wirklich, Lady Amanda. Der Knöchel benimmt sich noch ein bisschen widerborstig, aber mein Kopf funktioniert einwandfrei. Ihre Sorge ist sehr freundlich, aber ganz unnötig.»

«Das ist gut, sehr gut.» Der Krankenschwesternton verschwand schlagartig. «Dann kann ich Ihnen ja erzählen, was ich gestern erfahren habe. Oder interessiert Sie die Sache nicht mehr?»

«Die Sache? Meinen Sie die gefälschten Bilder?» Leos Übelkeit verschwand schlagartig. «Natürlich interessieren die mich noch. Allerdings habe ich Ihrem Neffen versprochen, mich nicht mehr darum zu kümmern. Vorerst.»

«Das war sehr leichtsinnig, Leo. Man soll doch nicht versprechen, was man nicht halten kann. Wie lange ist denn vorerst? Länger als zwei Tage?»

«Das kommt darauf an.» Leo lachte. «Spannen Sie mich nicht auf die Folter. Haben Sie etwas Neues herausgefunden?»

«Vielleicht», sagte Lady Amanda. Gestern Abend hatte sie einen alten Freund aus London zu Gast, der früher einige Jahre auf Jersey gelebt hatte. Ein *guter* alter Freund, wie sie betonte (Leo überlegte, ob er der vorübergehende Verlobte war, von dem die Leute im Pub geredet hatten, aber das konnte sie natürlich nicht fragen). Er kannte die Geschichte des Bildes und wusste auch, dass es 1965 gestohlen worden war.

«Um ehrlich zu sein, Leo, eine Zeit lang habe ich damals vermutet, er könnte den Dieb beauftragt haben, obwohl er für so etwas gewiss nicht romantisch genug ist. Aber er ging wenige Wochen vor dem Diebstahl nach London zurück, aus geschäftlichen Gründen, aber – verzeihen Sie, wenn ich eitel klinge – er ging wohl auch, weil ich selbst seinen dritten Antrag nicht angenommen hatte. Dennis ist ein sehr interessanter und liebenswürdiger Mann, und obwohl ich mit dem Gedanken kokettierte, konnte ich mich nicht für ihn entscheiden. Kurz und gut, er ging zurück nach London, wir blieben aber in Verbindung.» Nach kurzem Zögern fuhr sie fort: «Wir haben auch geschäftliche Verbindungen, müssen Sie wissen, er ist Bankmann und verwaltet einen Teil meines Geldes. Doch das sind uralte Geschichten, die tun hier gar nichts zur Sache. Gestern war er jedenfalls hier, sah das Bild, und ich erzählte ihm, dass es im September zurückgekommen sei, Absender unbekannt. Die Zeitungsberichte darüber waren ihm entgangen. Das jüngste Abenteuer, auch dass es nur eine Kopie ist, musste ich ja leider für mich behalten.» Etwas, das nach einem ganz undamenhaften Kichern klang, kam durchs Telefon. «Verraten Sie mich nicht Leo, ich konnte nicht widerstehen. Ich habe ihm zwar nichts von Martin Harveys Machenschaften und Ihren Abenteuern erzählt, aber doch von dem Einbruch, und dass jemand versucht hat, das Bild zu stehlen.»

Das amüsierte Dennis prächtig. Dieses Bild, sagte er, das er persönlich nicht für ein überragendes Meisterwerk halte – wenn er da an seinen Gainsborough denke! –, sei ja außerordentlich begehrt. Ob sie sich denn nicht erinnere, dieser Deutsche damals, er habe seinerzeit hervorragende Geschäfte mit ihm gemacht, der habe auch versucht, es ihr abzuschwatzen.

Lady Amanda erinnerte sich nicht im mindesten, aber sie erinnerte sich an den Namen des Mannes, von dem Leo gesagt hatte, in seinem Salon hänge ihr Bild. «Groothude, meinst du?», fragte sie, und Dennis applaudierte. «Amanda», rief er, «dein Gedächtnis ist phänomenal. Von selbst wäre ich bestimmt nicht darauf gekommen, aber es stimmt, Groothude. Aus Hamburg, glaube ich. Stimmt das auch?»

Groothude aus Hamburg. Lady Amanda nickte. «Na ja», fuhr Dennis fort und tätschelte generös ihre Wange, «er hat dir damals ja auch den Hof gemacht, dass es die Grenze des Schicklichen beinahe überschritt. Er wollte das Bild um jeden Preis, obwohl ich sicher bin, dass er dir damit nur schmeicheln wollte. Er betonte ständig, wie sehr es dir gleiche. Das stimmt ja auch.»

So hatten sie begonnen, von alten Zeiten zu plaudern, von damals, von den Sechzigern, die auf Jersey zwar, anders als in London, recht brav gewesen waren, andererseits die Jahre, in denen die Finanzmogule die kleinen Inseln im Kanal für sich entdeckten. Geschäftsleute aus aller Welt, diskrete Männer in diskreten grauen Anzügen, eröffneten diskrete Büros.

Auf Thornbould Manor gab es in jenen Jahren hin und wieder kleine Abendessen, nicht mehr als sechs oder acht Personen, und tatsächlich folgten die Gäste weniger Lady Amandas, als Dennis' Einladung. Eben einige dieser diskreten Herren mit den großen Geschäften.

«Nicht dass Sie glauben, es sei um illegale Geschäfte gegangen, Leo, es waren einfach Abendessen mit Dennis' Geschäftspartnern. Ob all die Geschichten von den Milliarden auf den vielen neuen Banken und den Säcken voller Geld, die die Insel auf dunklen Wegen erreichten und wieder verließen, stimmen, weiß ich natürlich nicht, aber es würde mich nicht wundern. Überhaupt nicht.»

Jedenfalls müsse dieser Groothude damals auch auf Thornbould Manor gewesen sein, sogar einige Male. Dennis habe sich seit jeher besser an Menschen erinnert als sie. Er sei ein ganz unterhaltsamer Mann gewesen, habe Dennis gesagt, aber ungeschliffen. Sie müsse sich doch erinnern, er habe *bei Tisch* über den Preis gesprochen, den er ihr bieten wollte. Viel Geld und wenig Manieren, habe Dennis erklärt, neues Geld, da komme das vor. Der liebe Dennis sei reizend, aber sehr konservativ.

«Hören Sie noch zu, Leo? Ja? Gut. Ich habe den ganzen Tag nachgedacht, und je mehr ich nachdachte, umso mehr erinnerte ich mich. Dennis hat natürlich völlig Recht. Da war dieser Mann. Ich glaube, er war wirklich sehr charmant und außerordentlich gut gebaut. Das muss er heute natürlich nicht mehr sein, mit den Jahren werden wir ja alle ein wenig fülliger, nicht? Jedenfalls wollte ich Sie wissen lassen, dass ein Geschäftsmann mit Namen Groothude auf Thornbould Manor war, und zwar *bevor* das Bild damals verschwand. Obwohl ich mir nicht vorstellen kann, dass ein Mensch so verrückt sein kann, ein Bild, ein nicht mal besonders wertvolles Bild, aus einem englischen Salon zu stehlen, nur um es in seinem eigenen aufzuhängen. Können Sie sich so etwas vorstellen, Leo?»

Nein, das konnte Leo nicht. Aber darauf kam es nicht an. Nun kam es nur drauf an, einen Weg in die Zimmer des alten Lukas Groothude zu finden. Und zwar ohne dabei seinem ehrbaren Sohn in die Hände zu fallen.

Natürlich war es ziemlich unsinnig, mitten in der Nacht ins Auto zu steigen und quer durch die Stadt nach Hamburg-Hochkamp zu fahren, nur um ein oder zwei Blicke auf die Groothudesche Villa zu werfen. Aber es war immer noch besser, als herumzusitzen, auf den nächsten Tag und geniale Eingebungen zu warten. Außerdem kamen Eingebungen, ganz besonders die genialen, selten vom Herumsitzen, was Leo sehr bedauerte, sondern von Mühe und Aktivität.

Sie hatte redlich versucht, sich etwas einfallen zu lassen. Die schlichte Variante per Telefon hatte nicht geklappt. Irgendein dienstbarer Geist war am Apparat gewesen und hatte höflich, aber entschieden mitgeteilt, der ältere Herr Groothude habe einen eigenen Anschluss. Die Nummer? Leider, es sei eine Geheimnummer. Nein, auf keinen Fall könne er ...

Wahrscheinlich hielten sie ihn gefangen. Bei Wasser, Brot und ab und zu einer Nase voll Sauerstoff.

Johannes und Felicitas Grube fielen als Türöffner zur Groothudeschen Villa aus, Leos Exkursion in die Gefilde des alten Lukas war ihnen immer noch peinlich. Zumindest Johannes. Felicitas hatte Leos Ausflug außerordentlich interessant gefunden und sich jede Einzelheit erzählen lassen. Sie wollte sogar wissen, welche Bilder der alte Lukas inzwischen an seinen Wänden versammelt hatte, aber damit konnte Leo nicht dienen, jedenfalls nicht im Detail.

Felicitas also. Unter ihrer Nummer flötete ihre Stimme vom Anrufbeantworter und vertröstete auf später. Blieben Fernsehen, weiter den Kühlschrank plündern oder nach Hochkamp fahren und so lange zu den Fenstern des alten Lukas hinaufstarren, bis die zündende Idee kam. Die Entscheidung war leicht.

Die Straße lag dunkel unter den spätherbstkahlen Linden, ein paar Bogenlampen gaben gelbliches Licht, und in den Häusern, von zeitloser Behäbigkeit hinter immergrünen Hecken, waren nur wenige Fenster beleuchtet. Hier standen Häuser mit vielen Räumen und wenigen Bewohnern. Am Groothudeschen brannte nicht einmal die obligatorische Lampe an der Auffahrt. Am Abend des großen Festes, als sie zum ersten Mal in der Villa gewesen war, waren das ganze Haus und der Garten hell erleuchtet gewesen. Der lag nun im Dunkeln, auch durch die Fenster im Erdgeschoss drang kein Licht, nur durch die beiden kleinen neben der Haustür fiel ein gelber Schimmer auf den Platz vor der Tür.

Leo ließ ihren Wagen langsam vorbeirollen, wendete an der nächsten Kreuzung und parkte einige Meter vor dem Haus auf der anderen Straßenseite im Schatten einer Rhododendronhecke. Die Tür öffnete sich, ein Mann trat heraus und ging eilig über die gekieste Auffahrt und die Straße hinunter davon. Er sah wie ein Butler nach Feierabend aus. Ein Pkw von undefinierbarer Farbe, der noch dringender eine Waschanlage brauchte als Leos, fuhr im Kinderwagentempo an ihr vorbei und verschwand in der nächsten Querstraße. Dann war es wieder still.

Sie versuchte, sich zu erinnern, in welchem Teil des Hauses die Zimmer des alten Lukas lagen. Sie war die Treppe hinaufgegangen und auf dem Absatz in den linken Flur eingebogen. Es war die siebente Tür gewesen. Die Zimmer mussten also im hinteren Teil auf der linken Seite des Hauses liegen. Sie wollte gerade aussteigen und einen Weg um das Haus suchen, als ein dunkler Mercedes in die Straße einbog und etwa zehn Meter vor dem Groothudeschen Grundstück hielt. Der Motor erstarb, die Scheinwerfer verlöschten, und zwei Männer stiegen aus, beide hoch gewachsen, der eine von schlanker, der andere von stämmiger Statur, beide in langen dunklen Mänteln, die selbst auf diese Entfernung eher nach Kaschmir als Baumwolle aussahen. Die Tür des Groothudeschen Hauses öffnete sich, bevor sie sie erreicht hatten, eine Sekunde später war die Straße wieder menschenleer. Leo starrte den späten Besuchern nach. Einer hatte sich an der Tür noch einmal umgesehen, und sie war sicher, sein Profil erkannt zu haben. Klippentrauma, dachte sie, Gespenster. Und: Hör auf, so blödsinnig zu klopfen, Herz. Keine Gefahr weit und breit. Sie musste nur wegfahren. Leo stieg aus und schloss leise die Autotür. Es roch nach nassem Laub und Holzfeuer. Irgendwo brannte ein Kamin.

An der linken Seite des Hauses trennte ein vereinzelt von Platanen flankierter Fußweg das Groothudesche Grundstück von dem nächsten. Die Hecke war hier höher als an der Straßenseite und so dicht, dass man nicht hindurchsehen konnte. Leo zog die von den Zweigen zerkratzte Hand zurück und sah sich um. Nur einen Blick über die grüne Mauer, dachte sie, als sie die Klappkiste aus dem Kofferraum holte, praktisch für Großeinkäufe und unverzichtbar als Ausguck über störende Sichtblenden. Aus dem Haus klangen gedämpfte Stimmen, die Worte blieben unverständlich. Die Kiste war nicht sehr hoch, aber genug, um die Fenster besser zu erkennen. Zwei im ersten Stock waren erleuchtet, eines halb geöffnet, in dem Raum bewegten sich Schatten. Und dann sah Leo die Platane.

Es war ziemlich lange her, seit sie das letzte Mal auf einen Baum geklettert war, und ohne die Kiste hätte sie es kaum geschafft. Sie dachte an Gilbert, der für ein Promi-Foto durch jedes Klofenster gestiegen war. Der Stamm der Platane fühlte sich glatt und feucht an, doch vom zweiten Ast aus bot sie einen ganz passablen Blick in die Zimmer des alten Lukas, denn die waren es, in denen die Lichter brannten. Leo konnte nur den alten Mann in seinem Rollstuhl genau erkennen, er saß mit dem Rücken zum Fenster und sprach mit jemandem, dessen Schatten sich ab und zu über die Wand bewegte. Nicht ganz befriedigend. Andererseits würde auch sie unentdeckt bleiben, solange niemand direkt ans Fenster trat und hinaussah. Sie reckte sich weiter vor und sah einen zweiten Mann. Auch auf der Heide bei Grosnez hatte sie ihn nur durch ein Fenster gesehen, trotzdem wusste sie nun, dass sie sich vorhin auf der Straße nicht geirrt hatte.

Der Ast ragte mehr als armdick vor ihr über die Hecke auf das Grundstück, seine breit gefächerten kräftigen Zweige würden genug Halt geben. Behutsam schob sie sich bäuchlings über den Ast, ziemlich schwankend und nicht gerade gemütlich, aber es ging ganz einfach, und nun verstand sie das meiste von dem, das Lukas der Ältere mit seinen Besuchern besprach.

Jetzt sei keine Zeit für Debatten, es habe schon viel zu lange gedauert, ein Wunder, dass die Polizei noch nicht hier sei. Sie müssten rasch entscheiden und handeln, sagte der Mann mit dem breiten englischen Akzent, den Martin Harvey Rivers genannt hatte. Purer Zufall, dass er jetzt hier sei und nicht auf Jersey im Bau säße. Er habe etwas zu essen geholt, Harvey habe nie was Vernünftiges im Haus. Als er zurückkam, sah er schon von der Straße die Polizeiwagen und verschwand, so schnell er konnte.

«Jetzt sitzen wir in der Scheiße, sie haben Harvey, und lange wird der nicht dichthalten.

Wegen dieser verrückten Aktion mit dem Ami hat er jetzt auch was zu erzählen, jede Menge hat er zu erzählen, und er wird's irgendwann tun. Die müssen ihm nur andeuten, dass er in der Gefängniskapelle Michelangelo spielen darf, dann sagt der alles, was die hören wollen.»

«Unsinn, Rivers. Harvey weiß nicht alles.» Das war eine Frauenstimme.

«Auf alle Fälle entschieden zu viel. Wenn er ihn nicht wegen der blöden Kopie hergeholt hätte, wüsste er nichts, dann hätte er nie den Namen Groothude gehört. Aber jetzt weiß er ...»

«Was? Was weiß er denn?» Eine jüngere Männerstimme unterbrach ihn scharf. «Dass hier ein alter Mann im Rollstuhl sitzt, der in Bilder vernarrt ist. Der ihn herkommen und sein Lieblingsbild kopieren ließ. Na und? Ein Kunde. Wir haben viele Kunden, warum sollten die rauskriegen, dass er mehr ist als einer der Kunden. Die wissen nie, woher die Bilder kommen.»

«Sei nicht dumm, Julian», sagte die Frauenstimme. «Für wie dumm hältst du die Polizei? Jeder Kunde hat Kontakt zu seinem Händler, und wer den Kopisten kennt, muss mehr sein als ein schlichter Kunde. Das ist eine Zeitbombe. Wenn unser Name erst in diese Sache verwickelt ist, wenn jemand beginnt, die Sammlung zu prüfen, die Kaufverträge und Zertifikate – dann ist der Rest nur eine Frage der Zeit, einer sehr kurzen Zeit. Es geht hier nicht um ein paar geschmuggelte Limousinen.»

«Aber Harvey weiß nichts von uns. Wir waren alle nicht hier, als er die Kopie gemacht hat, sonst wäre das ja sowieso nie passiert. Er weiß nur von ihm. Oder?»

«Der weiß gar nichts.» Die Stimme des alten Lukas ging pfeifend. «Aber ihr seid selbst schuld. Wenn ihr nicht warten könnt, bis ich unter der Erde bin, bevor ihr meine Bilder verkauft, muss ich mir selbst helfen. Ich habe euch immer gesagt, dass *dieses* Bild nicht verkauft werden darf, sondern zurückgeschickt werden muss.»

«Du weißt verdammt gut, dass ich keine Wahl hatte, Lukas. Er bestand auf dem Bild, es gibt noch andere Süchtige wie dich, die nicht schlafen können, wenn ihre Sammlung nicht komplett ist. Ich kann dir garantieren, dass er seine Drohung wahr gemacht und die Geschäftsverbindungen abgebrochen hätte. Wir sind nicht mehr allein auf dem Markt, wie oft soll ich dir das noch erklären. Ohne die amerikanischen Auftraggeber hätten wir unser Hauptgeschäft verloren. Und wenn du schon so eine sentimentale Aktion machst, warum hast du ihr nicht die Kopie geschickt?»

«Weil ich will, dass sie *ihr* Bild zurückbekommt. Wie oft soll *ich* dir das noch erklären? Warum habt ihr dem Ami nicht die Kopie verkauft?»

«Wir sind nicht lebensmüde. Aber deine alte Flamme hätte das garantiert nicht gemerkt, du ...»

Dann wurden die Worte zu leise, um sie noch zu verstehen. Offenbar war Julian, dessen ungeduldige Stimme zuletzt durch das Fenster drang, in den hinteren Teil des Raumes gegangen.

«Schluss jetzt», klang wieder die Frauenstimme kühl durch das Murmeln, «das bringt uns nicht weiter. Es tut mir Leid, Lukas, wir sind alte Freunde, aber sie dürfen dich hier nicht finden. Das hast du dir selbst eingebrockt. Du wirst einige Zeit nicht vernehmungsfähig sein.»

«Hast du den Wagen schon bestellt?» Das war Julians Stimme, wieder näher und heiter, als freue er sich auf ein sonniges Picknick.

«Wagen?» Die Stimme des alten Lukas krächzte. «Was für einen Wagen?»

«Keine Aufregung, Lukas. Dr. Flemmings Wagen natürlich.» Die weibliche Stimme klang maliziös. «In der Klinik bist du in den nächsten Wochen am besten aufgehoben. Unter Aufsicht, im richtigen Moment im Tiefschlaf, ungefährlich für uns alle.»

«Und dann», krächzte Lukas Groothude der Ältere. «Und dann? Wollt ihr mich einschläfern?» Er lachte atemlos. «Und dir habe ich meine Geschäfte übergeben, dir und deinem Sohn.»

«Niemand will dich einschläfern, Lukas. Das ist albern. Die Ruhe wird dir gut bekommen. Und dann? Nun, dann werden wir weitersehen.»

«Was ist jetzt mit den Unterlagen?» Das war wieder Rivers' Stimme. «Selbst wenn er weg ist, jedenfalls 'ne Weile nicht vernehmungsfähig», setzte er hinzu, «müssen wir ...»

«Verdammt!», unterbrach ihn Julian. «Das Fenster steht offen, redet leiser.» Der dunkle

Umriss einer Gestalt erschien hinter den Scheiben, und das Fenster schloss sich mit dumpfen Klappen.

Leo presste sich gegen den Ast, als könne er sie unsichtbar machen, und lauschte angestrengt in die Nacht. Er musste sie doch gesehen haben. Oder hatte er gar nicht in die Dunkelheit hinausgesehen, sondern, wie man das mitten im Gespräch eben tut, einfach schnell das Fenster zugeklappt? Ganz bestimmt hatte die Scheibe von innen den beleuchteten Raum reflektiert, was draußen im Garten war, konnte er nicht erkennen. Oder doch?

Eine unsichtbare Hand schob einen dunkelgrünen Vorhang vor die Fenster, und Leo atmete erleichtert auf. Nun konnte sie kein Wort mehr verstehen, nichts mehr sehen und endlich zurück auf festen Boden. Und dann? Die Polizei rufen. Ganz schnell. Was sollte sie denen erklären? Zuerst... Ein zartes Klirren unterbrach ihre Gedanken. Ihr Schlüsselbund landete tief unter ihr im nachtnassen Gras des Groothudeschen Gartens.

Sie überlegte nicht lange. Wenn sie sich an dem Ast hinuntergleiten ließ, konnte der Abstand von ihren Füßen zum Rasen keinen Meter mehr weit sein. Sie musste sich nur vorsichtig hinabgleiten lassen, die Schlüssel greifen und dann blitzschnell durch das vordere Tor verschwinden.

Leider hatte sie nicht mit den rutschigen Ästen gerechnet. Sie fiel wie ein Sack voll Sand. Der Schmerz in ihrem verletzten Knöchel ließ sie beinahe ohnmächtig werden, aber was sie direkt vor ihren Augen entdeckte, machte sie hellwach. Acht Pfoten, groß wie Bärentatzen, stemmten sich aus vollem Lauf schwarz und nass glänzend in den Rasen. Zwei Rottweiler streckten ihr mit kehligem Knurren mächtige, entblößte Gebisse entgegen. Die erregt zitternden Lefzen schlossen jeden Zweifel aus. Die beiden wollten nicht gestreichelt werden, um dann wieder brav in ihrer Hütte zu verschwinden. Die beiden hatten extrem schlechte Laune und Appetit auf frisches Fleisch.

Bevor Leo entscheiden konnte, ob sie sich tot stellen sollte, schließlich lag sie schon platt auf dem Rasen, oder eine Lektion Gesprächsführung in Krisensituationen für Anfänger praktizieren, bekamen die Pfoten Gesellschaft. Zwei schwarze Männerschuhe, handgenäht, von italienischer Eleganz, schoben sich in ihr Blickfeld.

«Frau Peheim, wenn ich nicht irre?», sagte eine sanfte Stimme. «Finden Sie nicht auch, dass ihre Aufdringlichkeit zu weit geht?»

Julian Groothude lächelte mit dem Charme eines Barrakudas auf Leo hinunter. Die Rottweiler setzten sich auf ihre breiten Hintern, blinzelten ihren Herrn stolz an und schleckten sich erwartungsvoll mit tellergroßen Zungen die Mäuler.

Leo wäre gerne weggelaufen, doch das war nicht nur wegen ihres arbeitsunfähigen Knöchels und Julians durchtrainierten Muskeln chancenlos. Kaum dass sie versuchte aufzustehen, standen die Hunde sprungbereit, hörten auf zu blinzeln und zeigten wieder ihr Gebiss. Ihr Knurren war leise, aber eindeutig.

«Wenn ich bitten darf.» Julians Stimme war kaum lauter, sein Blick glitt eilig und konzentriert über den Garten, dann zog er sie abrupt hoch. Die Hunde begleiteten ihren Herrn und seinen Fund durch die Seitentür und eine schmale Treppe hinauf in den ersten Stock. Leo erkannte den blassblauen Läufer, diesmal spielte kein Pianist im Hintergrund, im ganzen Haus war es totenstill. Nur aus der siebten Tür am Ende des Ganges drangen gedämpfte Stimmen. Auf einen knappen Befehl Julians verschwanden die Hunde lautlos, und er schob Leo vor sich her in die Räume des alten Lukas.

«Bist du verrückt, Julian? Was soll das?» Gerlinde Groothude starrte erst Leo, dann ihren Sohn zornig an. «Wie kannst du sie hier heraufbringen?»

«Ich bin nun mal lieber dabei, wenn du grundlegende Entscheidungen triffst, liebste Mama. Setzen Sie sich», sagte er zu Leo und drückte sie auf einen Stuhl. Seine Stimme war nun gar nicht mehr sanft. «Sie weiß sowieso viel mehr, als sie wissen sollte, und auf der Platane hat sie garantiert noch mehr gehört. Ich habe nie geglaubt, dass sie neulich zufällig hier oben rumgeschnüffelt hat. Ich ...»

Gerlinde Groothude hob die Hand, und Julian schwieg. Alle schwiegen.

Leo war wie betäubt. Gleich wachte sie auf. Das konnte keine Realität sein, es war wie in dem Traum mit dem Wasser und den schwarzen Schatten, gleich gab es einen Knall, und der Wecker klingelte. Doch das Einzige, was sie hörte, war das angestrengte Schnaufen Lukas des Älteren. Alle sahen sie an, der alte Lukas, seine Schwiegertochter, Rivers und der andere

Mann, der mit ihm gekommen war und bisher geschwiegen hatte. Auf seiner rosigen Stirn glänzten winzige Schweißtropfen, seine hellen Augen wanderten hinter der Brille unruhig hin und her, und die Finger seiner rechten Hand drehten unablässig den schwarz-goldenen Knopf in seiner linken Manschette. Nur Julian lächelte wieder sein Barrakuda-Lächeln, als bereite es ihm Freude, die Krise in einem Zweig des Groothudeschen Familienunternehmens weiter zu verschärfen.

Gerlinde Groothude kam näher und sah ausdruckslos auf Leo hinab. «Ich habe Ihren Namen vergessen», sagte sie schließlich, «aber ich will ihn jetzt auch nicht mehr wissen.» Sie drehte sich abrupt zu ihrem Sohn um. «Bist du sicher, dass sie allein ist?»

Julian nickte. «Ganz sicher. Die Hunde sind absolut zuverlässig.»

«Und dass dich niemand gesehen hat?»

«Absolut, die Hecke ist hoch genug.»

«Ihr könnt mich nicht mehr zu Flemming bringen.» Der alte Lukas Groothude richtete sich plötzlich in seinem Rollstuhl auf, sein Gesicht rötete sich, und aus seinen Augen schwand die Angst. «Das ist Frau Peheim, die hat ein Handy. Das gehört zu ihrem Beruf. Sie hat längst die Polizei gerufen, natürlich hat sie das. Sagen Sie es ihnen doch, Mädchen, los.»

Bevor Leo lügen konnte, hatte Julian sich schon an die Untersuchung ihrer Jackentaschen gemacht. «Gute Idee, aber da ist kein Handy», grinste er. «Nicht mal ein Notizbuch. Oder liegt das auch im Gras?»

«Die Telefonzelle», krächzte der alte Lukas, «bestimmt war sie längst an der Telefonzelle.»

Leo sagte nichts, sie starrte nur Julian wütend an, aber er wurde nicht zur Salzsäule, er lächelte immer noch, griff in seine Jackett-Tasche und begann, mit ihrem Schlüsselbund zu spielen.

«Die junge Dame ist offenbar nicht so intelligent, wie du es gerne hättest, Lukas», sagte Gerlinde ruhig. «Sie hat einfach nur gelauscht. Und nun ist Schluss. Rivers, auf dem Medikamententisch liegen breites Pflaster und Mullbinden. Versorgen Sie sie, sorgfältig, wenn ich bitten darf, und dann lassen Sie sich etwas einfallen. Ich will nicht wissen was, aber seien Sie gründlich. Holtzner wird Sie unterstützen.»

Rivers war nicht begeistert, für solche Arbeiten hatte er sonst seine Leute, doch niemand zeigte Interesse, das Problem Leo Peheim zu diskutieren. Niemand außer Holtzner. «Aber Frau Groothude. Auf gar keinen Fall, ich meine, das gehört nicht zu meinen Aufgaben, ich …»

«Halten Sie den Mund.» Gerlindes Stimme klang nicht mehr kühl, sondern nach einem Vulkan kurz vor dem Ausbruch. «Das hier ist keine Abteilungsleitersitzung in Ihrer Versicherung. Wollen Sie die nächsten Jahre in Ihrem Haus mit Alsterblick verbringen oder in einen Gefängnishof glotzen? Also. Tun Sie einfach, was Rivers sagt. Julian, du bleibst hier, bis der Wagen für Lukas kommt. Es kann nur noch ein paar Minuten dauern.»

Julians Lächeln schwand. Die Aufteilung gefiel ihm nicht, doch ein Blick seiner Mutter überzeugte ihn, dass Einwände überflüssig waren. «Ich fahre ins Büro», fuhr sie fort, «du kommst so schnell wie möglich nach. Und Sie, Rivers, verschwinden so schnell wie möglich. Genauso, wie wir es besprochen haben, nur mit der kleinen Variante: Nachdem Sie unser zusätzliches Problem gelöst haben. Und setzen Sie um Gottes Willen Holtzner nicht an einem Taxistand oder an irgendeiner Kneipe ab. Bringen Sie ihn sofort nach Hause, aber nur bis in eine Nebenstraße.»

Rivers nickte gelassen, obwohl er es nicht liebte, wenn ihm unterstellt wurde, die einfachsten Spielregeln nicht zu beherrschen. Er schnitt ein langes Stück Pflaster ab und klebte es quer über Leos Mund. «Lass das», sagte er, griff nach ihren widerspenstigen Handgelenken und hielt sie fest, damit Julian sie mit der Mullbinde fesseln konnte. In Leos Kopf ratterte dröhnend eine aus der Spur gesprungene Maschine. Unsinnige Dinge fielen ihr ein: Dass sie unbedingt die Wände des Arbeitszimmers streichen musste, warum sie nicht einfach aufstand und hinausging, dass immer noch Wäsche auf dem Trockenboden hing und die Perlenreihen um Gerlinde Groothudes zarten Hals hundert Kinder auf dem Balkan ein Jahr lang satt machen könnten. Ihr Körper schmerzte, aber er schien ihr nicht zu gehören, sie sah auf die weiße Fessel um ihre Handgelenke und entzog sie mit einem Ruck Julians Händen, die gerade den letzten Knoten festzogen. Er beachtete sie nicht, prüfte noch einmal die Knoten und wandte sich Rivers zu.

«Holen Sie Ihren Wagen, ich mache das Garagentor auf. Nein, Holtzner, Sie nicht. Sie kommen mit mir und dieser indiskreten Gans.»

In der Garage im Souterrain war es stockfinster. Julian drückte auf einen Knopf, das Tor hob sich leise surrend, und aus dem matten Licht der Straßenbeleuchtung schob der dunkle Mercedes sein Heck herein. Leo suchte verzweifelt nach einem Ausweg. Sie konnte sich doch nicht einfach abtransportieren lassen wie ein Schaf zum Schlachthof. Sie musste sich wehren. Aber Julians und Holtzners Hände hielten ihre Arme und griffen bei jeder Bewegung fester zu. Holtzner, wer immer er war, hatte fast so viel Angst wie sie. Sie roch seine Angst. Er war schwach, vielleicht würde er sie trotz des Alsterblicks lieber laufen lassen, als dabei zu helfen, sie zu entsorgen. Keine Panik, noch nicht. Wenn der richtige Moment kam, würde sie laufen wie ein Hase. Wenn nur die Hunde da draußen nicht warteten. Im richtigen Moment. Gab es einen richtigen Moment?

Der Wagen stoppte, Rivers stieg aus und öffnete die Heckklappe. Ein großes schwarzes Loch gähnte Leo entgegen, und plötzlich war ihr der richtige Moment egal. Nie wieder in ein großes schwarzes Loch, nie wieder in so eine Grube. Mit einem Ruck entwand sie ihre Arme den Griffen der Männer, ihre erstickte Stimme drang dumpf durch den Klebestreifen, sie schlug und trat um sich, spürte den schmerzenden Knöchel nicht, sah nur Julian lachen und Holtzner taumeln, hörte das Knirschen seiner Brillengläser unter ihren Füßen. Julian griff wieder nach ihrem Arm und wich geschickt ihren Tritten aus, dann hob er die Hand und traf hart ihr Gesicht.

«Rivers», rief er, immer noch beherrscht und leise, «steh nicht blöde rum, verdammt.»

Aber Rivers stand nicht blöde rum. Rivers fiel plötzlich wie ein Stein auf sein Gesicht, eine schwarze Gestalt war über ihm, andere glitten geräuschlos und schnell wie Katzen in die Garage, und eine Sekunde später lagen auch Julian, Holtzner und Leo auf dem Steinboden. Sie hörte Schritte, eilig und leise, ein Rumpeln, schnellere Schritte auf der Treppe, ein Hund bellte, jaulte und verstummte abrupt. Da waren Stimmen, sie wurden lauter. Aber die Hunde, dachte sie, würden nicht kommen, und dann versank sie doch in einem tiefen schwarzen Loch, aber es war ein sehr angenehmes Gefühl. Das Gefühl der Freiheit eines Vogels am Nachthimmel.

– 12 –

Als Leo wieder zu sich kam, lag sie auf dem Boden der Garage, Julian Groothude, Rivers und der humpelnde Holtzner wurden gerade fortgeführt, und irgendwer gab ihr aufmunternde kleine Klapse auf die Wangen. Das Klebeband war von ihrem Mund verschwunden, die Mullbinde aufgeschnitten, und ein grinsendes Männergesicht beugte sich über sie.

«Gut geschlafen?», fragte eine freundliche Stimme. «Es waren nur ein paar Minuten. Der Arzt ist gleich da, er hat dort oben», er zeigte mit dem Daumen aufwärts, «noch den Hausherrn zu versorgen. Dem geht es nicht gut, glaube ich.»

Der alte Lukas war vor Schreck fast gestorben, als plötzlich die Tür aufflog und ein paar ziemlich düster vermummte Männer in den Raum stürmten und «Polizei» brüllten. Vielleicht auch vor Erleichterung, denn die Aussicht auf das, was seine Schwiegertochter als Schlafkur bezeichnet hatte, hatte ihn an sein Testament denken lassen.

Vielleicht war das der Grund, warum er mit geradezu kindlichem Eifer alles zu erzählen bereit war, während Gerlinde Groothude beharrlich schwieg. Julian schwieg nicht ganz so beharrlich, die Aussicht auf mildere Richter machte ihn außerordentlich geschwätzig und – nach seinen Worten – zum abhängigen Opfer seiner kriminellen Mutter.

In den fünfziger und sechziger Jahren hatte Lukas Groothude der Ältere tatsächlich nur Gemälde gesammelt. Zuerst, weil er sich damit den Anstrich von Großbürgerlichkeit geben konnte, den er sich mehr als alles andere wünschte, von seinem rapide wachsenden Wohlstand vielleicht abgesehen. Dann, weil er lernte, seine Bilder zu verstehen und zu lieben. Er fand es von jeher praktisch, Liebe und Geschäfte zu verbinden, und nachdem er die ersten Kontakte mit illegalen Kunsthändlern gehabt hatte – unvermeidlich, beteuerte er, wenn man in Kunst investiere –, dauerte es nicht lange, bis er auch in diese Branche einstieg. Behutsam, vorsichtig und klug in der Wahl seiner Kontakte und Mitarbeiter, schließlich auf sicherem Boden energisch expandierend. So, wie er es gewohnt war. Es dauerte Jahre, bis es wirklich florierte und perfekt und sicher organisiert war. Es diente, so fand er, der Kunstliebe der

Menschen und war zudem ein optimaler Weg, schwarzes Geld in Schönheit zu verwandeln. Viel schwarzes Geld, eigenes und das seiner Kunden.

Das lukrative Verfahren, gestohlene Bilder vor dem Verkauf noch einmal zu kopieren und Kunstsammler auf diese Weise zu beglücken, startete als Versuch und wurde durch Erfolg zur Regel. Martin war nicht der erste und auch nicht der einzige Kopist dieses Unternehmens mit internationalen Verbindungen.

«Die Kunst», seufzte Felicitas, «gereicht der Menschheit nicht immer zum Segen. Na ja, das ist wohl ein bisschen zu moralisch. Aber sagen Sie mal Leo, warum haben die denn nun das Original Ihrer englischen Lady nicht einfach geklaut, sondern gegen eine Kopie ausgetauscht?»

Felicitas Grube, von den Presseberichten über den Polizeieinsatz in der Groothudeschen Villa und das Ende des Kunsthehlerringes völlig unbefriedigt, hatte Leo zum Essen geladen, um endlich auch die Hintergründe und Einzelheiten, vor allem die sentimentalen, zu erfahren. Ihren Sohn Johannes hatte sie als Koch verpflichtet, eine ausgezeichnete Idee, nun waren sie schon beim dritten Gang, und was Johannes bescheiden als Entenbrust mit Apfelschnitzen bezeichnete, war dank einiger streng geheim gehaltener Zutaten (nicht zuletzt des Calvados) eine betörende Köstlichkeit.

«Die Idee mit dem Tausch war gar nicht so schlecht», sagte Leo und ließ sich von Johannes trotz der noch zu erwartenden weiteren Gänge eine zweite Portion auf den Teller füllen, «aber nicht gut durchdacht.»

«Aha», sagte Johannes und öffnete die nächste Flasche roten '88er Cahors, «Recherche, man kann es nicht oft genug sagen, ist alles.»

«Der Grund ist simpel», fuhr Leo eilig fort, die diese Weisheit schon viel zu oft gehört hatte. «Da gibt es diesen Hehler für ihre USA-Geschäfte, und der drohte, die Verbindungen abzubrechen und zur Konkurrenz zu wechseln, wenn er nicht endlich diesen schon lange versprochenen Hale bekomme. In meinem Artikel über Lady Amanda und ihre heimgekehrte Dame mit dem gelben Gürtel wurden der Titel des Bildes und der Name des Malers genannt, und der, ich will ihn mal Geschäftspartner nennen, war aufmerksam geworden und mehr als ungehalten. Sowieso und weil Publicity solchen Geschäften nun mal schadet. Ein neuer Diebstahl dieses Bildes mit seiner seltsamen Geschichte hätte die Polizei doppelt alarmiert. Sie dachten, wenn sie das Bild gegen die Kopie tauschen, merkt es niemand. Sie wussten nicht, dass ihnen die englische Polizei und Interpol auf der Spur waren. Und sie wussten nicht, wer Lady Amandas Neffe ist. Martin wusste es natürlich, aber der saß selbst in der Falle.»

«Künstler denken nie praktisch», sagte Felicitas, die sich mit Männern verschiedenster Berufsgruppen auskannte, und hielt Johannes ihr Glas zum Nachschenken entgegen. «Überhaupt dieser Maler. Haben Sie nicht gesagt, Leo, dass der seine Insel nie verlässt? Wie hat Lukas ihn dazu bekommen, nach Hamburg zu reisen und das Bild zu kopieren?»

«Er hat ihm versprochen, er dürfe später auch einen Turner kopieren. Dafür hat er sich sofort auf die Reise gemacht.»

«Sehr seltsam. Und es war tatsächlich Lukas, der diese gemalte Lady damals stehlen ließ? Unglaublich.»

«Es stimmt trotzdem. Er hat das Bild nach seinen Besuchen auf Jersey Mitte der sechziger

Jahre klauen lassen. Er wollte Lady Amanda gerne in seinem Schlafzimmer haben, wenigstens als Bild.»

«Wie wunderbar romantisch», sagte Felicitas, und Johannes sagte: «So was Blödes.»

Es dauerte eine Weile, bis Mutter und Sohn ihre Debatte, welcher der beiden Kommentare der passendere sei, beendeten, weil Felicitas endlich den Anfang der Geschichte genauer wissen wollte.

«Er war also so verliebt in Lady Amanda, dass er für sie zum Dieb wurde. Das *ist* romantisch.»

Johannes schwieg ergeben.

«Na ja», Leo war nicht ganz ihrer Meinung, «vielleicht war es mit Lady Amanda so wie mit seinen Bildern. Sicher war er verliebt in sie, aber vielleicht wollte er sich auch nur mit einer Lady an seiner Seite schmücken. So etwas kann man oft nicht genau auseinander halten. Das Ganze hat nämlich *noch eine* Vorgeschichte. Er hat das letzte Kriegsjahr während der Besetzung Jerseys in ihrem Haus gewohnt. Lady Amanda war damals schon von der Insel geflohen, und Thornbould Manor war sofort vom deutschen Militär konfisziert worden. Da muss er ziemlich viel Zeit gehabt haben – und ziemlich viel Phantasie –, jedenfalls hat er sich damals geschworen, so ein Haus mit all seinen schönen alten Möbeln, mit dieser ganzen Atmosphäre von alter Familie und so weiter, würde er auch einmal haben. Und so eine Dame wie die auf dem Bild im Salon. Es war wohl das erste Bild, in das er sich verliebte. Jeder bastelt sich seine Lebenspläne, und der alte Lukas hat sich eben diesen gebastelt.»

Felicitas seufzte, und Johannes schwieg sicherheitshalber weiter.

«Kurz und gut», Leo fand, sie habe ihr Abendessen jetzt wirklich abgearbeitet. «1965 hatte er Geschäfte auf Jersey, fragen Sie mich nicht welche, Felicitas, jedenfalls ist er auf die Insel gefahren und hat sich an seine hübschen Jugendträume erinnert, hat auch Lady Amanda kennen gelernt und irgendwann beschlossen, wenigstens das Bild zu bekommen. Verrückt, aber sicher kann der alte Lukas einfach schlecht verlieren.»

Felicitas seufzte noch einmal, und Johannes sagte: «Und Lukas, ich meine jetzt den jüngeren, wusste von diesen ganzen dunklen Machenschaften gar nichts? Das muss doch viele

Jahre gelaufen sein. So viel Blindheit kann ich mir bei einem Mann wie ihm nicht vorstellen.»

«Das ist wohl noch nicht ganz klar. Es sieht so aus, als habe er geglaubt, dass es ihm – gewiss unter großer Mühe und hohen Verlusten – gelungen war, diese weniger ehrbaren Geschäfte seines Vaters zu beenden, als der zu krank wurde, sie selbst zu führen, und alles perfekt und ein für alle Mal zu vertuschen. Ob er vorher davon wusste oder ob der alte Lukas seinen Sohn erst über seine Nebengeschäfte informierte, als er einen Nachfolger brauchte, weiß ich auch nicht. Auf alle Fälle hatte er wohl keine Ahnung, dass seine liebe Gerlinde den Job übernommen und auch noch ihren Sohn zu ihrem Kompagnon gemacht hatte. Sie war es auch, die diesen Mann von der Versicherung, Holtzner, eingekauft hat. Die Computer der Versicherungen sind ja voll von Namen und Adressen von Besitzern kostbarer Kunst, von deren Objekten und ob und wie die durch Alarmanlagen gesichert sind.»

«Bitter, sehr bitter», sagte Johannes, der im Gegensatz zu seiner Mutter allerdings erst ein Ehedesaster hinter sich hatte, und nun war es an ihm zu seufzen. «So ist die Ehe. Da denkt man, man kennt die Gedanken des anderen, und dann? Sehr bitter. Aber dieser tote alte Franzose, den sie hier in Stillhorn gefunden haben, Jules irgendwas, warum kam der nach Hamburg? Der war doch aus St. Malo, was wollte der hier?»

«Der war beleidigt und wollte Rache. Oder ein bisschen Erpressung, das weiß man nicht so genau. Er war einer der Kontaktleute auf dem Kontinent für das Boot von Jersey, er kannte die meisten Verbindungen. Er war krank und alt, jedenfalls haben sie ihn pensioniert, man kann auch sagen: Aussortiert. Mit ziemlich wenig Geld, was ihn außerordentlich erbost hat. Leider war er dumm genug, damit zu drohen, sich beim alten Lukas zu beschweren. Der hatte zwar nicht mehr viel zu sagen, aber Gerlinde fürchtete, dass der jüngere Lukas auf diese Weise erfahren würde, dass sie das Geschäft übernommen hatte und ihn so nicht nur betrog, sondern – vor allem – sein ehrbares Leben bedrohte. Also haben sie dafür gesorgt, dass einer der Trucker, die auch Bilder transportierten und schmuggelten, ihn mitnahm – und der hat ihm einfach im richtigen Moment seine Medikamente weggenommen. Es wird Gerlinde nicht gefallen haben, dass er seinen Anfall erst so kurz vor Hamburg bekam. Aber wenn ich das Gespräch in Martin Harveys Atelier nicht belauscht hätte, wäre das wahrscheinlich tatsächlich nie herausgekommen.»

«Und ich dachte immer, Gerlinde hat keinen Esprit.» Felicitas hatte den letzten Sätzen nicht zugehört. Sie grübelte immer noch über die Abgründe in Gerlinde Groothudes Charakter und war über ihre eklatante Fehleinschätzung tief erschüttert. «Andererseits, wenn man bedenkt, dass Julian ihr Sohn aus ihrer ersten, ziemlich kurzen ersten Ehe ist und von seinem Stiefvater ganz gewiss kein fürstliches Erbe erwarten kann, hat sie als gute Mutter nur dafür sorgen wollen, dass er sein eigenes Unternehmen bekommt und ...»

«Mutter», sagte Johannes (was äußerst selten vorkam) und stellte eine Platte mit verschiedensten Sorten Ziegenkäse, handgemacht und frisch geliefert von einem Ziegenhof im Teufelsmoor, auf den Tisch, «Mutter, du spinnst.»

Das verschlug Felicitas die Sprache, aber nur für den kurzen Moment, bis ihr einfiel, dass sie Leo unbedingt zu einem wunderbaren Fest einladen musste. Bei den Walden zu Bodmannbergs, reizende Leute, exquisite Kunstkenner, das werde ein äußerst anregender Abend, ganz besonders, wenn Leo sie begleite, mit Johannes passiere ja nie etwas Interessantes.

Johannes grinste zufrieden. Er war längst zum Mirabellengeist übergegangen und fand wieder einmal, dass es eine großartige Idee mit erstklassiger Langzeitwirkung gewesen war, Leo zu dem Fest bei den Groothudes mitzunehmen.

Er würde Felicitas trotzdem zu den reizenden Walden zu Bodmannbergs begleiten müssen. Am Morgen war ein dicker Brief in Leos Post gewesen. Er enthielt ein Flugticket nach London und eine Einladung auf goldumrandetem Bütten zur Eröffnung einer ‹Ausstellung der Werke von Martin Harvey. Eigene Originale und einige seiner Kopien großer Meister›. Seine Königliche Hoheit Charles, Prince of Wales, werde erwartet, die Einführungsrede halte der Restaurator und Experte für Malerei des 18. und 19. Jahrhunderts Mr. Timothy Bratton. Der Künstler selbst sei aus persönlichen Gründen verhindert und könne leider nicht anwesend sein.

Sie müssen unbedingt kommen, liebe Leo,

stand in einer kleinen runden Schrift am Rand der Karte, wir freuen uns auf Sie. Ihre Amanda Th.

Leo hatte schon den ganzen Tag gegrübelt, wen sie mit ‹wir› gemeint haben konnte.